CARLOS PASCUAL

EL TRÁNSITO DE VENUS

La primera carrera por conquistar
el espacio la ganó México

Grijalbo

Penguin
Random House
Grupo Editorial

El tránsito de Venus
La primera carrera por conquistar el espacio la ganó México

Primera edición: agosto, 2024

D. R. © 2024, Carlos Pascual

D. R. © 2024, derechos de edición mundiales en lengua castellana:
Penguin Random House Grupo Editorial, S. A. de C. V.
Blvd. Miguel de Cervantes Saavedra núm. 301, 1er piso,
colonia Granada, alcaldía Miguel Hidalgo, C. P. 11520,
Ciudad de México

penguinlibros.com

D. R. © 2024, Nuria Mel, por las ilustraciones

ISBN: 978-607-384-755-1

Impreso en México – *Printed in Mexico*

Para mi hija Victoria,
mi *passepartout* a la felicidad.

Así pues, la apuesta de Phileas Fogg estaba ganada
al hacer su viaje alrededor del mundo en ochenta días.
¿Pero qué había ganado en esa excursión?
¿Qué había traído de su viaje?
Nada, se dirá, a no ser una linda mujer,
que por inverosímil que parezca,
le hizo el más feliz de los hombres. Y en verdad,
¿no se daría por menos que eso la vuelta al mundo?

JULIO VERNE
La vuelta al mundo en ochenta días

Nada hay que más conmueva los ánimos de los
mortales, que las alteraciones del cielo.

CARLOS DE SIGÜENZA Y GÓNGORA
Libra Astronomica y Philosophica

El adelanto de las ciencias en un país es el índice
más seguro de su civilización.
Falta de ciencia es sinónimo de barbarie o atraso.
La verdadera supremacía de un pueblo se basa en la labor silenciosa
y obstinada de sus pensadores, hombres de ciencia y artistas;
esta obra reporta fortuna y gloria al país y bienestar
a toda la humanidad.

BERNARDO HOUSSAY
Fisiólogo argentino
Premio Nobel de Medicina 1947

PRELUDIO

DE CÓMO SE DA AQUÍ UN ADELANTO DE LO QUE HABRÁ DE OCU-
RRIR EN LA NOVELA, RECURSO CINEMATOGRÁFICO QUE LOS INGLE-
SES LLAMAN *SPOILER* Y LOS ESPAÑOLES DESTRIPE.

Puerto de Yokohama, Japón. 9 de diciembre de 1874.

El cielo, vestido con negro *kamishimo*, un samurái celeste, amenaza con rasgar los cielos con su brillante *katana* y el viento
que aúlla «¡Kiai!» es una promesa de tifón que bien podría
provocar el desgarramiento de aquellas montañas pedregosas
hacia el mar, prólogo de un *tsunami* no deseado. *La gran ola de
Kanagawa* es la única imagen que cruza por las mentes de los
habitantes de Yokohama y de los miembros del campamento
astronómico en el que resiste, estoica al vendaval, la bandera
mexicana. Ante tales condiciones atmosféricas, contemplar el
tránsito del planeta Venus frente al disco solar desde aquel re-
moto puerto japonés se antoja imposible, y Francisco Díaz Covarrubias, veracruzano por nacimiento e ingeniero y astrónomo

11

de profesión, se encuentra en el fondo de un pozo de amarguras. La tormenta, que ha demostrado una resiliencia envidiable, le resulta propicia para ocultar al mundo sus lágrimas, pues éstas logran camuflarse con efectividad detrás de las gruesas gotas que lo bañan por completo.

El campamento de observación es como un pantano. Tierra y agua, en amasiato, han procreado un lodo robusto y pegajoso. El tripié del telescopio Altazimuth no se ha salvado de las salpicaduras del fango, como tampoco lo han logrado el tripié del telescopio refractor, el tripié de la caja obscura, el tripié del anteojo cenital y mucho menos los tripiés del teodolito y del barómetro. En realidad, a esas alturas nadie puede saber bien a bien en dónde termina el barro y en dónde empiezan los pies, triples o dobles, de instrumentos y astrónomos.

Ante el desastre, Díaz Covarrubias ha tomado una fatal determinación: se practicará el *harakiri*, cuyo procedimiento le ha explicado ya, con lujo de detalle y con gran comedimiento, el honorable alcalde de la próspera ciudad porteña, Kíndaro Tanaya, quien inclusive le ha puesto en las manos la daga asesina, el *tantō*, envuelta en papel de arroz, como dicta el canon, pues morir con las manos manchadas de sangre se considera deshonroso.

Díaz Covarrubias no escucha razones sobre la inutilidad de su sacrificio. Poco o nada le importa lo que sus compañeros de la Comisión Astronómica le puedan decir. Está decidido.

Pero Tanaya, previendo la impericia del mexicano en el manejo del *tantō* y pensándolo incapaz de cercenarse el vientre de izquierda a derecha en perfecta línea recta y luego de abajo hacia arriba, en dirección al esternón, con el fin de eviscerarse como si fuese una carpa dorada, aconseja la presencia de un *kaishaku*, asistente para el ritual del *harakiri* cuya función es la de decapitar al suicida en caso de que éste no muera de inmediato y surja la necesidad de evitarle un mayor sufrimiento. El ingeniero militar Francisco Jiménez, quien se ha bebido por completo la botella ceremonial de *nihonshu*, que en realidad estaba destinada a Covarrubias, da un paso al frente declarando con equilibrio precario y aliento a arroz fermentado: «Querido Pancho, te suplico que me concedas el honor de cortarte la cabeza...»

Pero éste no será el final de la historia, de la real e increíble historia de los científicos mexicanos que un día fueron considerados héroes y al día siguiente fueron olvidados, como olvidados quedaron sus logros y sus sueños. Como se olvida todo lo eminente en esta patria que sólo cultiva cardos y que a cualquier hierbajo le quema inciensos. Por ello contaré aquí, intentando gracia y oficio, cómo fue que la primera carrera espacial de la era moderna la ganó México. Nada habré de inventar. Salvo todo lo que tenga que inventar...

PRIMERA ENTREGA

Ciudad de México - Cumbres de Maltrata - Veracruz

1

DONDE CONOCEMOS A LOS INTEGRANTES DE LA COMISIÓN
ASTRONÓMICA MEXICANA Y EL POR QUÉ DE SU ADHESIÓN AL PERIPLO.

De los apuntes del ingeniero Francisco Díaz Covarrubias, jefe de la
expedición, de cuarenta y dos años. Geógrafo y astrónomo. Bajo la
presidencia de Benito Juárez inauguró y dirigió el Primer Observatorio Astronómico Nacional. Realizó el levantamiento de la carta
geográfica del Valle de México. Director de la Academia Superior
de Matemáticas, cofundador de la Escuela Nacional Preparatoria,
ministro de Fomento, embajador de México ante las repúblicas de
Centroamérica y cónsul de México en París. Fue sepultado en la
Rotonda de las Personas Ilustres.

La siguiente misiva fue encontrada por la Sra. Dª Encarnación
Cordero de Díaz, su esposa, descansando sobre su almohada. En el
sobre que la contenía se había escrito lo siguiente: «No se abra hasta
después de mi partida». Y todo parece indicar que la Sra. Díaz res-
petó la petición de su marido.

Encarnita mía, dulce esposa siempre adorada:

Todos mis anhelos, todos mis esfuerzos profesionales, académicos y científicos, lo mismo que mis logros, sean estos cortos
o largos, los he dedicado, como bien debes saber, no a mi gloria
personal, ni a la gloria de nuestra Patria a la que amo, como te
consta. No. Todo lo que he hecho ha sido por ti, para que en tu
pecho refulja la llama de la admiración por tu marido y, en los
corazones de mis hijos, el orgullo imperecedero por un padre
que ha hecho todos los sacrificios posibles en aras del altar de
la familia. Familia de la que eres gobernanta principalísima
y muy amada porque has sabido, con verdadera piedad filial,
acoger en tu seno a mi santa madrecita casi ciega y en un estado
de absoluta indefensión como el que la condena la hemiplejia
sufrida en las navidades pasadas. Tú, ¡oh, piadosa Encarnita!,
la has colocado en el sitio que tan bellamente signara el ma-
logrado poeta Manuel Acuña, hace apenas unos meses, antes
de acabar con su joven y preciada vida: «¡Y en medio de nosotros, mi madre como un Dios!» Porque sí, Encarnación, tus
manos mansas y puras procuran el cuidado de esa pobre anciana que no es una santa porque yo soy ateo, pero que, si no lo
fuese, estaría ya en camino a los altares.

Me despido, mi Encarnita adorada. Salgo a una nueva aventura, ¡la más peligrosa y ambiciosa de todas! Pero lo hago por
lograr para México la gloria, para mí el honor y para ti la satis-
facción de que sea tu marido quien deduzca, de una buena vez
y para siempre, cuál es la verdadera distancia entre la Tierra y
el Sol, utilizando para esto el tránsito de Venus. ¿Y puedes
creer que deba irme tan lejos para hacerlo? ¡Pero si tú eres

Venus! ¡Mi Diosa del Amor y de la Fertilidad! Te pido, Cañita, que beses a cada uno de nuestros seis hijos y que aconsejes a los mayores para que no tomen resoluciones matrimoniales hasta mi regreso. En especial a Paco, quien se está volviendo —y disculpa mi lenguaje vulgar— un poco tarambana. Dile que no se encandile tanto con la señorita Zugarramurdi, a quien noto demasiado confiada en su belleza y esas mujeres son peligrosas. Aconséjale que haga lo que yo y que enamore a una joven ni muy bonita ni muy fea, ni muy inteligente ni muy tonta, pero eso sí, que tenga un corazón de oro, un amor por su marido que raye en la devoción y el fanatismo y que tenga un sentido franciscano de la piedad como para que su futura esposa sea capaz de cuidarte a ti en la vejez, de la misma forma en que tú cuidas a mi madrecita, esperando, claro está, que no tengas que ser aseada en tus deposiciones, aliviada en tus llagas ni limpiada en los babeantes reflujos de una mandíbula cansada. Y lo que más deseo, Encarnita, es que nunca pierdas la razón en los laberintos de la demencia senil. No sabes lo que padezco al ver a mi madre fuera de sí, abofeteándote o lanzándote a la cara la sopa hirviendo. ¡Cuánto debe de estar sufriendo la desvalida viejecita! ¡Y qué agotada habrá quedado, imagínate, después de romperte en la cabeza el aguamanil de Talavera! Me despido pues, Encarnita. Tu recuerdo ilumina siempre mi camino.

Tu Francisco

2

De los apuntes del ingeniero militar Francisco Jiménez, de cincuenta años. Geógrafo y agrimensor. Ingeniero segundo de la Comisión. Participó en la gesta de los Niños Héroes en la defensa del Castillo de Chapultepec. Fue hecho prisionero por el ejército invasor de Estados Unidos. Una vez firmado el Tratado de Guadalupe Hidalgo y habiéndose perdido la mitad del territorio, Jiménez fue encargado de realizar el trazo definitivo de la nueva frontera entre México y Estados Unidos. Elaboró la Carta Geográfica de la República utilizando por primera vez un telégrafo electromagnético. En 1872 escribió un exaltado artículo sobre la importancia del tránsito de Venus, que despertó el suficiente interés como para organizar la expedición a Yokohama.

La siguiente misiva fue enviada a la Sra. Dª Susana Jiménez, su esposa, al poblado de Chalma, en donde se encontraba en el momento en que su esposo se disponía a salir de viaje.

Susana, me largo. ¿Para qué andarnos con rodeos? Ni tú me soportas y bien sabe Dios que yo no puedo más con tu presencia que me resulta cada día más intolerable. No hay bajo la bóveda celeste nadie más infeliz que yo. La desgracia ha campeado sobre mi vida entera, tanto como sobre nuestro matrimonio, sin que tú hayas sabido o hayas querido ser el bálsamo, el dulce alivio a mis pesares. Sólo hemos tenido un período de tranquilidad y armonía: los muy cortos seis años que me pasé en los desiertos de Arizona para delimitar las nuevas fronteras entre nuestra amada patria y la de los bucaneros, los filibusteros, los malditos americanos. Sólo durante esos seis años conocí la tranquilidad. Relativa, es cierto, pero más me acomodaba defenderme de los indios que iban a la caza de mi cuero cabelludo, que soportar tu carácter avinagrado, tu voz ronca, ahogada y rasposa, tu gusto insufrible por los saraos y por la grotesca ópera, tan plagada de argumentos ridículos y gorgoritos interminables proferidos por unos manatíes vestidos como payasos. Por no hablar de tu religiosidad, tan banal como incongruente. ¡Ahora mismo estarás bailando ante el dizque Señor de Chalma, con más salero que fervor, con más lujuria de carnes que contrición del alma! Tus tertulias musicales y tus rosarios insufribles, meros pretextos para devorar tamales sin freno, han terminado por hundirme en una rutina desquiciante de pláticas insulsas en mi casa, sin anuncio previo a mi consentimiento y sin consideración a mis necesidades de investigación y estudio. Nuestro mal llamado hogar está siempre lleno de gentes extrañas y escandalosas, carentes de todo decoro y pensamiento intelectual. ¿Y qué has hecho de nuestras hijas? Una copia exacta a ti: frívolas, superficiales, hipócritas ratas de sacristía que sólo esperan las campanadas de las vísperas para salir corriendo de misa y lanzarse al barullo intrascendente de los cotilleos en los cafetines. Susana, si algún día dejases de hablar y de proferir esas carcajadas tan de mal gusto y llegases a escuchar, pero de verdad, a escuchar el silencio, sabrías de lo que te hablo.

Hoy por la mañana, cuando el señor presidente Lerdo de Tejada nos dio la feliz noticia de que, finalmente, podía formarse la Comisión para partir al Lejano Oriente, estuve a punto de besarle las manos, mas no por zalamería, sino por la oportunidad que se me ofrece para interponer entre tú y yo un océano y once mil kilómetros de olvido y de silencio amado. Quédate con tus adornos de plumas, todos llenos de corucos; quédate con tus cada vez más apretados vestidos, tachonados de fruncidos holanes, aunque en lugar de malgastar el dinero en esas bagatelas, más te valdría visitar al doctor Aizpuru para que te prepare unos buenos polvos dentífricos con carbonato de magnesia, carbón porfirizado y polvo de quina roja para ver si controlas tu desagradable halitosis. ¿Y tu cutis? Si estuvieses más tiempo en casa y menos en la calle, bajo los rayos del sol, no tendrías esos jiotes horrorosos que se quitan nomás con tintura de serpentaria y un poco de arsénico. Y deja de gastar en tantos afeites y carmines con los que te embadurnas la cara ya que lejos de hacerte pasar por una dama de alcurnia, como pretendes, nomás te hacen parecer charola michoacana. En fin, que salgo en tres días. Ni para qué explicarte la importancia trascendental de nuestra misión científica. Me voy, Susana. Ruégale a Dios que me conceda la gracia de morir en otro continente, ¡en otro planeta!, muy lejos de ti. Sería yo un loco, un poseso si extrañase tus desvaríos.

Francisco

3

De los apuntes del ingeniero Manuel Fernández Leal, de cuarenta y tres años. Topógrafo y agrimensor. Director de la Escuela Nacional de Ingenieros, formó parte de la Comisión de Límites entre México y Estados Unidos. Secretario de Fomento, Colonización e Industria. Recibió las órdenes de Comendador de la Legión de Honor de Francia y la Orden del Tesoro Sagrado del Japón.

En el caso, siempre hipotético, de que en este país existiese algo parecido a la civilización, hubiese sido yo advertido de esta odisea, de esta circunnavegación peripatética, por lo menos con dos años de antelación. ¡Ah, pero no! Este país está gobernado por la improvisación más chapucera, digna de cualquier nación salvaje, perdida debajo de una basílica inmensa de follaje selvático, o bien, curtida y renegrida por el sol y la arena lávica, recibiendo un oleaje hirviente en sus playas solitarias. Mas de qué valen las quejas si la desproporcionada grosería ya ha sido consumada. Por lo tanto, procedo a hacer aquí el inventario de mi ínfimo menaje, imposición que me provoca un disgusto inenarrable. Y debo señalar que estos apuntes escritos con prisa y muina son tan sólo para mi desahogo muy personal. No los considero dignos de ser publicados en ningún momento. ¡Ni aun después de muerto! ¡Lo prohíbo! Es sólo mi afán de querer dejar todo lo referente a mi vida registrado en un cuadernillo, manía que, reconozco, no puedo evitar. Así que debo anotar que empecé por el calzado. Requería botines de viaje, negros y cafés... pero, ¡cuál no sería mi sorpresa cuando constaté que a mi mamita se le ocurrió que yo llevaría a la jungla mis botines Balmoral acharolados! Tamaño despropósito... No, mami linda, en esta ocasión tendré que ceder un poco a la elegancia y será mejor que lleve mis botas Coffeyville, nada delicadas y quizá hasta un poco burdas pero apropiadas. Y claro que no me llevaría mis carísimas botas Wellington, aunque... ¿no sería correcto usarlas sólo en los momentos de triunfo? No, no, no... Aquí habla tu vanidad, Manolito. Después procedí a revisar los calcetines y debo confesar que me atacó un vahído cuando vi que mamá me había empacado quince pares de calcetines... ¿¡Quince!? ¡Pero si bien sabe mamá que odio los números nones! ¿Por qué habrá insistido en prepararme quince? Decidí que serían catorce... ¡No, mejor dieciséis! Así podrían ser ocho de algodón y ocho de lana. ¿¡Y por qué mamita me habrá empacado esos calcetines verdes, por Dios, si sabe que los detesto!? Debo dejar bien sentado que tan sólo los conservo porque me los regaló mi *agüelita* Aída, en paz descanse. Aunque de pronto me asaltó una duda: ¿y no habrá sido mi tía Chabela quien los empacó? Sería muy probable. Esa pobre mujer nunca ha tenido sentido del gusto. Decidí, naturalmente, que los calcetines verdes no van. ¡Y sí! ¡Decidí que también llevaría las botas Wellington! ¿Y por qué no, si las compré en Londres y me costaron una fortuna? Claro que extrañaré lo lustrosas que me las deja mi primita Angelina, pero prefiero cargar de más antes que sentirme incómodo en algún brindis o en alguna condecoración. Prosigo con mis lamentaciones. Al revisar los pañuelos me encontré con algo verdaderamente chocante. ¿A quién se le habrá ocurrido ponerme pañuelos de lino a sabiendas de que no tendré a la mano una buena planchadora y que el lino se arruga tan sólo con mirarlo? Ésa debió de ser culpa de la tía Águeda, pobrecita. Tiene buenas intenciones y me ama como si fuese yo su hijo, pero no tiene conciencia de lo que es ser práctico, a diferencia mía. Debo apuntar, en favor de mi gineceo doméstico, que las camisas fueron correctamente elegidas, aunque me surgió una duda que no me ha dejado dormir durante dos noches: ¿cómo cuidaré de los cuellos y las mangas? Porque, ¡nadie como mi prima Nicolasa para dejar albeando mis camisas, almidonadas y tersas! Ah, pero no hay alegría que perdure. Constaté con horror que no habíamos tomado en cuenta, ni todas estas mujeres ni yo, el agua de colonia. ¿Cuántos frascos debo llevar y cómo los protegeré para que no se estrellen? Contrario a todo cálculo y a toda previsión de mi parte, decidí que la Providencia cuidaría de mis cuatro frascos de colonia. Sí, cuatro, y que mis compañeros de viaje piensen lo que mejor se les antoje. ¿Arriesgarme a despedir un olor impropio tan sólo por una absurda consideración de embalaje? Bien, una vez encarado este problema magno, me acerqué a las puertas del paraíso al revisar mis cuadernos y mi estuche de lápices… ¡Ah, tía Chata adorada, bendita seas, segunda mamita mía! Todos los lápices del mismo tamaño, como debe ser, con la punta perfectamente afilada y acomodados de manera bellamente cromática… ¡si hasta se me enchinó la piel! No es en vano que, de las hermanas y sobrinas de mamá, dos viudas, otras huérfanas y una soltera, la tía Chata sea mi preferida. Debo concluir por hoy estos apuntes, aunque lo hago con una preocupación extrema: ¡Pobrecillas de todas las mujeres de mi casa ahora que las dejo! ¿Qué será de ellas al no contar con una figura masculina que las proteja?

4

De los apuntes del ingeniero Agustín Barroso, de treinta y cinco años. Ingeniero en jefe encargado de trazar y abrir un canal fluvial entre Tuxpan y Tampico. Alumno de Díaz Covarrubias, fue su asistente en el Observatorio Astronómico Nacional. Estudió la joven técnica de la fotografía aplicándola a la botánica, la biología y la astronomía. Las primeras placas fotográficas de un tránsito de Venus conocidas por el mundo entero corresponden a Agustín Barroso.

Las siguientes misivas fueron encontradas en las bibliotecas de muy diferentes familias de la época.

Carmela, nunca te he engañado. Sólo tú has podido enlazar mi espíritu, siempre libre y rebelde, al tuyo. Pero mi propia naturaleza solitaria me grita a voces lo que el espíritu reclama: ¡libertad! Y por ello, tengo que serte franco y leal como siempre lo he sido. Mi Patria y la Ciencia me llaman. Nada se puede comparar al calor de tu cobijo y tu tierno amor, lo sé, pero ¿qué puedo hacer, Carmela? Antes que serte desleal, debo ser sincero y salvaguardar mi honor y el tuyo. Y es por ello que debemos terminar. Te dejo libre. Busca un amor que te haga feliz y déjame a mí el tormento de no olvidarte nunca. Que sea ésta mi condena por apartarme de la única mujer que ha ocupado mi corazón entero.

Tu Agustín

Ernestina, nunca te he engañado. Sólo tú has podido enlazar mi espíritu, siempre libre y rebelde, al tuyo. Pero mi propia naturaleza solitaria me grita a voces lo que el espíritu reclama: ¡libertad! Y por ello, tengo que serte franco y leal como siempre lo he sido. Mi Patria y la Ciencia me llaman. Nada se puede comparar al calor de tu cobijo y tu tierno amor, lo sé, pero ¿qué puedo hacer, Ernestina? Antes que serte desleal, debo ser sincero y salvaguardar mi honor y el tuyo. Y es por ello que debemos terminar. Te dejo libre. Busca un amor que te haga feliz y déjame a mí el tormento de no olvidarte nunca. Que sea ésta mi condena por apartarme de la única mujer que ha ocupado mi corazón entero.

Tu Agustín

Magdalena, nunca te he engañado. Sólo tú has podido enlazar mi espíritu, siempre libre y rebelde, al tuyo. Pero mi propia naturaleza solitaria me grita a voces lo que el espíritu reclama: ¡libertad! Y por ello, tengo que serte franco y leal como siempre lo he sido. Mi Patria y la Ciencia me llaman. Nada se puede comparar al calor de tu cobijo y tu tierno amor, lo sé, pero ¿qué puedo hacer, ~~Ernesti~~... Magdalena? Antes que serte desleal, debo ser sincero y salvaguardar mi honor y el tuyo. Y es por ello que debemos terminar. Te dejo libre. Busca un amor que te haga feliz y déjame a mí el tormento de no olvidarte nunca. Que sea ésta mi condena por apartarme de la única mujer que ha ocupado mi corazón entero.

Tu Agustín

La siguiente es una transcripción de las supuestas palabras que profirió el ingeniero Barroso en la buhardilla en la que vivía antes de iniciar su viaje a Japón, según declaración ministerial de la Srita. Isabel Castillo, quien lo demandó *in absentia* por incumplimientos morales y económicos con respecto a ella y al hijo que, aseguró, procrearon juntos.

¡Ahora sí, carajo! Una vez que he cumplido con los compromisos de honor, debo prepararme para las nuevas encomiendas y próximos intereses. Por ejemplo, ¡se dicen tantas cosas de las mujeres orientales! Que no tienen un solo vello en todo el cuerpo y que su piel es de marfil... Ah, ¡¡cómo se inflama mi deseo tan sólo con pensar en ello, Señor...!! Pero será mejor no distraernos. Vamos paso a paso, Agustín, que si no, Covarrubias te echará la viga en cuanto pueda. El viejo se ha ido amargando con el tiempo. Se ha tomado tan en serio el papel que debe de ocupar en la historia de nuestro país, que yo no dudaría que ya se haya paseado por el panteón de Dolores para escoger su lote en la dichosa Rotonda de los Hombres Ilustres. Y ahí va a acabar, no lo dudo. No hay nada que el viejo no se proponga y no lo logre. Y por eso se ha avinagrado tanto… Yo no… a mí me gustan las mujeres orientales, debo admitir. Porque, aunque sean adultas, tienen un aire infantil que… ¡No te distraigas, coño! ¿Qué tal si estuvieses en clase con el profesor Jiménez…? ¡Ése sí que es un pepino amargo! El peor de mis profesores. La mitad de la cátedra la usaba para destilar su odio por los americanos y la otra mitad para repetirnos a todos sus alumnos lo ineptos que éramos. ¡Estoy jodido! Covarrubias es ahora el jefe de la expedición y Jiménez el segundo de a bordo. Y luego, para colmo, está el profesor Fernández Leal… Un pesado… «Señor ingeniero», hay que decirle, como si fuese un duque. Siempre tan… esmerado, tan… atildado, tan lleno de manías absurdas y desquiciantes. Saludarlo de mano me repulsa. Parece que estoy agarrando un pescado muerto. Mejor ni pensar en él. Mejor pensar en que ya estando en Acapulco, puedo darle un épico adiós a la Patria refocilándome con una mulata de ésas, hermosas, ardientes… ¡¡Salvajes… aahhhh!! Dicen que las orientales no son «salvajes» como tal, pero que son poseedoras de unas artes amatorias milenarias que… ¡Ah, cállate ya! ¡Al equipaje! A ver: botas, pantalones, un par de calcetines… tienen hoyos, pero con una zurcida pueden sobrevivir… calzoncillos, dos camisas y listo… ¡Ah! Y un chaleco y una pajarita, que si no, Covarrubias me estará jodiendo todo el viaje por lo «desprolijo que es usted, Barroso». Un par de libros de cálculo y claro, mi inseparable edición parisina de *Justine* de mi adorado Marqués de Sade. Y sí, qué le voy a hacer, mi mazo de cartas de póker. No debe faltar la distracción en un viaje tan largo. ¿Y la cámara? ¿Dónde está la cámara? ¿¡Cómo se puede encontrar nada en este cuchitril, con una chingada…!?

En este punto, la Srita. Castillo señala que empezaron a escucharse ruidos extraños, patadas, trastes y muebles cayendo al piso, vasos de vidrio estrellándose y un largo y demoníaco etcétera.

¡¡Aaaaggghhhh!! Tiene razón el viejo. ¡No tengo idea de lo que es el orden! Claro, del orden material, porque el orden que tengo aquí en la cabeza es lo que me ha convertido en lo que soy... Y tampoco es que el viejo pudiera hacer todo lo que hace si no estuviera yo detrás de él... Pero ¿¡dónde estará la maldita cámara...!? ¡No jodas, Agustín, no es posible que...! ¿La dejé aquí? ¡No! ¡Tal vez en el armario! ¡¡No, con mil demonios!! ¡Tampoco está en la...! No... ¡No, no, no, no...! ¡Puta madre, la empeñé en el Portal de Cartagena con el agiotista ése de Agapito Cortés! ¡¡Me cago en la...!! Ahora sí Covarrubias me cuelga de los tanates en el asta bandera de Palacio... ¿Qué hago, carajo? ¡Piensa, Agustín, piensa! ¡Pero si precisamente porque no piensas es que haces tal cantidad de pendejadas! ¿Dónde está la boleta? ¡La boleta de empeño, dónde está! ¡¡Pero si estaba aquí!! Por eso mi padre me aborrecía... ¡Por ser incapaz de mantener el orden! Claro, para él era muy fácil, que para eso era tenedor de libros... ¡Y además, ni siquiera sé cuánto me prestaron por...! ¡¡Aquí está!! ¡¡Aquí está...!! ¿Setenta y cinco pesos!? ¡Soy hombre muerto, maldita sea! Pero ¿en qué me gasté yo esa cantidad, si no tengo ni ropa decente, si todos mis pantalones están raídos, si mis calcetines ya son más agujeros que calcetines y sólo tengo una levita manchada con sobacones amarillentos que uso desde la preparatoria? Debo tres meses de renta y ¿de qué me alimento? ¡Pues de la primera fritanga que me sale al paso! ¿Y mi vicio? Bueno, sí, tengo un vicio, y qué... ¿¡Y qué...!? ¡Tampoco pienso ir por ahí tomando brandy corriente...! ¿Qué puedo hacer? ¿A quién le pido ayuda...? ¡¡Piensa!! ¡¡Piensa!! ¡¡Ah!! ¡Eureka! ¡Estoy salvado!

La declarante asegura que después de lo anteriormente citado, no escuchó más palabras del ingeniero Barroso y sí, en cambio, el frenético correr de una pluma de cuervo sobre un folio de papel. La declarante ignora lo escrito por Barroso.

María Luisa, nunca te he engañado. Sólo tú has podido enlazar mi espíritu, siempre libre y rebelde, al tuyo. Y si cometí la locura de apartarme de ti, ahora te lo puedo confesar, no fue por falta de amor o devoción. Mi triste verdad es la siguiente: padezco una enfermedad terrible que me destruye lentamente el hígado, figúrate... ¡yo, que soy abstemio! ¿Y cómo sabiéndolo podría yo encadenar tu destino al de un moribundo? ¡Pero hay una esperanza, María Luisa! Mis colegas me han hablado de la extraordinaria medicina china capaz de curar milagrosamente mi enfermedad. Claro, debo de ir a China, ¡condición insoslayable! Es por ello, María Luisa de mi vida, que me atrevo a solicitar de tu bondad y la de tu señor padre de todos mis respetos, don Crisóstomo, tan respetable él, hasta temible con ese rostro hierático de cabeza olmeca, para que me hagan el enorme favor, la caridad, de prestarme 125°° (ciento veinticinco pesos oro), pues como comprenderás, ir a China no es un asunto menor. ¿Te imaginas, María Luisa, si encontrase la cura de mis males en el Lejano Oriente? ¡Cómo resplandecería en el horizonte nuestro renovado amor! Sé que puedo confiar en tu bondad, en tu piadosa humanidad. Y sé muy bien que habrás ya olvidado los agravios que te infligí en el pasado. Ahora comprenderás la verdadera causa de mis desvaríos amorosos, toda vez que está científicamente comprobado que es el hígado el órgano rector del temperamento erótico en los seres humanos, principalmente en los hombres. ¡Ayúdame, ángel de bondad, a destruir a mis demonios! ¡Habla con tu papacito, anda!

Siempre tuyo, Agustín

5

De los apuntes del ingeniero en minas Francisco Bulnes, de veinti-
siete años. Cronista y contable de la Comisión. Abandonó pronto la
práctica de la ingeniería y se decantó por la academia, el periodismo
y la política, que lo sumó al grupo de los llamados Científicos del
porfiriato, defensores del positivismo. Sus controversiales visiones
de la historia patria, plasmadas en sus libros y en sus artículos perio-
dísticos, lo envolvieron en interminables polémicas y el descrédito
académico. Sin embargo, Bulnes logró marcar con su estilo una buena parte de la historiografía mexicana.

Por razones de Fortuna y no poca conveniencia, el señor presidente de la República, don Sebastián Lerdo de Tejada, ha tenido a bien nombrarme cronista de la Comisión Astronómica
Mexicana, hecho que el ingeniero Francisco Díaz Covarrubias,
así me lo ha parecido, no ha tomado de la mejor manera. «Esto
es una imposición», alcancé a escuchar que mascullaba. Pero, al
final de cuentas, han sido dos las razones por las que se aceptó

mi inclusión. La primera es que no soy ningún improvisado en la ciencia de la ingeniería y Covarrubias sabe de sobra que fui un alumno regular y, cabe aclarar, destacado en la institución que él mismo presidía. Y la segunda razón, más práctica y muy mexicana, es porque el presidente utilizó las palabras precisas: «Bulnes va porque lo digo yo». Y claro que don Francisco tuvo que apechugar, pues bien sabía de todos los sapos que el señor presidente se había tenido que tragar para que los obtusos diputados aprobasen el presupuesto para conformar una expedición que, como ellos decían, se encontraba por completo divorciada de la realidad nacional, pues habiendo tantos pendientes y tan poco dinero en las arcas públicas, no encontraban sentido en gastar un dinero que no se tenía para costear el viaje que esos «estrafalarios astrólogos (*sic*) pretendían hacer al otro lado del mundo». «¿Y todo para qué?», seguían argumentando: «¿Sólo para ver pasar a un planetita de mierda frente al disco solar? ¡Qué ridiculez extrema!», se atrevían a vociferar, sin respetar la investidura del presidente.

Pero, de nuevo, don Sebastián hizo gala de política y diplomacia haciéndoles saber a los señores legisladores que, si no querían seguir el camino de todas las órdenes monacales y religiosas recientemente mandadas al exilio o al carajo, según se prefiera, se dignasen a aprobar el presupuesto requerido. Y estos, en particular los más viejos, pensaron seguramente en un Valentín Gómez Farías o en un Benito Juárez, quienes ahora venían a resultar unas hermanitas de la caridad si se les comparaba con Lerdo de Tejada, corregido y aumentado en su luciferino anticlericalismo. Por ello, se apresuraron a votar la aprobación del presupuesto solicitado, pues no querían seguir los pasos de las Hijas de San Vicente de Paúl, todas monjas enfermeras en el Hospital de San Andrés, quienes fueron llamadas «súbditas del Vaticano» y embarcadas a España de inmediato.

Y es que para don Sebastián no hay ni excusas ni pretextos. Él es un enamorado de la cultura, la ciencia y el conocimiento, así como un convencido de que México está ya preparado para integrarse al «concierto mundial» de la investigación científica y los avances tecnológicos. «La cultura de un país», acostumbra decir, «se suele medir en la importancia que se le concede a la ciencia». Aun así, un atolondrado senador exclamó: «¡Pero la ciencia es muy cara, señor!», después de lo cual don Sebastián le clavó su aceitunada mirada, diciendo con enojo mal disimulado: «La ciencia no es cara. Cara es la ignorancia… ¡Voten, pues, señores! ¿No nos hemos matado unos a otros durante años para lograr la democracia?»

Yo quedé gratamente impresionado por la templanza del señor presidente y así se lo hice saber. Él se limitó a sonreír y me agradeció con una palmada en la espalda. «Conozco bien a los mexicanos, Bulnes», me explicó, «a los mexicanos les gusta gritar, pero no intercambiar argumentos. Desde chamaco me he enfrentado a estas situaciones». Y entonces me relató un hecho que yo desconocía: «Usted no había nacido, por supuesto, cuando murió doña Leona Vicario en el 42. Yo era un chamaco más joven que usted, incluso, un joven leguleyo. Entonces, el infausto Santa Anna convocó a un plebiscito en el Ayuntamiento para que los ciudadanos se presentasen a votar a favor o en contra de nombrar a la insurgenta, doña Leona, Benemérita y Madre de la Patria. ¡El San Quintín que se armó, Bulnes!

Y ahí estaba yo, como secretario y amanuense en una de las mesas receptoras de los votos. ¡Fueron tres días de gritos y sombrerazos...!» Don Sebastián ríe francamente. «Así que ya lo ve, estoy curtido en estas lides y sé manejar muy bien a los vociferantes mexicanos».

(Esto que aquí sigue lo escribiré entre paréntesis y con la nota de «ELIMINAR DEL BORRADOR FINAL», que debo entregar al señor presidente a mi regreso del viaje, pues son mis ideas muy personales y éstas ni me han sido solicitadas ni se me paga por expresarlas. Pero, vamos a ver. Por un lado, considero que no les falta razón a los diputados y senadores. Siendo nuestro pueblo mexicano, famélico y atolondrado, analfabeta en un porcentaje del ochenta por ciento de la población, ¿no requeriría éste de mayores financiamientos para sacarlo de la miseria y la ignorancia? Sí, claro está que apoyar la ciencia es una manera de enriquecer a un pueblo, pero seamos honestos: la inferioridad de nuestra raza latina y la abyección de nuestros pueblos, así como el muy previsible fracaso de esta aventura, sólo serán anunciados con fanfarrias y heraldos de carcajadas a los cuatro vientos ante el regocijo y diversión de las naciones civilizadas, pues estoy ya apercibido de que la Academia Francesa, por ejemplo, ha aprobado nada menos que una erogación de cuatrocientos mil francos para sus comisiones astronómicas —sí, así, en plural—, comisiones que se habrán de instalar en Nagasaki, Pekín, Saigón y en las islas de San Pablo y San Mauricio, para observar el tránsito de Venus. Rusia cuenta con ¡veinticinco! comisiones. Inglaterra autorizó el equivalente a doscientos cincuenta mil pesos para enviar a las suyas a Egipto, Hawái, Nueva Zelanda y la isla Desolación. Y más desolado quedé yo al enterarme de que Alemania envía cinco comisiones al África y Asia. Los infaustos americanos han gastado ya doscientos mil dólares para ocho comisiones ¡y se han estado organizando desde hace dos años! ¡Ésta es una carrera internacional entre potencias! ¿Cómo esperar que nuestro país tenga alguna esperanza, ya no digamos de ganarla, sino, al menos, de tener una participación decorosa? Y quiero aclarar también que mis resquemores se originan en los muy parcos recursos económicos con los que se cuentan y no en la solvencia intelectual, matemática y astronómica de los integrantes de la Comisión, todos ellos muy versados en la ciencia que practican y que ha sido probada y validada en foros de Europa y de Estados Unidos. Es por esto que me pregunto si semejante dispendio por parte de nuestro gobierno vale la pena, pues ¿de dónde saldrá ese dinero? No se obtendrá del peladaje ni de la indiada, que nada saben de obligaciones impositivas, por supuesto. Ese dinero se le esquilmará, como siempre, a nuestras famélicas clases medias, que si de algo carecen, precisamente, es de medios. Y ya se sabe que la clase alta lo que menos tiene es clase, ¡y mucho menos un elemental sentido de solidaridad nacionalista o de ningún interés por el crecimiento económico que no sea el de sus bolsillos!

Y quiero abundar aquí en un segundo punto: ¿Quiénes son éstos que se ufanan de ser llamados «señores senadores» o «señores legisladores»? No son más que indios dizque ilustrados, polvos de aquellos lodos juaristas, que en todo imitan el temperamento del zapoteca: calma de obelisco y una reserva

EL TRÁNSITO DE VENUS

impenetrable que la esclavitud ha fomentado hasta llevarlos a un estado comatoso. Porque el aspecto físico de todos estos no es el de ningún apóstol, no, ni muchos menos el de un hombre de Estado, ¡qué va!, sino el de una divinidad de teocalli, impasible sobre la húmeda y rojiza piedra de los sacrificios. —Esto último lo subrayo, pues me gusta como para utilizarlo en un escrito posterior de mayor envergadura—. ¿Pueden estos hombres hablar de democracia? En mi opinión, no. La dirección del país debe estar en manos de una noble oligarquía comprometida con el desarrollo material de México, y esta dicha oligarquía debe estar aconsejada, a su vez, por una élite educada, con los conocimientos necesarios para orientar sus decisiones y auxiliar así a las ciencias. En un futuro, la democracia, el sufragio universal, quizá podrán funcionar en México, mas por ahora lo realista sería restringir el voto a una comunidad política integrada, para empezar, sólo por quienes supieran leer y escribir, y, para continuar, por una comunidad política que estuviese integrada con lo mejor de la sociedad criolla y blanca, ennoblecida a través del mestizaje europeo. Hasta aquí mis reflexiones privadas.)

Retomo mi crónica. Estaba yo siendo presentado a los miembros de la Comisión. Cuando he dado un paso al frente para saludar a los señores y tan sólo por encontrarnos en presencia del señor presidente, el ingeniero Covarrubias me estrechó la mano y me lanzó un lacónico: «Bienvenido a bordo». El ingeniero militar Francisco Jiménez me dio un apretujón de mano tal que estuvo a punto de fracturarme la mía. Después me atrajo

hacia su cuerpo fornido y me susurró al oído: «Te estaré obser-
vando, espía de mierda, porque tienes una cara de gringo que
a mí no me engañas...» Fue muy perturbador escuchar eso,
debo decir, aunque no tan perturbador como la mirada que me
lanzó Fernández Leal, quien me ofreció una mano lánguida
y suave, como si no tuviera huesos en ella: «No logro atinar
a qué tipo de azul pertenece el color de sus ojos. Podría ser
azul Francia... azul Capri... o quizá, azul royal... Tendría que
mirarlos a la luz del sol...»

Quien me resultó grato de inmediato fue el ingeniero Barroso, joven como yo, quien me abrazó efusivamente y me dijo:
«¡Dame un abrazo, Paquito!», para agregar en baja voz: «Tú
y yo somos la sangre fresca de esta expedición. ¡Vas a ver las
que nos vamos a armar!»

Hasta aquí todo resultó dentro de lo esperado. Aunque hubo
dos situaciones que amenazaron con desbordarse. La primera
fue cuando don Sebastián le extendió al señor Covarrubias un
cartapacio que contenía documentos varios.

—Señor ingeniero, entrego a usted mis instrucciones, cartas
de recomendación para embajadas y consulados, los documentos económicos que podrá hacer valederos durante la travesía,
y claro, los boletos del ferrocarril a Veracruz.

Covarrubias se puso pálido.

—¿Ve... Ve... Veracruz, señor presidente?

»Señor... Los cálculos para el viaje que le presenté a Su Excelencia no contemplaban salir por occidente, sino por el oriente, ¡directamente desde el puerto de Acapulco!

Lerdo de Tejada se quedó muy serio y se volvió hacia su
secretario particular.

—¿Por qué no le fueron notificados los cambios al ingeniero Covarrubias, Margarito?

—Lo desconozco, señor presidente. Yo mismo envié el oficio a la Comisión Permanente del Congreso, que debía turnarlo a la Dirección Técnica del Ministerio de Hacienda para que los cambios fuesen aprobados en el Ministerio de Fomento, desde donde se enviaría el documento a la dirección de la Escuela de Minería que, a su vez, enteraría al señor presidente de la Comisión, aquí presente. Ignoro en qué punto se haya retrasado o extraviado el documento, señor.

—¿Y ese documento cuándo fue enviado, Margarito?

—La semana pasada, señor presidente... ¡y con sello de URGENTE!

Lerdo de Tejada minimizó el hecho y no le dio tiempo alguno a Covarrubias para que echara espumarajos por la boca. Explicó brevemente que los caminos por las sierras de Morelos y Guerrero no eran los más adecuados para transportar el delicado cargamento científico —en lo que tenía razón—, que la seguridad en la Tierra Caliente de Guerrero era algo que salía de las manos de su Gobierno —cosa en la que también acertaba— y, finalmente, que deseaba que la despedida a los científicos, así como las fotografías respectivas del evento, tuviesen lugar en la muy moderna estación de ferrocarriles de Buenavista y a bordo del novísimo tren que realizaba el trayecto México-Veracruz en tan sólo treinta y seis horas.

—Caballeros, ¿ustedes se piensan que yo voy a dar a conocer al mundo entero las imágenes inaugurales de nuestra participación en semejante aventura científica, viéndolos a ustedes montando burros, mulas y carromatos? ¡Por supuesto que no! Aquí el señor Bulnes… —y me tomó afectuosamente del brazo— nos ayudará a que, con su crónica, sean conocidas las maravillas técnicas que nuestro país puede presumir. ¡Primero conozcan los puentes ferroviarios que nos hemos levantado en las Cumbres de Maltrata, en la barranca de Metlac, y luego me dicen si estamos o no a la altura técnica de cualquiera!

Los miembros de la Comisión no tuvieron más remedio que asentir. Para colmo, Margarito, el siempre amable secretario, esbozó una sonrisa que bien pudo interpretarse como maligna:

—¡Ah, las Cumbres de Maltrata, señores! Mi puente favorito es el Infiernillo, que hace muy bien honor a su nombre…

Y escribí que hubo dos situaciones que estuvieron a punto de desbordarse. La segunda fue cuando el presidente nos invitó a que nos colocásemos en un pequeño forillo de fotografía, uno de esos ridículos y acartonados teatrinos en donde todo está pintado y resulta falso: cortinas rojas con brocados dorados y unos horrorosos pavorreales al fondo.

—Y ahora, señores —ordenó don Sebastián—, ¡una foto de los cinco, por favor!

Y al conjuro de aquel número maldito, cinco, número impar, Fernández Leal empezó a tartamudear.

—¿Ci… ci… cinco? —se acercó a Covarrubias—. ¿Ha dicho cinco, Pancho? ¡Pero esto no puede ser! ¡Es un número impar! ¡La Comisión era perfecta cuando éramos cuatro!

—¿Algún problema, ingeniero? —preguntó don Sebastián.

—¡Ojalá sólo fuese algún problema, señor presidente! Mire usted, me explico…

—Manuel… —intentó detenerlo Covarrubias, pero Fernández Leal ya hasta temblaba.

—El número cuatro es el primer número compuesto y se puede dividir entre el uno, el dos y él mismo. Pues bien, dado que la suma de sus divisores propios es tres<cuatro, se trata de un número defectivo y, por lo tanto, sublime…

—Manuel, ya… —insistió Covarrubias.

—¡Sublime, señor presidente, como lo era esta Comisión cuando sólo éramos cuatro, no cinco! ¡Y cuando había sólo dos Franciscos en ella, no tres! ¡Tres Franciscos es una abominación! Pero vuelvo al punto del número cuatro…

—¡Manuel, por favor!

—… no sé si sepa usted que cuatro es el cuadrado de dos… Y si se multiplica un número por cuatro se obtiene el cuádruple del número inicial y si se divide por cuatro se obtiene un cuarto del número inicial… ¡es un número tetraédrico, señor! ¡No cualquier numerito primo del carajo que no tiene más que dos divisores: él mismo y el uno!

Don Manuel Fernández Leal estaba mareado y sudoroso. Lerdo de Tejada lo miraba divertido e intrigado. Entonces se volvió hacia su secretario:

—Sorprendente… Tal y como me lo reportó usted, Margarito. ¡Felicidades por su reporte!

El aludido inclinó la cabeza.

Ya se podrán imaginar los lectores de esta crónica los gestos, los agobios, la furia y las emociones contenidas que se obtuvieron en aquella fotografía. Cuando se disipó el humo del magnesio utilizado para iluminar la imagen, Lerdo se dirigió al balcón central de Palacio.

—Y ahora, ¡a recibir el agradecimiento del pueblo que se ha reunido en la plaza para despedirlos! ¡Acérquense y digan adiós a su patria, caballeros!

Cuando las puertas del balcón se abrieron, una «multitud», según don Margarito —aunque, en realidad, la gente ahí reunida no sumaba más de doscientas almas—, los saludó con vítores y aplausos. No faltaron los cornetines, las serpentinas y los espantasuegras.

El señor presidente, caballeroso como es, los colocó en un primer plano. Francisco Díaz Covarrubias cambió su expresión torva por una patricia. Se transformó de pronto en un tribuno romano que saludaba a los gentiles. El segundo Francisco, Jiménez, ofreció con gallardía un saludo militar. Agustín Barroso le mandaba ya besos a una señorita morena de labios carnosos, poseedora de dos orbes extraordinarios que se adivinaban por debajo del vestido. Y el ingeniero Fernández Leal, apenas reponiéndose del soponcio anterior, secándose la frente perlada de sudor con un pañuelo de seda e ignorando al populacho, se volvió hacia mí y gritó emocionado: «¡Sus ojos son azul Capri! ¡Al sol resplandece un hermoso azul Capri!»

6

DONDE SE ABORDA DE NUEVO LA ESCENA ANTERIOR,
VISTA AHORA DESDE EL ZÓCALO Y CON LA PARTICIPACIÓN
DE TRES SINGULARES PERSONAJES

El bigote entrecano y remolón, desbordado como cascada sobre el labio superior, sube y baja según su dueño muelea con
sabrosura una trompada y un garapiñado, acompañado en el
ritmo por las marimbas y chirimías que alegran y llenan de
espíritu de verbena el lugar y el momento.

—Oye, Engracia, este garapiñado sí que está re *güeno*...
¿'ónde andará el charamusquero, tú? ¿No los ves por ái? ¡O
al merenguero! Es que con este méndigo frío nomás no me
alcanzó con el puro champurrado que me *dejastes* tomar... ¡Un
tamalito, aunque fuera, por vida de Dios...!

—¡Ya párele a la tragadera, viejo atascado, que luego se hin-
cha todo y ái 'stá una teniendo que curarle el empacho!

—No se enoje, mi reina chula, ¡mi conito de azucarillos...!

45

—*'Sea* chupamirto… ¡Y ya cállese que no tarda en salir el presidente!

—¿Y a qué sale el presidente si hoy ni es el Grito?

—Porque va a presentar a unos señores muy importantes…

—¿Los *astrógolos*, esos…?

—*Ora astrógolos*, viejo ignaro. ¡Se dice astrólogos!

—Bueno, pos eso… ¿y ésos qué o qué?

—*Pos* que se van a China…

—¿Tan lejos?

—Que van a ver a Venus…

—¿A mi compadre?

—¿Cuál compadre?

—¡*Pus* el Venus!

—¿No le digo, Jacinto? Si *usté di* a tiro es bruto. ¿Qué tiene que ver el compadre Venustiano con Venus el planeta?

—¡Fue una broma, vieja! Tsss… Ya hasta parece *asté* diente de león por lo sulfuroso… ¿Y pa' qué se van hasta China a ver a Venus? ¡Si desde aquí se ve! Es más, ya no tarda en salir por ái…

—Pos no sé, pero es una comisión de ciencia… que porque Venus va a pasar justito frente al sol, dicen…

—¡Íiiiii, qué brutos! ¡Como si no pasáramos todos frente al sol todos los días!

—Disculpen ustedes, pero no he podido dejar de escuchar su conversación y si quisieran, yo podría explicarles en qué consiste exactamente el tránsito de Venus y cuál es el objetivo de esta importantísima misión.

Jacinto y Engracia se vuelven hacia quien les habla con tanta elegancia.

—¡Ah, jijo! ¡*Usté* es tuerto! (Dicen que los tuertos son de mal agüero, Engracia…)

—(Y más si parecen encargados de funeraria, Jacinto…)

—¡Ah, qué simpáticos los naturales! ¡Y qué fieles representantes de nuestro pueblo, siempre silvestre, al que me he prometido sacar de la obscuridad de la ignorancia! Me permito presentarme: don Joaquín de la Cantolla y Rico, para servirles.

—¿¡*Usté* es el que vuela!?

—Eh, pues sí… en globos…

—¿El de los globos *aegrostáticos*?

—Aerostáticos, sí…

—¿El que mató al pobre zapatero aquí mismito cuando se le enredó una pata en la cuerda del globote ése y salió volando y se fue a estrellar dentro de Palacio?

—Eh, bueno… ése fue un lamentable accidente…

—¿El que le destruyó su casa a una pobre familia allá en Salto del Agua?

—¡Sí, pero no fue intencional! ¡Hubo una bajada de aire caliente y no pude controlar el globo! Eso fue un error de cálculo de mi ingeniero de vuelo, don Pablo Quiroz y Somellera… ¡Pero, bueno! ¿¡Quieren que les explique el tránsito de Venus, sí o no!?

Joaquín de la Cantolla, entonces de cuarenta y cinco años, les lanza una furibunda y ciclópea mirada, ya que no puede hacerlo desde el ojo de vidrio que suplantó al perdido en una explosión de pólvora. Engracia y Jacinto se miran, hablan en secreto y, finalmente, se dirigen hacia él:

—*Tá' güeno*… Platíquenos de Venus, a ver…

7

DONDE SE RESUMEN, POR ÚNICA OCASIÓN EN ESTE RELATO, LOS FUNDAMENTOS CIENTÍFICOS DEL FENÓMENO ASTRONÓMICO CONOCIDO COMO EL «TRÁNSITO DE VENUS». DONDE SE CONSIGNA TAMBIÉN LA EXPLICACIÓN QUE DIO JOAQUÍN DE LA CANTOLLA SOBRE LA IMPORTANCIA DE DICHO FENÓMENO, ASÍ COMO EL OBJETIVO QUE ANIMABA A LA COMISIÓN ASTRONÓMICA MEXICANA, Y DONDE SE CONMINA A LOS LECTORES QUE DESEEN ENTENDER A CABALIDAD EL HECHO CIENTÍFICO A BUSCAR PUBLICACIONES ACADÉMICAS DE DIVULGACIÓN, PUES NO ES EL OBJETIVO DE ESTE RELATO ENTRAR EN HERMETISMOS ASTRONÓMICOS O MATEMÁTICOS.

—Ya desde los albores de la astronomía —comenzó su relato don Joaquín de la Cantolla—, desde que los seres humanos comenzamos a escudriñar en las estrellas para encontrar no sólo el significado de nuestra existencia sino también el lugar real y no figurado que ocupamos en el universo, Venus ha sido el objeto de nuestros estudios... ¡Venus! El lucero del alba y del anochecer… ¡*Phosphorus*! El Portador de la Luz, para los griegos, quienes creían que eran dos los cuerpos celestes que anunciaban, uno el día y otro la noche, aunque fue Pitágoras quien los desdijo… ¡Venus! Encanto, excitación y deseo… ¡Venus, a quien se *venera*! ¡Venus, quien nos *envenena* en el Amor! ¡Ishtar en Mesopotamia! Diosa del amor y cortesana de los dioses…

—(Oyes, ¿y no tendrá que ver también con lo venéreo?)

—(¡Cállese, viejo lúbrico!)

—¡Venus! ¡Anahita para los persas! ¡Para los incas, Chasca, el paje del Sol o protector de los jóvenes! ¡Y Ashtart para los fenicios, quienes lo adoraban como al más bello de los cuerpos celestes…!

—(Oyes, Engracia, ¿y cuándo nos va a explicar lo de los *astrógolos*?)

—(¡Cállese, que habla rete bonito el tuerto…!)

—Ya Copérnico, desde 1543 —continuó entusiasmado el aeronauta—, cuando definió a nuestro planeta como un mero satélite del Sol, expresó la necesidad de contar con una medida astronómica que fuese capaz de ayudarnos a conocer las distancias entre los cuerpos celestes de nuestro sistema solar. Y esa unidad de medida, que ahora llamamos Unidad Astronómica, sería, nada menos, la distancia entre el Sol y la Tierra…

—(¿Y Venus qué pitos toca, Engracia…?)

—Claro que no podemos medir semejantes distancias en metros, millas, kilómetros o leguas. ¡Sería imposible, como ustedes comprenderán…! Y fue Kepler, nada menos, ingenuos campiranos, a través de su tercera ley del movimiento planetario, quien señaló que sólo midiendo los radios de los cuerpos celestes se puede lograr medir el valor absoluto del radio orbital de dichos cuerpos.

—(Mujer, ¿tu atole lo vas a querer de canela o de vainilla...?)

—Y seguramente habrán escuchado hablar sobre el cometa Halley...

—¡Ah, sí, el *Jálei*, cómo no, sí es muy conocido! (El mío que sea de mamey, Jacinto...)

—¡Me alegro! Bien, pues fue Edmond Halley, en 1716, quien descubrió el método para medir la distancia entre la Tierra y el Sol. Halley planteó que dicha distancia sólo podría conocerse si se realizaban mediciones exactas del tiempo de inicio y fin de un tránsito del planeta Venus frente al disco solar, siendo observado el dicho fenómeno desde diferentes partes de la Tierra. Esto tenía como finalidad observar a Venus cruzando sobre la superficie solar desde muy diversos ángulos, con lo que los resultados serían distintos para cada observador...

—¿Pos no que se trataba de encontrar una sola distancia y no sé qué?

—Permítame continuar, zafio labriego...

—(¿Cómo me dijo éste, vieja?)

—La relación establecida entre todas las mediciones, con claras y lógicas diferencias entre tiempo y distancia, nos permitirá conocer la paralaje solar...

—¿La *para* qué?

—La pa-ra-la-je solar, aldeanita querida. La paralaje solar es una cantidad angular pequeña, medida en segundos de arco, definida como el ángulo desde el que un observador imaginario, localizado en el centro del Sol, vería el semidiámetro, es decir, el radio de la Tierra...

—(A mí el tuerto ya me está perdiendo, Jacinto…)

—(Te digo que mejor vayamos por un tamalito…)

—Conocido el ángulo de la paralaje y aplicando relaciones trigonométricas muy sencillas, es posible calcular la distancia verdadera que existe entre el Sol y la Tierra, es decir la Unidad Astronómica, con la que podremos medir la distancia que hay entre los planetas ¡y el tamaño real de todo el sistema planetario solar! ¿¡No les parece deslumbrante!?

—Ah, no, sí, sí… deslumbrantísimo…

—Ah, pero bien sabía el pobre Halley que eso sería imposible en sus días, ya que los instrumentos astronómicos de observación y de medición no estaban tan adelantados como hoy lo están. Y si bien hubo esfuerzos en el siglo XVIII por observar el tránsito, ya se preveía que sólo en un futuro más avanzado se podría hacer la medición exacta. ¡Y es por ello la importancia extrema de esta misión científica! ¡Más de cien años han pasado desde el último tránsito de Venus y hoy la humanidad está ya preparada para lograr la dicha medición!

—¿Y por qué ha pasado tanto tiempo, oiga?

—(Más tiempo he pasado oyendo a este señor, Engracia, y se acaba el atole…)

—Bueno, mis pintorescos escuchas, eso sería un poco más complicado de explicar…

—(¿¡Más…!? Yo ya me voy por mi atole, Engracia…)

—(¡*Usté* se queda aquí y hace un esfuerzo *pa'* ver si se cultiva!)

—Kepler ya nos lo explicó a través de la mecánica celeste. El universo no se mueve de manera caprichosa, por lo que Venus transita frente al Sol sólo dos veces cada uno o dos siglos; luego debemos esperar un siglo sin que se presente el fenómeno y así de nuevo…

—O sea que sí hay tiempo para un tamal y hasta para una trompada…

—¡Trompada en el hocico la que te voy a dar, Jacinto, si no dejas hablar aquí al astrólogo!

—En realidad sería *astrónomo*, pero me conformo con *aeronauta*, rústica dama. Y no, mi pueblerino amigo, no tenemos tiempo, mire usted. Los tránsitos de Venus del siglo pasado ocurrieron en 1761 y 1769. Los de nuestro siglo ocurrirán precisamente en este año, 1874, y en 1882. El incierto siglo XX pasará sin la fortuna de observar a Venus navegando frente al Sol y el muy futurista siglo XXI lo verá también en dos ocasiones: en el año 2004 y en el 2012. Y si ya confiamos en que la humanidad perdure como tal en el siglo XXII, ésta lo verá en los años 2117 y 2175… ¡Es ahora o nunca! Y en cuanto pueda ser medida la verdadera distancia entre nuestro planeta y el Sol, ¡habremos encontrado la Unidad Astronómica!

—Perdone *asté*, señor, pero ¿me puede decir cuál es la distancia entre México y Cuernavaca, de donde venimos mi mujer y yo?

—Eh… pues… no con exactitud, pero… ¿Setenta, ochenta ki…?

—Día y medio, señor… ésa es la distancia entre México y Cuernavaca… ¡Día y medio de acabar con la espalda rajada, las patas dormidas y las nalgas destrozadas! Y si no sabe *asté* la distancia entre México y Cuernavaca, ¿pa' qué carajos quiere conocer la distancia entre la Tierra y el Sol? ¡Y tanto se ha tardado con sus farandulerías que el atolero ya se fue, la tamalera ya nomás tiene de rajas, que me pican mucho, el merenguero nomás no aparece y el tepachero dice que el tepache ya se le entibió...!

Don Joaquín de la Cantolla, indignado y arrepentido por haber gastado su tiempo y su saliva echándole margaritas a los puercos, intenta alejarse de ahí con el orgullo herido y el ánimo cabreado, pero Engracia sale en defensa de su Jacinto, porque a su marido nadie le dice puerco y nomás ella lo *ninguneya*, que para eso es su marido.

—¿*Pos* sabe qué? Mi marido será muy bruto, pero no es ningún traidor como *asté*...

Cantolla se detiene en seco.

—¿Traidor, yo? ¿¡A qué se refiere, lenguaraz penca de nopal...!?

—¡Traidor y muy traidor! Porque yo seré una penca con todo y ahuates, pero me las agencio *pa'* aprender y sé muy bien que *usté* le volaba sus globitos al emperador Maximiliano. ¿*Pus* no hasta unas mancuernillas *di* oro le regaló?

—Bueno... sí... ¡pero fueron muy chiquitas!

—¿Y no volaba en sus globos *pa'* festejar a sus amigotes los más traidores Juan Nepomuceno Almonte y al mismísimo Tigre de Tacubaya, el desgraciado asesino Leonardo Márquez...?

Don Joaquín de la Cantolla está siendo tratado muy injustamente, hay que decirlo, pues sus experimentos aeronáuticos fueron mucho más provechosos para nuestro país que sus afiliaciones políticas. Mas para su fortuna, y cuando Engracia ha dejado de ser una «aldeanita querida» para convertirse en una «erinia furibunda» que se prepara ya a zangolotear la escuálida figurilla del aeronauta, las puertas del balcón central del

Palacio se abren de par en par y dan paso a seis hombres que son vitoreados por la masa entusiasta. «¡Viva el presidente!», exclaman algunos, aunque no sepan bien a bien cuál de ellos es el presidente. Don Joaquín es salvado por tan favorable circunstancia y se escapa por entre el anonimato que le confiere el pueblo siempre clamoroso. Un pueblo, hay que reconocerlo y dándole alguna razón a don Joaquín, que no sabe quiénes son todos esos señores que se van hasta China que dizque a tomarle fotografías a Venus; que dicen que se van a buscar a unos paralajes que sirven *pa'* medir quién sabe qué asuntos; *quesque* van también a ver unos radios con unos observadores imaginarios que, para colmo, van a quedar bien tatemados porque se tienen que parar en el Sol, y que *ora* sí juran que encuentran a la tal Unidad Astronómica, que debe andar bien perdida la pobre, porque la están buscando desde hace años.

Eso sí, de los señores que están en el balcón, algunos más o menos reconocen al ingeniero Díaz Covarrubias, y eso porque se hizo famoso desde hace tiempo como astrólogo y brujo, que bien que ha anunciado, con una increíble precisión y valiéndose quién sabe de qué malas artimañas, los últimos eclipses solares, que por más que digan, siguen siendo presagios de lo infausto y de lo desconocido, mensajeros de lo arcano…

Y de los otros señores que están ahí, Engracia y Jacinto creen reconocer nomás a Kepler y eso porque tiene los ojos azules. Pero a Copérnico y a Halley nomás no los ubican.

—¿Y sabes qué se me hace, Engracia? —dice Jacinto, sabiondillo—, que el peloncito ése de ojos saltones debe ser Pitágoras, porque el presidente sabrá Dios quién sea, tú…

8

DONDE SE PONEN A PRUEBA, POR UN LADO, LA VALENTÍA
DE LOS COMISIONADOS, Y POR EL OTRO, LA SOLIDEZ
DE LA GRAN OBRA DE INGENIERÍA FERROVIARIA REALIZADA
EN LAS CUMBRES DE MALTRATA.

En el carro comedor departen los comisionados a quienes, tal
y como lo había prometido el presidente, se les ofreció una
despedida digna de un batallón que marchase a la guerra y del
que se tiene la seguridad de que volverá victorioso. «Un gran
honor el que nos ha dispensado el señor presidente», argu-
menta el jefe Covarrubias. «¿Honor de qué o por qué, Pancho?
Primero cumplamos con nuestra misión y ya luego que se nos
celebre… o se nos fusile, si fallamos», se lamenta el otro Francisco, el cascarrabias Jiménez. Fernández Leal observa cómo
se consume el fuego que ha encendido en la superficie de su
copa de *cognac*. Chasquea la lengua. «Bueno, esas verbenas a
mí siempre me han molestado. Un vulgar baño de pueblo tan

del gusto de los políticos. Por no hablar de los cohetones que tronaron a escasos centímetros de nosotros...» «¡Pero es que este *cognac* es una gloria, carajo! ¡Camarero! ¡Tráigase la botella entera que vamos de camino a la gloria!», interrumpe el siempre arrebatado Agustín Barroso. Y cuando el mesero le acerca la botella, Covarrubias se la arrebata, la coloca a su lado y sentencia con la mirada al joven ingeniero. «No empezaremos desde ahora, ¿verdad, Barroso?» Pero quien sale en la defensa de Agustín, cosa que ni él se podía esperar, es Jiménez, su antiguo profesor.

—Pancho, no seas tan severo. Déjalo beber. Es joven y quién sabe si alguna vez regrese a su patria o en qué condiciones: si cubierto de gloria o envuelto en una mortaja. ¿Qué más te da otro *cognac*?

Fernández Leal apura un trago a su copa toda vez que *le flambeau* se ha extinguido.

—Mmm... en realidad no es *cognac*, es un buen *armagnac*... Jiménez lo detesta.

—¿Y cuál es la diferencia, si nos quiere ilustrar?

—No lo culpo por confundir un *cognac* de un *armagnac* y con gusto le explico la diferencia. El destilado, para empezar, el porcentaje de alcohol y, sobre todo, las cepas utilizadas para su elaboración. Mire usted, en el caso del *armagnac* son indispensables la *colombard*, la *fleur blanche* y la *Saint-Emilion*, mientras que para el *cognac* es indispensable...

Jiménez lo ignora de manera grosera y se vuelve hacia Barroso entregándole su propia copa.

—Tenga, ingeniero, acábese usted esta porquería que a mí me sabe a perfume de piruja.

Fernández Leal no da crédito a tanta grosería. Jiménez grita al servicio:

—¿Pero es que no hay aquí una botella de aguardiente? ¿Algún tequila? ¡Camarero!

—Dios bendito… —murmura Fernández Leal sintiendo pena por su *armagnac*, tan fino y afrutado—. ¡Y no es cualquier *armagnac*, joven Bulnes!¡Es un *Grand Bas Armagnac*! —y lo dice con tal énfasis en su acento francés que pareciera que al fondo del carro comedor el pianista debiera de interpretar *La Marseillaise*.

Pero cuando las discusiones etílicas parecen desbordarse, el tren reduce su velocidad de manera considerable hasta detenerse con un desagradable chirriar de las ruedas contra las zapatas de frenado y los rieles. Por ello no fue de extrañarse que Agustín Barroso perdiese el equilibrio, yendo a dar al suelo. Pero unas manazas, ajenas a la escena, lo levantan de un solo tirón. Es el maquinista, quien se hace acompañar del fogonero, más tosco y sucio que él, si se puede. Y, además de sucio, amenazante, pues carga una larga y gruesa cuerda terciada al cuello y la espalda.

—Señores, soy Gallo, el maquinista. Hemos llegado a Maltrata y es hora de que conozcan ustedes la magnificencia de los puentes de Metlac y del Infiernillo.

Fernández Leal, quien ha apurado ya todo su *armagnac*, sigue gritoneando:

—¿Ha dicho «magnificencia» el Gallo? Qué peculiar personaje…

—Sírvanse acompañar a mi compañero, don Vulcano el fogonero.

—¡Bueno! Que el fogonero se llame Vulcano, oiga usted...

—Don Vulcano los amarrará, para su protección, en el *apartavacas*.

—¿En el qué, perdón? —Covarrubias intenta ocultar su nerviosismo.

—En la parrilla de Babbage, que así se llamaba el inventor. También se lo conoce como aventador, pero todo el mundo le dice *apartavacas* —completa la información don Vulcano—. El aventador aparta troncos, ramas caídas, nieve y, claro, vacas...

—¿Y no podemos contemplar esos puentes maravillosos desde nuestros asientos? —sugiere Fernández Leal.

La mirada del señor Gallo lo dice todo.

—No.

—Pues tan sorprendentes y curiosos el maquinista como el fogonero —se resigna Fernández Leal—. ¡Vayamos, pues, al *apartavacas*!

Ya en la parrilla, don Vulcano se da a la tarea de amarrar con toda su fuerza a los comisionados, aunque Covarrubias, como debe ser, tiene siempre la última palabra:

—Bulnes, usted no va. Le recuerdo que sólo es el narrador del viaje y no su protagonista. Y usted tampoco, Barroso. Su condición no se lo permite y no pienso retrasar el viaje por estar buscando su cadáver en el fondo de una barranca. Proceda, don Vulcano.

Y como a don Vulcano le sobra cuerda, ajusta con mayor firmeza el cuerpo de Covarrubias, quien queda al centro, como mascarón de proa. A su derecha, Fernández Leal, quien se queja de lo burdo y rasposo de la cuerda que lo asfixia. A su izquierda, Jiménez, quien siente ya bullir en su interior el espíritu guerrero que lo hace sentirse vivo, estando sus pies como lo están, a escasos centímetros de los durmientes y la gravilla. No puede evitar decir para sí, aunque en voz alta: «Si me vieras ahora, Susana, a punto de empezar una nueva aventura, entenderías el por qué mi vida a tu lado es un constante y enfermizo aburrimiento».

El tren se pone en marcha. Están justo en Boca del Monte, el punto más alto de las cumbres, donde inicia la pendiente infinita entre cerros, laderas, túneles y descensos que se antojan laberínticos y que no se detienen hasta llegar a Orizaba. Los tres hombres se muestran confiados en un principio, mas cuando el paraje se abre bajo sus pies y el tren comienza a sucumbir a la fuerza de gravedad, tomando una velocidad alucinada, la parquedad desaparece de sus rostros y entonces sí que entienden el por qué el puente del Infiernillo se llama de esa manera. La máquina caracolea por sobre las pendientes, sigue las ondulaciones de los contrafuertes con ritmos trepidatorios, se desplaza como un águila en pleno vuelo de caza en picada o serpentea bufando al subir una nueva cuesta, sólo para dejarse caer de nuevo en una carrera hacia el abismo. Después escribiría Covarrubias: «La máquina se adhiere, quizá hasta por instinto, a los rieles y a las escabrosidades de las rocas, cual si buscase en ellas mil puntos de apoyo para no desplomarse al vacío, pues los ligeros puentes de hierro, cuyas esbeltas columnas se pierden entre la robustez de la selva, no parecen capaces de ofrecer un punto de apoyo al pesado tren...», aunque sí lo hacen, confirmando en los viajeros la opinión de que aquella primera línea del ferrocarril mexicano es una obra maestra de la ingeniería. Aunque faltaba todavía la prueba suprema: cruzar el puente de la barranca de Metlac, que se alzaba imponente hasta por casi treinta metros de altura y que se sostenía por ocho columnas de fierro fundido que apisonaban la barranca con sus seiscientas toneladas de peso. La responsabilidad del puente es la de un Atlas: soportar el tonelaje de la máquina, ya en caída libre, sobrepasando los cien kilómetros por hora.

Covarrubias, con el cabello revuelto por el viento y los ojos desorbitados por el frío y la llovizna, que se le clava en el rostro como alfileres, mira hacia la distancia, como retando al puente que se avecina y pensándose un Virgilio que se dirige a los infiernos, con estentórea voz recita un fragmento de la *Eneida*:

—«¡Y así la tempestad embiste la vela y levanta las olas hasta el firmamento! ¡Pártense los remos, vuélvese con esto la proa y ofrece el costado al empuje de las olas! ¡Un escarpado monte de agua se desploma de pronto sobre el bajel! ¡Unos quedan suspendidos en la cima de las olas, que, abriéndose, les descubren el fondo del mar, cuyas arenas arden en furioso remolino! Y a la vista de Eneas, ¡una enorme oleada se desploma en la popa de la nave! ¡Tres veces las olas voltean la nave, girando en su derredor, hasta que al fin se la traga un rápido torbellino...!»

Y cuando el tren embiste el puente y éste soporta el castigo de la máquina de acero, Jiménez, menos clásico que Covarrubias, grita como loco:

—¡¡Déjense venir, pinches gringos!! ¡Tengan los tamaños para retarme otra vez, infelices rateros de naciones, que aquí los espera un hombre! ¡Un patriota que habrá de meterles sus barras y sus estrellas por donde mejor les acomode! ¡¡Órale, jijos de la chingada!! ¡¡Gringos apestosos...!!

Pero los alaridos de uno y la declamación yámbica del otro se ven enmudecidos por la potente bravura del combate que sostienen la tecnología contra Natura, pues la cimbreante fortaleza de los puentes, el chirriar de los rieles, el golpeteo del metal sobre los durmientes y los pitidos de la máquina reverberan y explotan en las paredes de los barrancos, multiplicados por el eco hasta el infinito, compitiendo contra los graznidos de las aves y los rugidos y aullidos de gatos monteses y coyotes que, aterrados, buscan refugio entre las cuevas y madrigueras. El ruido embota los sentidos y taladra los oídos de los viajantes.

Pero ninguna travesía es eterna, ni siquiera la de Eneas, y cuando el tren se detiene, ya en el valle de Orizaba, jadeando por el esfuerzo y resoplando nubes blancas de vapor, los hombres amarrados en el aventador guardan un pasmoso silencio. Covarrubias no sale de su asombro epopéyico. Sus ojos desorbitados, su cabello enmarañado y su barba revuelta y encanecida le confieren un halo de profeta delirante. Es un Moisés recién bajado del Sinaí.

Francisco Jiménez respira de manera agitada. Su mirada, vidriosa y salvaje, parece buscar por ahí a algún enemigo que lo espera escondido para emboscarlo.

Por su parte, el ingeniero Manuel Fernández Leal no ha dicho nada. Y no lo ha hecho porque, desde que el tren inició el primer descenso, el pobre hombre, aquejado por el vértigo, sufrió un desmayo tal que lo dejó convertido en un fardo inconsciente, ajeno al tráfago de la locomotora, los acantilados y los cantos de la *Eneida*.

9

DONE SE NARRA LO ACONTECIDO A LOS CIENTÍFICOS
ANTES DE LLEGAR A VERACRUZ, ASUNTO QUE DEJARÁ
EN ASCUAS AL LECTOR Y CON EL QUE CULMINARÁ
ESTA PRIMERA ENTREGA DE LA NOVELA.

—¡Que no, hombre, que no…! ¡Si no he perdido el sentido en ningún momento! Es sólo que soy un hombre parco de palabras y preferí admirar el paisaje en silencio, eso es todo… —se defiende Fernández Leal ante la burlona mirada de Jiménez, quien le ha preguntado con fingida zalamería sobre su estado de salud, mientras que Covarrubias sólo reprueba a su compañero negando con la cabeza.

—Qué desperdicio de oportunidad, Manuel.

—¡Y qué desperdicio tu regaño, Francisco! Como si estuviese yo en edad… ¡Camarero! ¡Sírvame otra copa de *armagnac*, para calentarme el cuerpo y el esqueleto, por favor!

Covarrubias decide atacarlo de otra manera:

—¡Debí dejarlo a usted en su lugar, Barroso! No sabe de lo que se perdió…

—¡Qué va, ingeniero! —responde el joven—. ¡Si no me lo he perdido! A escondidas me trepé al techo del vagón, justo por las escalerillas, y de ahí me sujeté con todas mis fuerzas de la turbina del respirador…

—¿¡Cómo dice…!?

—¡Qué experiencia! ¡Me sentía yo como volando! Y luego, ¡ah!, mirar esas vías que corrían por debajo de mi cuerpo, insinuantes, seductoras, ¡acercándose a un nuevo túnel, abriendo su camino para la embestida de la locomotora…!

—¡Es usted un cretino y un irresponsable, Barroso! —estalla Covarrubias—. Desobedeció mis órdenes de manera premeditada y, peor aún, se colocó en un peligro innecesariamente estúpido. ¡Retírese a su camarote! Lo sanciono con un arresto de… de… ¿cuánto falta para llegar a Veracruz, Pancho?

—Unas cuantas horas. Ya estamos por llegar a Tejerías.

—¡Pues queda arrestado por unas cuantas horas! ¡Y usted, Bulnes, lo mismo! ¡Los dos están castigados! Uno por imprudente y otro por mostrar falta de criterio y no cuidar del necio. Lucidos estamos. No tenemos ni un día de viaje y ya hemos estado a punto de perder al fotógrafo. Entiéndanlo, caballeros. Debemos actuar como un solo cuerpo. Yo soy responsable de ustedes y ustedes lo son de mí.

—¡Ah! *Les trois mousquetaires! Dumas!* —exclama al fondo Fernández Leal, quien ya va por la tercera copa de licor.

—¡Ya cállate, Manuel! ¡No seas pesado, hombre…!

—En este punto te apoyo totalmente, Pancho —sentencia Jiménez—. Como segundo responsable de la expedición y con rango militar, además, confirmo la orden del señor ingeniero Covarrubias. ¡Retírense!

Pero cuando están por abandonar el vagón, el tren detiene su marcha lentamente y entra corriendo un joven delgado y con gafas. Se presenta.

—¡Ingeniero Covarrubias! Ángel Rodríguez, para servirle. Soy el telegrafista.

—¡Claro! —grita de nuevo un cada vez más lánguido Fernández Leal—. ¡Y sírvanme otra copa para que sean cuatro! ¡Odio los números nones! —y se vuelve hacia Covarrubias—: Si el fogonero se llama Vulcano, el telegrafista se llama Ángel... ¡el mensajero! ¡Y además es hermoso, como Mercurio!

—¡Ya cállate, Manuel, estás borracho!

—¡Y Mercurio es bello...!

Y el pobre Mercurio o *ángelos* o mensajero, nada versado en etimologías, le entrega un telegrama a Covarrubias, quien lo lee, palidece, siente un vahído y está a punto de caer. Lo sostienen entre todos. Covarrubias le entrega el telegrama a Jiménez: «Imposible continuar viaje Veracruz. Punto. Epidemia fiebre amarilla. Punto. Centenas de muertos. Punto. Vómito negro. Punto. Puerto incomunicado. Punto.»

Un pesado silencio se apodera de los ahí reunidos.

—Pero... ¡podríamos llegar y abordar de inmediato el vapor a Nueva Orleans...!

—El puerto está cerrado a la navegación, señor. No entra ni sale barco alguno hasta que así lo dispongan las autoridades sanitarias.

—¿¡Y si intentamos seguir a Coatzacoalcos...!?

—Todas las vías están cerradas, ingeniero. Ya hay cientos de muertos...

Covarrubias se sienta. Le tiemblan las manos. Jiménez le acerca un vaso de agua.

—Confiemos, Pancho. Tenemos poco más de tres meses para llegar a China.

Pero no. Díaz Covarrubias no confía. No confía porque cada segundo que se pierde, Venus se acerca treintaicinco kilómetros hacia su tránsito frente al Sol. Ciento veintiséis kilómetros cada hora y un día de retraso de la Comisión le significa a Venus un adelanto en su órbita de poco más de tres millones de kilómetros. Y por ello Covarrubias no confía. Porque no puede ni siquiera pensar en la ridícula suposición de que Venus, planeta similar en tamaño a la Tierra, retrase su camino tan sólo para esperar a unos insignificantes hombrecillos, hormigas desesperadas, que ni siquiera pueden llegar al puerto de Veracruz para hacerse a la mar, pues la antigua ciudad amurallada es llamada ahora, en todos los diarios, *Las Puertas del Infierno*.

Fin de la primera entrega

ALMANAQUE PRIMERO

Noticias últimas y sobresalientes del mundo científico y astronómico

Gazeta de México
Compendio de noticias de la Nueva España

Provincia de la Antigua California. Reino de la Nueva España. 1769.

Se reporta que una afortunada coincidencia tuvo lugar en el poblado de San José del Cabo, en la Antigua California, en donde se encontraron, de manera accidental, el ilustre astrónomo y matemático Dn. Joaquín Velázquez de León, de la Real y Pontificia Universidad de México, con el señor abate Jean Chappe D'Auteroche, venido de Francia, con Permiso Real de Su Majestad Carlos III, y los astrónomos españoles Dn. Vicente Doz y Dn. Salvador Medina quienes llegaron a estas tierras para observar el ya famoso Tránsito de Venus que, en esta ocasión, será visible en tierras novohispanas.

El señor abate Chappe venía armado con novísimos aparatos de observación, mismos que fueron aprovechados por los cuatro hombres, ya hermanados por el amor a la ciencia, ya por la soledad o las carencias del inhóspito sitio. El abate Chappe reconoció de inmediato en Dn. Joaquín Velázquez de León, ya mexicano célebre, a un superior en cuanto a la ciencia de la astronomía se refiere, quien hizo alarde de sus conocimientos matemáticos que lo confirmaron como el más versado de los cuatro. Tan fue así, que sus mediciones topográficas lo llevaron a cambiar el lugar de observación al Real de Santa Ana. La Gazeta de México, siempre al día en las noticias de estas tierras, pudo constatar que los resultados científicos fueron más que satisfactorios. Pero también fue testigo este rotativo del lamentable fallecimiento, a causa de una infausta epidemia de fiebre amarilla, del señor abate Chappe y del español Dn. Salvador Medina. Sin embargo, Dn. Vicente Doz se ofreció a llevar a Europa los cálculos realizados no sólo por él y el finado Medina, sino también los hechos por el abate Chappe y el sabio mexicano, criollo por nacimiento, quien nunca dudó de la honorabilidad del señor Doz. Y es por esto que, hasta el día de hoy, y en parte gracias al señor Velázquez de León, se ha logrado una mayor exactitud en la esperada medición de la Unidad Astronómica. Y finalmente, podemos informar con gran placer que, analizando todos los datos recabados, -entre ellos, ya se ha dicho, los de la Nueva España-, el alemán Johann Encke encontró un valor para la paralaje solar de 8.58 segundos de arco, mientras que otros sabios encontraron un valor de 8.56 segundos de arco, con lo que se puede afirmar que las tierras mexicanas han contribuido enormemente a encontrar la cifra final tan esperada.

Nota del Autor: El Dr. Marco Arturo Moreno Corral, en su libro *Odisea 1874 o el Primer Viaje Internacional de Científicos Mexicanos*, nos aclara que, a pesar de la diferencia de tan sólo dos dígitos en las mediciones anunciadas, la diferencia era abismal: cinco millones de kilómetros, lo que representa más de dieciséis veces la distancia entre la Tierra y la Luna. La Unidad Astronómica, en el siglo XVIII, estaba, por lo tanto, muy lejos de ser determinada.

Segunda Entrega

Veracruz - Coatzacoalcos - La Habana - Filadelfia

1

DE CÓMO LA VOLUNTAD CIENTÍFICA
ES CAPAZ DE RETAR A LA CIENCIA MISMA.

En efecto, Veracruz es una ciudad bajo asedio. Se ha declarado el estado de excepción y el ejército ha tomado el control de la plaza. Los contagiados son tratados como criminales. Su aislamiento es forzoso, ya sea en hospitales, cuarteles o en las tiendas de campaña levantadas en las plazas públicas, inmundas buhardillas que no son otra cosa más que antesalas de la muerte y que han convertido a la ciudad en un enorme campo de concentración. Por todos lados se encienden fogatas en las que se queman sábanas, vestidos, pañuelos y todo el material orgánico que ha estado en contacto con los enfermos o con los más de mil cadáveres que para ese día se cuentan ya. La ciudad huele a humo y a podredumbre y las campanas de las iglesias doblan por los difuntos hora tras hora, día por día.

Agazapados tras unas columnas, aguardan, cubriéndose el rostro con sus pañuelos y procurando respirar el humo de una fogata que ellos mismos han encendido, cuatro de los cinco comisionados. Han enviado a uno de ellos a investigar si es verdad que el puerto está cerrado y las posibilidades de escapar de inmediato. Barroso se ofreció valientemente en un principio para cumplir la misión, pero Covarrubias fue categórico: «Lo siento mucho, Bulnes, pero si habremos de sacrificar la vida de alguno de nosotros será la suya en primer lugar. Usted entiende…»

Bulnes suspira, se cubre nariz y boca con una gruesa bufanda y Fernández Leal, con rostro compungido, le rocía el pañuelo con un buen chorro de su colonia. «El alcohol tendrá que ayudar en algo, me parece».

Cuando Bulnes se pierde por entre las nubes de humo, Manuel no puede contener un sentido llanto: «Tan joven, tan lleno de vida…» Y le retira el habla a Covarrubias.

El valiente Bulnes se ha acercado a la que, según considera, será la tienda principal dada la mayor presencia de médicos y militares cerca de ella. Pero es un mal momento. El médico a cargo de combatir la pandemia, como lo ha hecho desde hace tiempo, y como lo seguirá haciendo en el futuro, es el destacado bacteriólogo orizabeño Carlos Heineman, quien se ha convertido, al menos por ese instante, en un energúmeno cuando escucha los reportes que le entregan médicos y militares: que la multitud se sublevó frente a la iglesia del Cristo del Buen Viaje, a las afueras de la ciudad, cuando las autoridades sanitarias intentaron fumigar el templo. Que hay decenas de heridos y algunos médicos golpeados, pues, a decir de los lugareños, «donde está Dios, no puede existir enfermedad», y que, por supuesto, los deudos no han permitido a los médicos, ya no se diga realizar una autopsia a sus muertitos, sino al menos obtener de los cadáveres un poco de sangre para observarla en el microscopio, que «ya bastante grande es el castigo divino que hemos recibido como para todavía permitir más sacrilegios». Heineman arroja al piso las hojas de los reportes y patea una mesilla con instrumental. «¡Y cómo carajos podré demostrar alguna vez que nuestro principal enemigo es el *Aedes aegypti*!»

Bulnes decide alejarse, pues entiende que ninguna información obtendrá ahí. Pero una voz imperiosa le ordena que se detenga. Es un comandante de apellido Miranda. Que quién es, lo interroga, que qué hace ahí, que si es extranjero, que por qué tiene ojos azules, que si es periodista… «Sólo estoy buscando un barco para llegar a Nueva Orleans, por órdenes del señor presidente de la república», se defiende Bulnes.

A los pocos minutos, Covarrubias le muestra al comandante Miranda los innumerables documentos, entre ellos diversos salvoconductos, firmados por el presidente Lerdo de Tejada.

—Si los ayudo, estaría, por necesidad, rompiendo las reglas de un estado de sitio.

Francisco Jiménez da un paso marcial y lo saluda a la militar.

—¡Comandante Miranda! Ingeniero militar y capitán primero de caballería Francisco Jiménez, luchador en la defensa del Castillo de Chapultepec durante la invasión gringa, fui preso por el ejército invasor y, a la pérdida de nuestro territorio, fui el encargado de delimitar las nuevas fronteras de nuestra patria…

Miranda se cuadra y lo saluda. Mas por desgracia, Fernández Leal abre la boca:

—Hombre, Pancho, con que digas tu rango es suficiente, me parece, porque, de ahí en fuera, no veo qué tanto presumes una incuestionable derrota, una prisión humillante y una rendición francamente vergonzosa...

Por fortuna para Manuel, es Covarrubias quien detiene a Jiménez, quien ya se le echa encima.

—¿¡Algún día te callarás, hombre de Dios!?

Covarrubias retoma la conducción de la plática.

—Comandante, su deber como patriota es ayudarnos en todo lo que le sea posible, pues haciéndolo obedece las órdenes del señor presidente, que es su superior. Me queda claro que no hay barcos en Veracruz y que tampoco podemos quedarnos aquí. Por lo tanto... —y diciendo esto saca su cartera y, de ésta, un billete que le entrega al azorado comandante—: sea usted tan gentil de darnos, de manera inmediata, una solución.

Fernández Leal se acerca de manera comedida a Bulnes y le habla en voz baja:

—Sé que es usted el cronista de nuestra comisión, pero le ruego encarecidamente que olvide hacer memoria de tan bochornoso acto, pues lo que acaba usted de atestiguar no ha sido un vil soborno a un militar por parte de nuestro superior, sino más bien una fraterna contribución financiera a un compatriota que se juega la vida en este pozo de inmundicias...

El comandante se guarda el billete.

—Pues sí hay un camino, ingeniero. Tengo un sobrino, marino muy capaz y dueño de una embarcación fabulosa, aunque...

—azuza el misterio— para que pasemos desapercibidos tenemos que cruzar a pie el estuario de la Tembladera...

Y, por alguna razón desconocida, un gélido escalofrío les recorre el espinazo a los señores comisionados.

2

DEL MODO AUDAZ EN EL QUE NUESTROS PROTAGONISTAS
HUYEN DE LAS PUERTAS DEL INFIERNO.

El estuario de la Tembladera ofrece buenos motivos para que
la Comisión tema no sólo por su vida, sino también, claro, por
el éxito de la expedición, pues aquel lugar no es más que un
arenal fangoso en el que el viento salado y húmedo se pega a
la piel como el salitre a las paredes. Los astrónomos, conster-
nados, tratan de avanzar por aquel fangal de aguas putrefactas
en las que flotan, entre iridiscencias tropicales, los cadáveres
de algunos peces, en donde las algas y hojarascas, llevadas por
el viento, se pudren al sol, y los cangrejos se dan un festín ca-
rroñero con lo que el mar les ha regalado, sin sospechar que
las gaviotas darán cuenta de ellos después, pobres crustáceos,
cuyas inútiles corazas son nada contra los picos de las aves. Una
nube de mosquitos sigue el vaivén de la brisa y no son pocos los
que zumban amenazantes alrededor de los valientes.

—¡Pancho! —reclama Fernández Leal—. Sabes muy bien que los vahos de las ciénagas, que los miasmas de la tierra y las aguas estancadas, como los de este estuario, son los causantes de todas las enfermedades... ¡Y tú nos haces caminar por sobre este fétido pantano, respirando los residuos excrementicios de toda clase de criaturas!

Y para acentuar el melodramático argumento, un mísero caracol es destrozado y engullido por dos golosas guacharacas mientras que un cormorán se zambulle, más allá del estuario, en la pesca diaria. Pero Covarrubias lo ignora y la extraña caravana continúa su marcha, dando traspiés, sin que logren distinguirse las fisonomías de los cuatro científicos y del cronista, del comandante y las de hasta veinte soldados rasos, llevados hasta ahí por la improvisada leva que realizó Miranda, jalando, empujando o desencajando del lodo las ruedas de dos carretas en las que viajan valijas e instrumental.

—Deberías saber, Manuel, que la teoría miasmática de las enfermedades está siendo demolida poco a poco por un tal Louis Pasteur en Francia...

—¡Qué va a saber este hombre de Pasteur, Pancho! —reclama el otro Pancho—. ¡Ah, pero que no se trate de diferenciar un coñac de un *agggmañac*...!

Manuel se traga la ofensa, más preocupado por recuperar una de sus botas Coffeyville, atascada en el fango, que por refutar las nuevas y absurdas ideas científicas del tal Pasteur.

—Pues que se entere... —continúa Covarrubias—. El agua podrida no tiene nada que ver. Ahora resulta que las enfermedades virulentas requieren de un «conductor», es decir, un ser vivo contaminado. La peste medieval tuvo a sus conductores:

las ratas, las pulgas… Sólo habrá que averiguar cuál es el conductor de la fiebre amarilla.

—El *Aedes aegypti*…

—¿Cómo dice, Bulnes?

—Eso dijo el médico encargado de la plaza…

—Heincman —completa el comandante.

—Ése.

—¿Y qué es el *Aedes aegypti*?

—Un mosquito…

Y, como si esa palabra fuese un conjuro diabólico, un enjambre de millares de mosquitos se lanzan sobre ellos para atacarlos por vanguardia, por retaguardia y por todos los flancos posibles.

—¡Me atacan! ¡Me están devorando! ¡No quiero morir en este infame estercolero! —clama el incauto Fernández Leal.

—¡Pues cierra el hocico, bestia gritona! ¡No sea que te tragues unos cuantos moscos y entonces sí que irás a dar a la fosa común por escandaloso!

Pero la batalla es absolutamente desigual. Aunque haya ahí una veintena de soldados, sus armas, que ahora parecieran gigantescas, resultan inútiles contra los diminutos batallones que los embisten.

Con grandes aspavientos, Miranda indica a todos que se cubran con sus gabanes o sus capas y sigan adelante, que perder la vida en esos pantanos por culpa de unos míseros insectos, así sean millones, no está en sus planes inmediatos. Y la técnica resulta, de una manera u otra, pues los zumbidos quedan excluidos hacia el exterior y la marcha puede continuar con mayor o menor dificultad para unos y para otros, pues Fernández

Leal, por ejemplo, cuando logra calzarse su bota Coffeyville lanza un nuevo grito de dolor, ya que, en la reyerta contra los mosquitos, un elusivo cangrejo moro la tomó como escondite y ahora le atenaza a Manuelito el dedo gordo del pie.

Al barco que los espera no lejos de la playa no se le puede llamar barco sin ruborizarse. Es un lanchón con una chimenea oxidada en el centro. Es una barcaza inmunda, sin calafatear, que promete primero un naufragio que una llegada segura a puerto alguno. Una reliquia de tiempos lejanos que los contempla con vaivén de palmera somnolienta.

—Yo no transporto ni a mis hombres ni al instrumental científico en «eso», comandante.

Pero Miranda desestima el recelo de Covarrubias.

—¡Vamos, ingeniero! Sí, lo admito, es un barco que ya vio sus mejores tiempos...

—La palabra «barco» es un eufemismo —sentencia Jiménez.

—¡Es una hipérbole! —agrega un indignado Fernández Leal.

—Pues a mí me gusta —zanja Barroso—. Tiene un aire de aventura, de nostalgia marina, de ataques piratas y de luchas libertarias.

El comandante ha encontrado a un aliado.

—En efecto, señor ingeniero. Es nada menos que un *Clermont* de 1807. Ha navegado setenta años y sí, claro, a la rueda de paletas le faltan una que otra, la chimenea está sujeta por alambres y quizá hasta haga un poquitín de agua, pero de que

llegan a Coatzacoalcos en veinticuatro horas… máximo trein-
taiséis… llegan, ¿eh? Se los aseguro.

Los Franciscos, Covarrubias y Jiménez, se miran. Son los
jefes de la comisión.

—¿Tenemos otra alternativa, Pancho?

—No, Pancho, no la tenemos…

—¡Capitán Noé…! —grita el militar a su sobrino, el único
tripulante que está a bordo—. ¡A subir los materiales y las
maletas!

Y mientras que los soldados cargan la tambaleante bar-
quilla, Francisco Jiménez resopla:

—Ese mozalbete un «capitán». Eso es un oprobio…

—¡Un ditirambo! —secunda Manolito.

La pobre máquina resiente el peso de las maletas y de los
varios cientos de kilos del instrumental científico. La chimenea
tose humo negro, el costillar se queja, el estribor gotea una
moquera de alergias y la proa, que al parecer sufre el vértigo
de Menière, no atina a apuntar bien ni hacia el este ni hacia el
sur. Aun así, inicia su camino. El comandante Miranda, desde la playa, se despide de ellos con un gallardo saludo militar.
Además, obliga a sus soldados a que disparen sus armas hasta
contar veintiún detonaciones que se pretenden cañonazos. Este
acto conmueve profundamente a Jiménez.

—¡Adiós, patria adorada! ¡Adiós, mi México querido!

—¡Pancho, no me jodas, que vamos a Coatzacoalcos, hombre! —lo regaña Covarrubias.

—Pues que Dios nos acompañe —se atreve a decir el cronista, persignándose, pero aquellos descreídos, casi luciferinos,
lo atacan de inmediato.

—Que lo acompañe a usted, Bulnes, porque de ésta nos salvará tan sólo la resistencia técnica de esta pobre máquina y la benevolencia que muestren la corriente marina, los oleajes, los vientos y las nubes que nos deberían permitir mirar las estrellas para guiarnos en la noche. Y una brújula, si es que este grumete cuenta con ella...

—Estoy de acuerdo, Pancho —Jiménez se vuelve hacia una Bulnes aterrado—: Y usted, maldito espía del Gobierno, ¡primero lea a Demócrito y a Lucrecio y luego encomiéndese a seres que sólo viven en su imaginación, lo cual sólo lo degrada como ser humano!

Barroso salva a Bulnes y lo lleva consigo a sentarse en la proa.

Fernández Leal se ha quitado la bota.

—Pancho... Me parece que esto se está infectando. ¿Crees que se me gangrene?

Y le pone a Covarrubias en la cara un pie tan blanco como la leche, que sostiene un considerable dedo gordo tan bermellón como un tubérculo.

3

DE UNA PLÁTICA QUE TIENE LUGAR EN PALACIO NACIONAL.

Margarito, el siempre servicial secretario del presidente, espera en la oficina la llegada de don Sebastián. Cuando éste llega, Margarito se pone de pie como un resorte.

—Al grano, Margarito, que este asunto de la dichosa Comisión me tiene muy descompuesto. Hace una semana que los despedimos con bombos y platillos ¡y es la hora que no logran salir del país, carajo!

El secretario sabe que don Sebastián no es hombre de exabruptos, por lo que camina sobre cascarones de huevo.

—Los retrasos que han tenido salen de nuestras manos, señor.

—¡Precisamente! Si salen de nuestras manos en territorio mexicano, no me quiero imaginar qué podremos hacer cuando estén en China. Esos hombres están solos, Margarito.

—Bueno, al menos, los pude alcanzar en Coatzacoalcos, como usted me indicó.

—Menos mal. ¿Les dio el dinero extra que les envié?

—Naturalmente, señor. Y las nuevas cartas de recomendación.

—Y los embarcó en el buque de la Armada que envié exclusivamente para ellos.

—Ahora mismo deben estar navegando sin problema y descansando en sus camarotes.

Lerdo de Tejada suspira.

—Este asunto de la Comisión Astronómica bien me puede costar la reelección, Margarito. Tengo al Congreso mordiéndome las orejas por tal «dispendio», por tal «incongruencia».

Margarito entiende que la retórica es un instrumento muy utilizado por don Sebastián, así que guarda silencio.

—Pero no me importa. ¿Qué es México para el mundo? El país de la guerra eterna. El jovencito rebelde que inició las independencias de la América Latina. El niño berrinchudo que no es capaz de autogobernarse. Una tierra gobernada por indios que se atreven, además, a fusilar a la nobleza europea. Una nación de palurdos que no entiende la conveniencia de ser gobernados ni por un dios, ni por un rey. No, Margarito. Ya es hora de demostrarle al mundo que México es capaz de embarcarse en una aventura científica que le traerá un bien a la humanidad entera y no sólo a nosotros.

Lerdo de Tejada mira con detenimiento el busto en bronce de Benito Juárez.

—La Comisión debe ser su única y principal preocupación, Margarito, ¿entendido?

—Naturalmente.

—Puede retirarse.

Y antes de que salga el secretario:

—¡Margarito! Supongo que le habrá notificado al ingeniero Covarrubias el cambio en su itinerario, ¿verdad?

Margarito hace una exagerada reverencia.

—¡Por supuesto, señor presidente!

—¿Y cómo se lo ha tomado?

—No hay nada por lo que usted deba preocuparse, señor...

Margarito apura el paso y sale. Ha mentido.

De cómo Francisco Díaz Covarrubias descubre un engaño y de la gran amenaza que los espera en su nuevo destino.

Francisco Díaz Covarrubias duerme a pierna suelta en su camarote. La tripulación del barco de la Armada mexicana se ha desvivido en atenderlos. Después de un baño más que reparador y una cena opípara, todos han descansado bien. Díaz Covarrubias ha solicitado la presencia de un médico a bordo para que se encargue de revisarlos a todos de manera continua, con el fin de descartar cualquier posible contagio de fiebre amarilla o de vómito negro, aunque, para fortuna de todos, ni siquiera la emboscada de millares de mosquitos de la que fueron víctimas en el estuario hizo mella en su salud.

El dedo del pie de Manuel Fernández Leal también ha sido atendido por el médico. No hay en él ni infección y mucho menos gangrena. Aun así, Manuelito ha pedido un par de muletas para caminar.

Covarrubias se despierta. Son las siete de la mañana, según su reloj de leontina. Y de inmediato nota algo raro. A través de la claraboya de su camarote, ubicada a estribor, no entra ningún rayo de la luz del sol que nace. Es decir, y para que se entienda la alarma del ingeniero: si el barco navegase hacia el norte, con rumbo a Nueva Orleans, la luz del sol tendría que colarse directamente por el lado derecho del barco, por estribor, toda vez que el sol sale por el oriente. Pero no. Los rayos del sol atacan la proa del barco. ¡Por lo tanto, no están navegando hacia el norte, sino hacia el este!

—Así es, señor ingeniero —le informa el capitán—. Nos dirigimos hacia Cuba. Llegaremos en tres días.

¡La de San Quintín que armó el ingeniero! Habló de incongruencias insufribles y decisiones arbitrarias, tomadas desde la imbecilidad; de una vil traición del presidente, de un sabotaje a la ciencia por parte de los siempre ignorantes diputados y hasta acusó al capitán de pretender secuestrarlos y asesinarlos para robarles el carísimo instrumental.

—¡Venus se acerca al Sol y este infeliz nos lleva justo en dirección contraria! De México a Nueva York debíamos de hacer sólo doce días. ¡Y apenas salimos de Coatzacoalcos, me carga la chingada…!

Y ante esta última y nacionalísima blasfemia, Agustín Barroso tiene que sujetarlo para que no estrangule al capitán, mientras que Bulnes, con terror, tiene que hacer lo mismo con Francisco Jiménez, quien ya ha sacado la pistola. Manuel Fernández Leal utiliza sus muletas para golpear a quien se le ponga enfrente.

La locura se apodera del navío que, a pesar del guirigay que se ha armado en su interior, sigue su camino hacia la hermosa y cálida ciudad de La Habana, en la isla de Cuba.

Pero hay algo que ignora Covarrubias. Que la decisión de dirigirse a Cuba no es ni una traición ni un secuestro. Es un inteligente plan desarrollado por el presidente Lerdo de Tejada. Viajando hacia Cuba, los viajeros se evitan el ser detenidos por las autoridades sanitarias de Estados Unidos al provenir de un puerto, Veracruz, infestado por la fiebre amarilla. Y de nuevo, y de manera también muy inteligente, ha pagado el presidente a una naviera de Estados Unidos para que los traslade desde Cuba a su territorio. El presidente no ha hecho más que allanarles el camino.

Cuando Covarrubias se entera de todo esto le ofrece las más caballerosas disculpas al capitán. No sabe cómo pueda resarcir su vergonzosa conducta. Fue un loco, una bestia irracional, una decepción para la ciencia y para la patria. Inclusive le ofrece que, a su regreso de China, volverá a Veracruz para visitarlo y delante suyo se dará un tiro en la sien o beberá arsénico para ofrendar su vida en el altar de la honra mancillada. El capitán le suplica que no haga semejante barbaridad y le informa que se da por satisfecho.

Francisco Jiménez hace lo mismo, disculparse, pero con Bulnes, pues a falta de un marinero que estuviese más a la mano, ha intentado estrangularlo a él. Y Fernández Leal, muy compungido, ya no sabe ni qué hacer ante los dos pobres tripulantes a los que descalabró a punta de muletazos.

Aunque hay otro asunto que nadie ha tomado en cuenta: Cuba está en guerra, luchando por su independencia de

España. El «Grito de Yara» se ha dado en 1868, y seis años
después, ni cubanos ni españoles pueden vislumbrar derrota o
victoria alguna. Los cubanos no tienen armas y el ejército español muere entre selvas y manglares. Corren, por tanto, vientos
de discordias políticas y un sentimiento antiibérico vibra en
los corazones de todos los cubanos. «¿Y no habrían de ser españoles estos señores científicos? Muy elegantes y blancos para
ser mexicanos, ¿no les parece? ¡Y de ojos claros, para colmo!
¿Y qué traen en esas cajas?» Alguien sentencia que ha visto en
su interior muchos objetos dorados... «¡Será el oro que Estados Unidos le ha ofrecido a España para comprar nuestra isla!»
Y lo que es más sospechoso aún: «Que dicen que están aquí de
paso porque se dirigen... ¡a China! ¡Que se cuiden de nosotros
estos malditos *gallegos*, agentes de España!»

Sí. Una borrasca a ritmo de habanera se cierne sobre la Comisión Astronómica.

5

De la misiva enviada por Francisco Díaz Covarrubias a su querida esposa, Encarnita, desde la isla de Cuba.

Encarnita de mi corazón, esposa extrañada, siempre anhelada: ¿Cómo está mi madrecita? ¿Cómo se encuentra la creadora de mis días? ¿Sigue recibiendo tus tiernos cuidados? ¿Acaso te pregunta por su hijo amado? ¿Logrará todavía entre la borrasca de su mente extraviada recordar el nombre del hijo que por ella suspira cada día que pasa? A ti, Encarnación, ni siquiera te pregunto cómo estás, pues tu fortaleza, tu talante, tu siempre dulce sonrisa y tu discreto desinterés en la ciencia o en la política te hacen inmune a los caprichos del mundo y te mantienen siempre segura en esa burbuja de felicidad que te ha podido conservar eternamente enamorada de tu esposo.

Ay, Encarnita, trataré de contarte, sin mucha ciencia, lo que en Cuba nos ha ocurrido. ¡Sí, no te asombres! ¡En Cuba! Este periplo comienza a alargarse de manera peligrosa. Yo he calculado dos meses de viaje hasta China y un mes de preparación para el avistamiento de Venus. Pero ya contamos con quince días de retraso, figúrate. Ni quiero explicarte tampoco cómo y por qué llegamos a Cuba. Sólo decirte que la isla está en guerra desde hace años contra España. Hacen bien. Deben sacudirse de una buena vez el yugo de los gachupines, que nada hacen por el bien de Cuba ni de sus habitantes y sí en cambio sólo expolian sus tierras y sus recursos. Pero no te complico el panorama, Encarnita, tú, tan dulce, acostumbrada a las inocuas lecturas de tus periodiquitos *Violetas del Anáhuac* o *El Álbum de la Mujer*.

A nuestra llegada a La Habana fuimos recibidos por el embajador mexicano, don Diego de la Torre, quien nos informó del insospechado peligro que corríamos. ¿Podrías creer, Encarnita, que el pueblo cubano nos confunda con españoles o con gringos? El pueblo mulato, tal vez, pero los blancos y los criollos cubanos… ¡Por favor! El caso es que ningún hotel decente nos quiso dar albergue. «¡Aquí no se aceptan gallegos!», nos gritaron. (Ahora pernoctamos, hacinados, en la casa del muy amable embajador y su muy joven esposa, Candelaria, natural de estas tierras.) Y sigo con mis quejumbres: la gente escupe por las calles a nuestro paso y no pocos negros nos gritan maldiciones incomprensibles, pues el espantoso acento habanero y la velocidad con la que hablan hacen imposible identificar si lo insultan a uno en español, en taíno, en yoruba o en un vulgar criolé, ve tú a saber.

La llamada «gente de bien», es decir, los blancos, los criollos —aquí llamados con desprecio «la sacarocracia», por aquello de las fincas azucareras—, también nos ha cerrado sus puertas. Para ellos somos agentes norteamericanos que hemos venido a negociar la compra de la isla. ¡Si supieran que en nuestros bolsillos contamos con apenas lo necesario para comer algún pescado frito y unos, eso sí, muy sabrosos moros con cristianos!

Les he pedido a mis compañeros que mantengan una discreta presencia, pues estando los ánimos como lo están de enardecidos, cualquier imprudencia podría convertirse en una yesca capaz de iniciar un incendio que nadie desea.

Salimos hacia Estados Unidos en un par de días. El cónsul De la Torre nos ha reservado ya los lugares correspondientes en el vapor *Yazoo*, de bandera americana. El barco nos habrá de llevar a Nuevo Orleans, para continuar el camino hasta Nueva York por ferrocarril, transporte mucho más seguro que los barcos. ¡Y no te preocupes por la guerra civil norteamericana! De aquella quemazón no habrán de permanecer más que rescoldos aislados en uno y otro bando. Ya han pasado nueve años desde la victoria *yankee*. Y sí, también nueve años desde el asesinato del buen presidente Lincoln.

Te dejo ahora, esposa mía adorada. Cuídate, mantente fuerte y guíate siempre por la templanza para que puedas seguir cuidando de mi madre. ¡Cómo desearía estar con ella! ¡Abrazarla! ¡Acostarme siquiera a los pies de su cama para acompañarla durante las noches de frío! Pero no te preocupes, Encarnita, no pretendas correr para darme noticas de tu suegra, ¡tu madre, en realidad!, pues tus letras se perderían en el laberinto en el que, en ocasiones, sí, te lo confieso, siento que me hundo.

Me despido de nuevo y recuerda siempre, Encarnita, que mi corazón, mi alma, mi espíritu entero, están dedicados a lo que más amo en este mundo… ¡México!

Siempre tuyo,

Francisco

6

De la crónica de Francisco Bulnes, en la que da cuenta de los desgraciados acontecimientos acaecidos en La Habana.

Finalmente, la borrasca se transformó en tormenta y nos aplastó sin piedad. Nadie sabe quién dio el primer e imprudente paso. Debo anotar como antecedente que el señor embajador de México en Cuba nos recibió con enorme generosidad en su hogar, ante la negativa de los hoteleros de recibirnos. Debo anotar también que el señor embajador don Diego de la Torre está casado con una mujer cubana, de nombre Candelaria, muchos años menor que don Diego, y debo señalar, pues lo considero importante, dueña de una belleza tropical lo mismo cadenciosa que trepidante: una piel que no es ni muy morena, ni muy blanca. Unos ojos negros de profundo mirar, labios carnosos, cabello rizado mas no crespo; un busto ni muy grande que llame a la lujuria ni muy pequeño que llame al desdén. Cintura breve y cadera voluptuosa. Todo esto aparejado con una voz que revienta como una ola entre los arrecifes cuando ríe y suena a rumor de palmeras al viento cuando habla. Repito que me ha parecido importante señalar todo esto para poder imaginar los antecedentes y los alcances de nuestra desventura.

No nos queda claro aún quién vio a quién bañándose en el patio, completamente desnudo, protegido tan sólo por unas varas de caña y algunas bugambilias. Pudo ser el concupiscente del ingeniero Barroso quien descubrió a aquella Yemanyá en la ducha y se vio rebasado por la lujuria, o bien pudo ser doña Candelaria quien descubrió el cuerpo joven y vigoroso del ingeniero. Si fue ella la que lo vio primero, no es de extrañarse que se hubiese sentido atraída de manera lúbrica e inmediata, comparando seguramente el cuerpo ya decadente de su marido con el de un joven de carne tensa y músculos dibujados.

El hecho es que ambos se entregaron a la pasión, al exotismo y a la lascivia que los encendió de inmediato. Cuentan los criados de la casa que los gritos orgiásticos de ambos espantaban a las mismas guacamayas, que emprendían el vuelo de manera frenética. La cocinera cerró la ventana de la cocina, la mucama las ventanas de las recámaras y el palafrenero se alejó lo más que pudo de ahí, pues ninguno de ellos estaba en posición de recriminar nada a la señora doña Candelaria, ama de aquella casa. El único que podría haber externado alguna queja era el señor embajador, por supuesto. Y hete aquí que fue en ese preciso instante, en el que los bramidos finales de ambos inundaban el patio de la casa, que el señor embajador hizo su muy indiscreta entrada. ¿Cómo culpar a un hombre herido así en su honor, obligado a usar semejante cornamenta por el resto de sus días? ¡Claro que su indignación fue enorme! Pero, caray, agarrarla con todos nosotros que no teníamos nada que ver en el asunto —lo cual, debo confesar, que me entristece un poco—. No hubo contención a su ira. Nosotros, tan temerosos de la revolución que se luchaba en las calles, fuimos perseguidos a punta de pistola por toda la residencia ¡y por nuestro mismísimo embajador! El energúmeno disparó en varias ocasiones sobre Barroso, pero, ya fuese por su mala puntería o por la agilidad del joven, no lo rozó ni un perdigón. A empujones nos sacó a don Manuel, al capitán Jiménez y a mí, ¡disparando al techo! Como loco arrojó por las ventanas nuestras maletas y tan sólo por la invocación que Jiménez hizo del honor nacional, del quehacer científico y de la figura del presidente de México, accedió el ciervo rojo aquel a que los criados sacasen con sumo cuidado a la calle las cajas del instrumental.

De Barroso no supimos nada sino hasta el día siguiente en que zarpamos juntos en el *Yazoo*. Durante toda esa noche lo dimos por muerto.

El ingeniero Díaz Covarrubias no estaba presente, pues encontró muy divertido y relajante irse a jugar unas partidas de dominó cubano con unos negros del puerto a quienes poco les importaba su nacionalidad. Traía dinero para invitarles una botella de ron y para ellos era suficiente.

Y así nos encontró a su regreso. Desahuciados de nuestro hogar temporal, mal vestidos, pues el evento ocurrió durante nuestra siesta y, eso sí, los tres con el mayor de los desconciertos reflejado en los rostros.

Cuando le contamos lo ocurrido, tan sólo palideció, se le hundieron los pómulos y se le enjutaron los labios. Se sentó sobre una de las cajas en medio de un silencio conventual. Duró largos minutos sin emitir palabra alguna. Hasta que habló con voz grave, casi cavernosa:

—Así que fue Agustín el que se comió a esa sirena…

Lentamente, se volvió hacia Jiménez:

—En nuestros tiempos, Pancho, nos habríamos metido un tiro en la cabeza para ver quién cazaba primero semejante ejemplar.

Jiménez suspiró y levantó los hombros. Después me dijo Covarrubias:

—¿Y usted, Bulnes? ¿Es eunuco acaso? ¡Usted también estaba en la casa solitaria! Así que, por pusilánime, cargará usted solo las cajas y las maletas hasta el muelle.

Esa noche dormimos al descampado en el puerto solitario, a la espera de que atracara el *Yazoo*, tendidos sobre las cajas y las maletas, siendo alimento de los mosquitos.

Muy de vez en vez, los dos Panchos se decían en secreto: «¿Te acuerdas de Emilia Trueba?» «¿La mujer del embajador de España?» «La misma». «¿La de aquellos orbes magníficos?» «Ajá…» «¡Ingeniero Díaz Covarrubias!» «¡No me pude resistir, Pancho! Y, además, no me había casado todavía con Encarnita…» Los dos hombres se ríen para sus adentros.

—Pancho… —dijo Jiménez en secreto.

—Mmm…

—¿Te acuerdas del coronel francés, el tal Merchand, que se trajo a Puebla a su mujer como quien venía a un día de campo?

—Él era un imbécil. Su mujer… una estatua de alabastro…

—Ajá… Pues te cuento que una noche, con *madame* Merchand…, «las armas nacionales se cubrieron de gloria…»

—¡Capitán Jiménez!

Y lo suyo ya eran carcajadas, mientras que el ingeniero Fernández Leal, para no escuchar, repasaba en voz baja las propiedades de los infinitésimos y los infinitésimos equivalentes.

7

DE LOS APUNTES INCONCLUSOS DE FRANCISCO BULNES
SOBRE LA FELIZ NAVEGACIÓN EN EL *YAZOO*, CIRCUNDANDO LAS
COSTAS DE ESTADOS UNIDOS, Y DONDE EL LECTOR COMPRENDERÁ
EL POR QUÉ DICHOS APUNTES FUERON INTERRUMPIDOS.

Enormes y muy benéficas fueron las ventajas de encontrarnos cobijados por la gran civilización del norte. Viajar en un vapor con bandera norteamericana nos ofreció grandes privilegios: seguridad, limpieza, puntualidad, seriedad en los tratos, gentileza hacia nuestras personas y un largo etcétera que ahora no mencionaré, pues no pretendo aquí una oda a Estados Unidos, que a mis compañeros de viaje resultaría odiosa, aunque no se puede negar lo que salta a la vista. Estas tierras fueron pobladas por holandeses, suecos, franceses e ingleses, es decir, por los pueblos poseedores de los requisitos para obtener progreso y riqueza: comercio sin trabas, libertad de credos y absoluto respeto entre cada uno de ellos; un espíritu de trabajo rayano en

97

lo espartano, una practicidad pasmosa en lo que se refiere al dinero y a los negocios y, en la gran mayoría de los casos, un apego irrestricto a la ley y, claro, una disciplina hacendaria inflexible. Y, quizá lo más importante, un sentido republicano que no admite seres superiores por «designios divinos». Para acabar pronto: en Estados Unidos, y desde hace casi un siglo, no hay súbditos. Hay ciudadanos. No traeré a colación que, en México, apenas siete años atrás, éramos súbditos de un imperio que ni nos respetaba ni conocía, ni lo queríamos nosotros. Como tal vez ni caso tenga hablar aquí de la triste herencia de una España medieval, madrastra fanática y esclavista, que nos tocó en suerte a los mexicanos. Ni hablar tampoco de la omnímoda presencia del catolicismo con sus odiosas inquisiciones, sus espeluznantes reliquias y sus fieles flagelantes y sumisos, así como de la lucha eterna entre liberales y conservadores, anhelantes los unos de imponer disciplina a un pueblo que no la entiende, que no la practica y mucho menos la desea. Y los otros, suspirantes de tronos, cortes, reinados o imperios tan absurdos como anacrónicos. Aunque claro está que España tampoco tiene la culpa de nuestros dos emperadores, un dictador y nuestros más de cuarenta períodos presidenciales desde el corto tiempo de la Independencia hasta el mandato del señor Lerdo de Tejada. Pero voy a mi asunto, que es la continuación de nuestro viaje.

A la llegada del *Yazoo* apareció también el ingeniero Agustín Barroso en penosas condiciones. El señor Díaz Covarrubias lo miró con enojo. Yo me encontraba expectante, pues bien que escuché las indiscretas confidencias cruzadas entre los señores

Díaz Covarrubias y Jiménez durante la noche. ¿Sería implacable o lo absolvería?

—Suplico el perdón de todos ustedes —fue el humilde saludo de Barroso.

Y Covarrubias, contra todos mis pronósticos, lo tomó por los hombros con ambas manos.

—Barroso, lo conozco desde que era usted bachiller. Ahora, como miembro de esta Comisión, es mi igual, aunque subordinado, por lo que podría embarcarlo inmediatamente a México con las instrucciones de que sea usted procesado y encarcelado. Pero no lo voy a hacer y sí, en cambio, le hablaré como al joven imberbe que conocí hace algunos años. No permita que sus pasiones le obnubilen la mente. Domine sus instintos y no consienta que estos lo dominen a usted. Aprenda de la frugalidad en el alcohol y en los placeres carnales. No pierda nunca de vista el objetivo de este viaje: observar el tránsito de Venus, que lo hacemos por la Ciencia y por México. Sea nuestro aliado, Barroso, no nuestro enemigo. Serénese, pues. Madure usted. Hágase ya un hombre. Vaya a su camarote, acicálese y prepárese para acompañar a sus compañeros en la comida.

Las palabras de Covarrubias hicieron mella en el ánimo del joven Barroso, sin duda, pues éste, con los ojos llorosos, abrazó a su profesor con gran efusividad. El ingeniero Manuel Fernández Leal, discretamente, también se secó una furtiva lágrima con su pañuelo de seda. Aunque el punto discordante lo dio, por supuesto, Jiménez, quien detuvo a Barroso:

—Ha tenido suerte, jovencito —le dijo al oído—. Yo lo habría mandado al paredón. Pero las cosas no se quedarán así. Para mañana quiero un reporte de lo acaecido de la manera

más fidedigna posible. Escriba un reporte más que detallado.
¿Me escuchó bien? De-ta-lla-do...

La cena en el barco ha sido toda una experiencia. Un arrebato
de gula y mal gusto que ha estado a punto de hacerme retrac-
tar de la buena opinión que tengo de los americanos. La hora
de la cena no es tal. El *dinner*, como ellos lo llaman, se ofrece a
las seis de la tarde, cuando ya todos estábamos insufriblemente
hambrientos. Por otra parte, tienen una bárbara costumbre que
ellos llaman *buffet*, que consiste en colocar al centro del salón
una cantidad ingente de comida que, a primera vista, pareciera
imposible de consumir en su totalidad. Me da la impresión de
que, si juntásemos toda esa carne, roja, blanca, de pescado y
de cerdo, se podría armar de nuevo un elefante. Y a olvidarse de
la atención de un mesero. No, señor. A la orden indicada, decenas de manos armadas con cuchillos degüellan en el aire pavos
enteros, piernas y costillares. Millares de dedos destrozan también las hogazas de pan que se colocan a un lado, lo mismo que
las papas, en todas sus presentaciones: al horno, fritas, rellenas,
hechas puré... Las bebidas se consumen también con una velocidad pasmosa, como si aquellos trogloditas las usaran tan sólo
para pasarse los gigantescos bocados que se les atoran en el
gaznate. Mis compañeros y yo mirábamos asombrados aquella
manifestación de salvajismo y equiparábamos a los supuestos
«hombres modernos» con las tribus antropófagas de África.
Cuando por fin la marabunta cesó, y antes de que se reanudara
el ataque —pues ya había tres o cuatro Gargantúas repitiendo
plato, porciones y modos—, nos levantamos y nos servimos los

pocos fiambres que ahí quedaron. Barroso y Jiménez, bajo la consigna de que «al país que fueres, haz lo que vieres», se sirvieron comida con fruición de bacanal. El ingeniero Díaz Covarrubias y yo escogimos las piezas que se veían menos trasquiladas, mientras que don Manuel se negó a levantarse a servirse nada, exigiendo a gritos la presencia de un mesero: *Garçon! Garçon!*, gritaba en francés, como si alguno de esos gigantes rubios y barbones supiera una sola palabra en ese idioma. Inútil es señalar que se quedó sin cenar.

Tan sólo la cortesía del capitán Barret, hombre finísimo, culto y más que interesado por nuestra expedición venusina, salvó a don Manuel de pasarla en blanco, pues decidió sentarse a nuestra mesa para departir con nosotros. A él sí le acercaron un plato bien colmado y muy bien presentado de comida, que le arrebató don Manuel sin la menor vergüenza. *Merci, monsieur le capitaine!* Barret se sorprendió, pero no dijo nada. En un minuto tenía otro plato igual frente a él.

Fue una velada deliciosa, al menos para los señores Díaz Covarrubias, Barroso y un servidor, quienes dominamos el inglés de manera eficiente. Jiménez nos miraba con desdén pues, decía, «un patriota mexicano no debería hablar en inglés y mucho menos con un gringo». Por su parte, don Manuel argumentaba: «Yo hablo perfectamente, además del español, el francés, el italiano y el alemán. Además del latín, por supuesto. No entiendo por qué el mundo civilizado deba hablar inglés. Es un idioma pobre y de mal gusto. Sin el dichoso *to*… ¡no tienen idioma!» Pero ni a Jiménez le importaba que Newton hubiese sido inglés, ni Fernández Leal comprendía que los americanos ignorasen la existencia de otros idiomas en el planeta.

Lo único que logró que Jiménez mirara al capitán con simpatía —a diferencia de Covarrubias, quien no se tomó la información con gusto—, es que éste, el capitán Barret, había decidido cambiar el curso de la travesía, por lo que decidió pasar de largo por Nueva Orleans y los cayos de la Florida para seguir por mar hasta Nueva York, bordeando la costa este. Lo consideraba más seguro. Había rencores todavía latentes por la derrota sureña de la guerra y no nos quería exponer.

—¡Pero la guerra terminó hace nueve años! —insistía Covarrubias.

—¿Hace cuánto fusilaron ustedes a su Maximiliano? —preguntó Barret.

—Hace siete años.

—¿Y ustedes creen que los franceses y los austríacos ya se lo perdonaron?

Covarrubias tuvo que aceptar que Barret tenía razón. Y tuvo también que disimular su molestia por no haber sido consultado sobre el asunto. Pero ése no era su barco y no era él su capitán.

—De hecho, hasta no llegar a Carolina del Norte, no me puedo sentir tranquilo. Pasemos Charleston y estaremos todos a salvo.

Cuando le tradujimos a Jiménez la conversación, golpeó feliz en la mesa.

—¡Bien! ¡Fue una gran decisión, capitán Barret! Mientras menos tiempo pise yo el asqueroso suelo de su patria invasora, será mejor. Y más aún cuando habita la Casa Blanca el maldito asesino Ulysses S. Grant, un robavacas, un forajido que asoló Monterrey como un filibustero, un maldito artillero improvisado y sinvergüenza que destrozó el Castillo de Chapultepec. ¡Y todavía lo veo, al hijo de la grandísima puta, entrando muy orondo a la Ciudad de México, ganando una guerra que se hizo tan sólo para expandir el mercado de la esclavitud gringa! ¡Que un rayo lo parta al malparido!

Todos se han quedado de una pieza. Por fortuna, Barret no ha entendido nada.

—*What did he say? Was he talking about president Grant?*

Con gran astucia teatral, Covarrubias se tapa la boca con la servilleta y le dice a Barret en secreto:

—*He said he admires him a lot...*

Y Barret sonríe complacido.

—*I appreciate your opinion!*

—¿Qué dijo éste, Pancho?

—¡Que comparte tu opinión!

La situación, al parecer, se había salvado. Pero nada nos había preparado para el cañonazo que recibimos por popa, que destrozó la cabina del capitán y la del contramaestre. Un cañonazo que dio inicio a un fuego descontrolado contra el que lucharon de inmediato marineros y pasajeros. El fogonero dio la voz de alarma, pues las llamas se acercaban a la bodega de carbón y el capitán Barret gritó: «¡Preparados para defender el barco! ¡Todos los hombres que puedan hacerlo tomen sus armas y suban a cubierta!» Y no había terminado de dar estas órdenes, cuando un segundo cañonazo hirió por babor al *Yazoo*. Estábamos bajo el asedio de un acorazado de los «desaparecidos» Estados Confederados.

8

DE LA FIERA BATALLA ENTRE EL *YAZOO* Y UN ANTIGUO
ACORAZADO SUREÑO, ASÍ COMO DE LOS ESFUERZOS BÉLICOS
DE NUESTROS PROTAGONISTAS Y DE QUIEN RESULTÓ SER
EL HÉROE INDISCUTIBLE DE LA CONTIENDA.

Toda la tripulación del *Yazoo* se encuentra ya en cubierta disparando hacia el acorazado que, aunque lento, va ganando distancia dada la carencia de carbón producida en la caldera del vapor. Cada uno de los hombres ha tomado un arma y dispara sin ton ni son a las paredes metálicas del navío blindado en las que las balas se destrozan como terrones. El último en subir es el ingeniero Manuel Fernández Leal, a quien le ha tocado una pistolita sin importancia. El enemigo lanza un nuevo ataque. Todos caen al suelo, pero el proyectil pasa por sobre sus cabezas. Los hombres se levantan y vuelven a disparar con el mismo nulo resultado. Fernández Leal se desespera ante la manera irracional que tiene Jiménez de disparar.

—¿Y se puede saber por qué desperdicia usted ese magnífico fusil Winchester 1873 que utiliza el cartucho 44-40 de percusión central? ¡Deme acá eso, gorila!

Y sin más, se lo arrebata y le deja la pistola.

Mientras tanto, los hombres del acorazado, envalentonados, comienzan a salir a cubierta. Unos disparan. Otros se burlan. Otros enarbolan la bandera de los Estados Confederados ya vencidos y, supuestamente, inexistentes desde hace nueve años. Y, mientras unos y otros disparan sin cesar, Fernández Leal, con total serenidad, observa la luna y los rayos que iluminan al buque inexpugnable, la dirección de las olas en la corriente del agua, la velocidad del viento, y coloca rodilla en tierra. Se concentra, empuña el Winchester y…, ¡pum!, lanza el primer disparo y un soldado enemigo cae muerto en la cubierta. ¡Pum! Cae el segundo como un alfeñique. ¡Pum! ¡Pum! Y otros dos quedan fuera de combate.

Los del *Yazoo* dejan de disparar, asombrados ante la pericia del mexicano.

Fernández Leal analiza la estructura de la nave enemiga y nota que unas minúsculas ventanas —unas mirillas, más bien—, se abren. Ahí está la clave.

—¡Hay que disparar a las mirillas! ¡Disparen a las ventanillas abiertas!

Pero nadie le entiende.

—¡Tenemos que disparar a las ventanas, con un carajo!

Barroso sale en su ayuda:

—*We have to shoot at the windows! You have to aim at the windows!*

—¿Ve lo que le digo, Barroso? ¡Sin el maldito *to* estas bestias no entienden nada!

Y él mismo apunta a una de las mirillas. Dispara y acierta. Un grito de dolor logra escucharse al interior del acorazado. Una ovación surge del *Yazoo*. Otra ventanilla es atacada y un nuevo grito de dolor surge de ahí.

—*To kill! To kill!* —gritan los bárbaros.

Aun así, el atacante se acerca. Y Fernández Leal confirma con horror lo que había leído de estos monstruos marinos. Que su inventor les había agregado, en la parte baja de la proa y a la usanza romana, un gigantesco espolón de fierro cuyo fin era despanzurrar a los barcos de madera, como el *Yazoo*, por ejemplo. Y el espolón cada vez se acerca más. Pero Manuel no sabe cómo callar a todos esos bastardos que lo animan a seguir disparando.

—¡Capitán! ¡Tenemos que destruir el espolón!

—*What?*

—¡Coño, Barroso! ¡Tradúzcale al monolingüe imbécil éste!

—¡Es que… espolón, no sé cómo se dice…!

—¡Espolón, Barroso! ¡Que nos destroza! ¡Espolón, asperón, rostro, tajamar, botalón, acrostolio…! ¡Por dios santo, Barroso!

Y ahora es Covarrubias el que reacciona:

—*Spur! Spur! The battleship has a spur! We have to destroy it.*

—*To the spur! To the spur!* —gritan todos.

—¡La puta que los parió! ¡Les he dado decenas de sinónimos, pero ellos sólo tienen una pinche palabrita! ¡Y todos siguen con su *to, to!*

Y mientras que Barret y sus hombres preparan una carga de pesas y balas encadenadas, mientras que el tajamar se acerca amenazante, mientras que los pasajeros y tripulación buscan acertar a las mirillas, sin éxito alguno, hay que decirlo, Fernández Leal se juega el todo por el todo. Revisa los tres cañones del acorazado. Dos son unos largos tubos Brooke de 6.4 pulgadas y son los que han disparado ya. Se les nota en el negro de la pólvora y en el hocico humeante. El único limpio es el central, empotrado en la plataforma giratoria. Es un cañón Brooke de siete pulgadas... y es el que ahora se mueve sobre la plataforma para centrarlos. Los marineros sueltan las balas encadenadas sobre el espolón, pero nada pueden contra él. Fernández Leal cierra de nuevo los ojos y respira hondo. Carga de nuevo el Winchester, lo posa sobre sus hombros, apunta a través de la mirilla... y logra un tiro tan perfecto que logra meter el bólido a través del cañón. La explosión es inusitada. La noche y el mar se iluminan de naranja y el estallido debe de haberse visto, con toda seguridad, hasta la rencorosa Charleston, en Carolina del Sur, desde cuya bahía provino el anacrónico barco acorazado, salido por el delta del río Cooper.

Manuel Fernández Leal es cargado en hombros por todos. Lo pasan de mano en mano, por las alturas, hecho que le resulta desagradable, pueril, poco civilizado y, sobre todo, antihigiénico. Cuando aterriza en cubierta, Covarrubias le informa que el capitán Barret está enviando en ese momento un telegrama al puerto de Filadelfia —al que se dirigen ante la imposibilidad de llegar a Nueva York con el *Yazoo* averiado— para informar que, ahora sí y para siempre, la Guerra de Secesión ha terminado, y eso gracias a un esforzado militar mexicano.

—¡Yo no soy militar! ¡Soy astrónomo y matemático! —se retira molesto.

Como todo, la euforia de la victoria y del festejo van disminuyendo. Hay un héroe y ése es Manuel Fernández Leal. Pero éste se ha apartado de la bulla para resguardarse en proa, sentado entre los cordajes del ancla. Escondido, hecho un ovillo.

—¿Por qué lloras, Manuel?

Hasta ahí lo ha alcanzado el ingeniero Díaz Covarrubias.

—Porque he matado.

Lo has hecho en defensa propia y para salvar la vida de decenas de hombres. Entre ellos, nosotros, tus compañeros. Y has salvado también a la Comisión.

—Pero ni siquiera estamos en tiempo de guerra.

—En la práctica, sí. Los exconfederados nos atacaron con toda la intención de hundir nuestro barco y matarnos a todos. Ahí está tu *casus belli*.

Manuel sólo se mira las manos. Se las aprieta, como si las sintiera entumidas.

—Eso no cambia el hecho, Francisco. He matado. A muchos jóvenes. Cuántos de ellos no serían padres de familia… Y todos serían hijos de alguien que hoy empezará a llorar por el resto de sus días… ¿Y los nuestros, Pancho? Azuzándome… ¡Tú incluido!

—¡Manuel! ¡Animándote a continuar la defensa!

—¡No! Azuzándome a seguir matando a mis semejantes.

La tristeza de Manuel es infinita. Covarrubias se queda sin habla. Le posa una mano sobre el hombro.

—En todo caso, ¿cómo aprendiste a disparar de esa manera?

—Mi padre me llevaba de cacería, nunca te lo he contado. Siempre estuvo muy orgulloso de mí. Nunca se me fue viva una sola presa. La puntería como tal no existe. Todo son cálculos matemáticos: velocidad del viento, inclinación de la luz, refracción... Pero papá me enseñó a no utilizar las armas en contra del prójimo. Al contrario, repartíamos las piezas entre los indios y los campesinos para que comieran...

Manuel llora de manera incontenida.

—¡Hoy mi padre no estaría orgulloso de mí, Francisco! ¡No lo estaría...!

Y se abraza a las piernas de Covarrubias, quien no puede hacer otra cosa más que acomodarse a su lado, abrazarlo y mecerlo en su regazo, consolando a ese niño asustado y berrinchudo que habita en los corazones de todos los hombres, sin importar su edad.

9

DE UNA PLÁTICA CONVERTIDA EN ACRE DISCUSIÓN QUE TIENE
LUGAR EN LA CUBIERTA DEL *YAZOO* LA NOCHE PREVIA
A LA LLEGADA A FILADELFIA.

Las horas han pasado. La noche es fría. Demasiado, si se compara con las noches vividas en Veracruz, el mar Caribe o La Habana. Las estrellas brillan con gélidos tintineos y los dos Franciscos contemplan absortos los fulgores esmeralda y verdemar de aquella incipiente aurora boreal, de ésas que sólo en contadas ocasiones logran mirarse en el norte del territorio mexicano.

—Es un cielo perfecto... —se emociona Covarrubias.

—Mmm... qué lástima, señor ingeniero, que nuestro suelo patrio no le proporcione estos juegos fantasmagóricos que tanto lo entusiasman.

Pero Díaz Covarrubias no está para darle juego a las amarguras y a las fobias de Jiménez.

110

—Y este río, Pancho... Todo es historia en este río Delaware...

—Pues como el Grijalva, ¿no?

Covarrubias lo deja pasar.

—En este río se acordó el primer tratado de paz entre los colonos cuáqueros, cuyo líder era William Penn, precisamente, por él es *Pennsylvania*, «el jardín de Penn», y los indios lepane, comandados por el gran Tammany... ¡hace casi doscientos años, Pancho! Es una maravilla la historia, ¿no lo crees?

—Pues... habría que preguntarle a la tal Pocahontas y saber cómo le fue después. ¡Peor que a la Malinche, creo!

—¡Pero qué tiene que ver Pocahontas con William Penn y con Tammany, por favor! Un poco de historia extranjera no te vendría mal.

—Nunca he salido de México. Tú has viajado por todo el mundo.

—Sí has salido de México.

—¿Yo? ¡Jamás!

—Cuando delimitaste la nueva frontera con este país. En algún momento habrás pisado un suelo que ya era extranjero, ¿no?

—¡Pancho...! —y si la trajera al cincho, sacaría su pistola.

Díaz Covarrubias se carcajea.

—Te lo mereces por necio y por majadero.

Jiménez querría responder, pero sabe que con Covarrubias lleva las de perder.

—¡Y pareciera que veo por ahí —continúa Covarrubias— al mismísimo George Washington cruzando valerosamente este mismo río para enfrentarse a los ingleses! ¡Y ahora navegamos por esas mismas aguas, Pancho! ¿No te parece increíble?

—Más increíble me parece que con este maldito frío no haya yo orinado todavía.

Lo encara:

—Mire, señor ingeniero, sé muy bien que a usted le encanta venir a Estados Unidos como invitado de honor a los diferentes observatorios astronómicos en los que da usted sus muy doctas conferencias y en donde presenta, ya traducidos al inglés, sus sapientísimos libros científicos. Pero sábete una cosa, Pancho. Los gringos tienen, como la tal Jano, dos caras y un solo objetivo: robar. Para robar inteligencias, conocimientos y talentos de países extranjeros, usan la cara más amable de las que disponen: te hospedan en grandes hoteles, te aplauden de pie, te dan una medallita de porquería... y se quedan con tus libros. Tu *Tratado de topografía, geodesia y astronomía*, ¿no es libro de texto obligatorio en las universidades gringas, mientras que en México se llena de tierra con la pólvora de los cañones y las asonadas militares? ¿Y qué viniste a presentar —y a vender— hace cuatro años? ¿No fue tu brillantísimo *Nuevos métodos astronómicos*, en los que planteas unas muy innovadoras técnicas para abordar los problemas geodésicos relacionados con la astronomía? ¿Y no lo tradujeron de inmediato al inglés? ¿¡Y en México quién lo ha leído!? ¡Pero cómo no te van a gustar a estas tierras, Francisco! ¡Si aquí encuentras reconocimiento, gloria y dólares, mientras que en México la chusma te toma por brujo porque predices, como nadie en el mundo, la hora y el lugar exacto de los eclipses!

—Ya es suficiente, Francisco. No cruces esa línea, te lo advierto.

—¿¡Pero cuál línea y qué me adviertes!? ¿Acaso crees que no he visto en tu equipaje cinco ejemplares de tu nuevo libro de cálculo diferencial e integral *Elementos de análisis trascendente*? ¿Cuánto dinero esperas recibir por él, ingeniero?

—¡Ahora resulta que me debo disculpar por mis talentos y por mi trabajo con un...!

—¡Dilo! ¡Anda! ¿Qué te detiene? ¿Con un burdo soldado? ¿Con un «ingeniero» que no pasó de agrimensor?

—¡Yo no he dicho eso!

—¡Pero lo has insinuado! ¡Y sí, deberías disculparte porque a mí me ha tocado ver muy de cerca la otra cara de los inmundos ladrones que son los gringos! A mí sí me enseñaron los dientes y las garras que se llenaron de sangre mexicana para robar nuestros territorios, para robar nuestras riquezas... ¡riquezas con las que te pagan los dolaritos suficientes para comprar tus «talentos y tu trabajo»!

Demudado, Covarrubias lo desafía. Y si no lo abofetea con un guante blanco es porque el ingeniero es enemigo de la violencia.

—¡Capitán Jiménez! ¡Considérese dado de baja de esta Comisión por desacato a su superior! ¡Mañana mismo le habré de informar de esta situación al cónsul mexicano, mientras que usted puede quedarse en Filadelfia para buscar su traslado a Veracruz de inmediato!

Jiménez se cuadra y saluda.

—¿Algo más, ingeniero Díaz Covarrubias?

—¡Sí! ¡Por mí nuestra amistad termina esta noche y tú puedes irte mucho a la chingada!

Díaz Covarrubias se aleja sofocado y con la quijada trabada.

—¡Yo no dirijo una Comisión, sino un colegio de párvulos! —grita por último sin poder entender jamás a quien por tantos años ha considerado su más grande amigo.

Francisco Jiménez respira hondo, se acerca a la barandilla y se sube a un barril mientras, con la mano izquierda, se sujeta de una cuerda y, con la derecha, se desabotona la bragueta.

—Pues mira, ¡oh, gran ingeniero Díaz Covarrubias!, en honor al muy cacarizo, estéril, chimuelo y gran esclavista que fue George Washington, voy a echar una soberana meada en tu adorado *Delaware River...*

Un chorro generoso y humeante de los orines de Jiménez se mezcla con el río que, si cumple con las reglas de serlo, es decir, de ser un río, ya no cae en las mismas aguas que cruzó Washington, ni donde Pocahontas o *Tamamamami*, qué le importa, se comieron un guajolote asado...

—¡Que por si no lo sabes, Covarrubias vendido... —gritonea al vacío—, no era un *torky*! ¡Era un guajolote, que en náhuatl significa «ave monstruosa»! ¡¡Tan monstruosa como tú...!!

Cuando termina de orinar, dice para sí de manera lacónica:

—Para mí no hay esperanza. No pienso en nada más... A mi alma la devoró la suerte...

Y es que su orina era roja. Como sangre.

10

DE LA HEROICA LLEGADA DE NUESTROS ASTRÓNOMOS
A FILADELFIA Y DE CÓMO UN DESAGRADABLE SUCESO
PONE EN PELIGRO, UNA VEZ MÁS, LA ENCOMIABLE
LABOR DE LA COMISIÓN ASTRONÓMICA MEXICANA.

La llegada al puerto de Filadelfia, después de sortear las tan hermosas como heladas aguas del río Delaware, era esperada con gran expectativa, pues la noticia de la victoria sobre los rebeldes sureños había llenado de orgullo a todos los *yankees* ahí congregados. Cuando aparecieron los astrónomos por la escalerilla del barco, la multitud estalló en ovaciones y la banda, armónicamente entusiasta, se soltó nada menos ¡que con la *Transit of Venus March* de John Philip Sousa!

Manuel Fernández Leal estaba realmente indignado:

—¡Pero qué mal gusto! ¡Odio la música de banda! ¡Ahora a ver a qué hora aparecen los enanos y los elefantes del circo!

Covarrubias se burla:

—Pues deberían de gustarte las marchas. Al menos el ritmo es binario. Podría ser de tres cuartos y te volverías loco...

—A veces eres tan pesado, Francisco...

Los miembros de la Comisión fueron invitados a subir al templete en donde el capitán Barret, acompañado por Ignacio Mariscal, el cónsul mexicano para los estados de Nueva York y Filadelfia, lanzó un discurso tan largo como encomioso.

Desgraciadamente, antes de prenderle al pecho a Fernández Leal la medalla correspondiente, se presentan de manera intempestiva tres funcionarios de salubridad, un médico en jefe, cinco enfermeros y un carruaje ambulancia tirado por cuatro caballos. El médico ordena a la multitud que se aleje de los mexicanos. Lee los nombres de cada uno de los astrónomos y los requiere para que suban al carro ambulancia para ser recluidos en cuarentena por provenir de un puerto afectado por la fiebre amarilla.

Barret y el cónsul salen en su defensa.

—Los caballeros abordaron mi barco en La Habana. ¡Y en La Habana no había peste!

—Pero sí en Veracruz, y los señores salieron de ahí, capitán, antes de abordar el *Yazoo*. ¿O está usted dispuesto a dar falso testimonio ante las autoridades sanitarias?

Barret queda sin argumentos. Ahora es el cónsul Mariscal quien interviene.

—Estimado doctor, los señores aquí presentes vienen de paso en una misión científica de gran importancia. Sí, en efecto, pues nadie quiere mentir a las autoridades, cruzaron por Veracruz, ¡pero nunca entraron a la ciudad! Se desviaron a un puerto más al sur de donde partieron a La Habana, en donde no hay epidemia alguna.

—No habría epidemia cuando ellos estuvieron, caballero, pero la fiebre amarilla estalló en Cuba a los pocos días de la estancia de estos señores ahí.

La consternación iba en aumento. Díaz Covarrubias toma la palabra.

—Sabrá usted muy bien que la incubación de la enfermedad contraída se manifiesta tan sólo en unas horas. De habernos contagiado de fiebre amarilla, ahora mismo estaríamos sufriendo sus estragos. ¡Pero, obviamente, no es el caso! ¡Y además, uno de nuestros compañeros está siendo recibido como héroe!

El médico lo mira con seriedad.

—Lo siento mucho. Sólo hago mi trabajo. Hagan el favor de subir a la ambulancia.

El alboroto comienza a salirse de control. Y más cuando se les informa que serán internados en el hospital público de la ciudad ¡por cuarenta días! Manuelito no soporta la idea de estar encerrado en ningún hospital público en el que, lo más probable, es que se contagie de una enfermedad que no tiene. Y tan sólo por imaginarse infectado de tifoidea, por ejemplo, cae desmayado. Los enfermeros lo suben de inmediato a la ambulancia.

El capitán Barret e Ignacio Mariscal hablan largamente con el médico. Le explican la importancia de que los señores astrónomos cumplan con el cada vez más cerrado tiempo que les impone el calendario cósmico. Finalmente, llegan a dos acuerdos fundamentales. El primero es que los ilustres viajeros recibirán atención médica inmediata para que, una vez descartado el muy improbable contagio, puedan proseguir su viaje. Así se lo hacen saber a los astrónomos, quienes, a regañadientes, suben al carro ambulancia.

Pero no nos olvidamos del desencuentro entre Díaz Covarrubias y Jiménez la noche anterior. Antes de abordar, Jiménez, con gélida mirada, reta al jefe de la Comisión:

—Ingeniero, ¿no tenía usted una información que dar al señor cónsul sobre mi desempeño en esta misión? Quizá sea el momento de despedirnos...

Díaz Covarrubias lo mira de manera torva. Barroso y Bulnes no entienden qué está pasando.

—Señor Mariscal... le suplico a usted se sirva informar al señor presidente de la república que el capitán Francisco Jiménez, hasta ahora jefe segundo de la Comisión, ha sido degradado por decisión mía y, a partir de hoy, ya no ocupa ese puesto. Pasa a ser un subalterno más, bajo las órdenes del nuevo jefe segundo, el ingeniero Fernández Leal... en cuanto éste vuelva en sí.

El silencio es de oprobio y la sorpresa de todos, inaudita. Jiménez, demudado, no tiene más opción que subir a la ambulancia.

Y el segundo acuerdo al que se llegó con el médico en jefe es tan sorpresivo y desagradable que será motivo a tratar en el siguiente capítulo y último de esta entrega.

11

De la sorpresiva llegada de la Comisión
a un sanatorio muy particular.

Cuando la ambulancia recorre un hermoso camino de terracería, bordeado de árboles frondosos, de ésos cuyas hojas empiezan a adquirir tonos ocres y rojizos en el otoño, Manuel se despierta. Alerta, se busca por todos lados con las manos.

—¿Y mi medalla? ¿Dónde está mi medalla?

Díaz Covarrubias la saca de su propia manga.

—Aquí está tu medalla, Manuel...

Manuel la guarda con cuidado.

—No me juzguen vanidoso... pero siempre me han gustado las medallas...

Entonces cae en cuenta de que van en la ambulancia. Vuelve a alterarse.

—¡Estamos en la ambulancia, Pancho!

—Sí, pero no te preocupes. Te puedo asegurar que estaremos libres en un par de días. Llegamos a un acuerdo con el médico en jefe. Mañana mismo nos hacen pruebas y pasado mañana estaremos camino a Nueva York. Todo está bien, Manuel.

Pero Jiménez busca romper la calma.

—Lo felicito por su nombramiento... ingeniero... —mastica sus palabras.

Manuel no entiende. Mira a Covarrubias.

—El ingeniero Jiménez ha dejado de ser el segundo jefe de la Comisión. Ahora tú ocupas ese puesto.

Fernández Leal tarda en comprender, pero al final sonríe.

—Pues me alegro por tu decisión, Pancho... —se refiere a Jiménez—, sabes que odio los números nones y nunca me gustó la idea de estar, digamos, en el tercer puesto del escalafón. El tres es un número particularmente odioso. Me parece que a ti te sienta bien. Ser el número dos me parece mucho mejor.

Jiménez lo podría matar.

La ambulancia gira hacia la derecha y se descubre al fondo una construcción que semeja una vieja casa de campo. Pasan junto a un letrero que reza: Philadelphia State Asylum.

—¡Ah, *asylum*! —sonríe Manuel—, ¡también lograste evitar el hospital público, Pancho! Me alegro que nos lleven a un asilo. Mejor convivir con ancianos que con sifilíticos, ¿no les parece?

Covarrubias y Barroso se miran. Barroso es quien lo saca de su error.

—En este caso, ingeniero, *asylum* significa manicomio...

Manuel Fernández Leal vuelve a desmayarse.

En efecto, y aunque en ese momento no lo aprecien nuestros protagonistas, la decisión de resguardarlos en el manicomio fue la mejor, pues ahí les apartaron, en completa exclusividad, un pabellón limpio y despejado, con vista a un hermoso jardín interior y alejado de los internos «peligrosos», a quienes sólo podían mirar a lo lejos.

El director del manicomio, el doctor Stephenson, fue amable con ellos de manera particular, pero no podía dejar de sorprenderse por las manías numéricas de Fernández Leal, la ira apenas contenida de Jiménez, así como del temple espartano de Covarrubias. Muy gentil, sí, pero un poco imprudente con sus preguntas que, más que una sencilla plática, les parecía a los mexicanos un interrogatorio clínico.

Francisco Bulnes, en su carácter de cronista, había solicitado un permiso especial: poder visitar los distintos pabellones del manicomio. El doctor Stephenson no vio problema alguno y junto con un custodio indio, un hombrón de casi dos metros y de piel atezada, le fue permitida la excursión, de la que sacó las siguientes conclusiones, que compartió con sus compañeros poco después:

—Me parece que el eurocentrismo y la cada vez mayor influencia anglosajona de los americanos nos ha dejado a los latinos fuera de toda consideración histórica.

—¿A qué se refiere, Bulnes?

—A que me he topado con cinco Napoleones, don Francisco. Con tres Julio César, con cuatro Abraham Lincoln y con dos Washington.

—Bueno, es lógico. Es Estados Unidos.

—Pero ni Napoleón ni Julio César fueron americanos, ingeniero.

—En eso tiene razón.

—¿Y por qué no hay por ahí un loco que se crea Juárez...?

—¡Mucho cuidado con hablar mal de Juárez, maldito conservador...! —ruge Francisco Jiménez, que desde que está ahí no hace más que pasearse como león enjaulado.

Covarrubias le hace un gesto a Bulnes pidiendo que lo ignore.

—¿Y por qué habría un Juárez, señor Bulnes?

—Bueno, al menos fue un buen amigo de Lincoln...

—Eso sí...

—¿Y por qué no hay un Maximiliano, por ejemplo? Fue austríaco, pero se hizo el mexicano. ¡O un Hidalgo! ¡Un Colón...!

—*Nous avons un Montezuma...* —dice con una voz de bajo profundo el custodio indio, quien por pertenecer a la tribu lenape, habla en francés.

—¡Un Moctezuma! —gritan todos al unísono, menos Jiménez.

—¡Nos encantaría conocerlo! ¿Sería posible, buen hombre? —solicita Manuel.

El gigante aquel sonríe y niega con la cabeza.

—*Cést un fou très dangereux...*

—¿Pero por qué es peligroso, señor?

—*C'est l'empereur Montezuma... C'est un cannibale...*

Y eso sí que le resuena a Francisco Jiménez:

—¡Moctezuma no era caníbal, bruto infeliz!

—¡Francisco, deja de gritar como loco! Y, además, sí era caníbal, ¿para qué lo vamos a negar? —lo regaña Covarrubias.

—¡¡Los aztecas no eran caníbales!!

—¡Sí lo eran, Pancho! ¡Se comían a sus prisioneros en pozole! ¡Y cada quien sus costumbres muy respetables!

Pero Jiménez, como se decía entonces, se ha deschavetado.

—¡Aquí los únicos caníbales son los gringos! ¡Caníbales de otras naciones! ¡Caníbales!

Y, aferrándose a los barrotes, comienza a golpearse la frente contra ellos.

—¡Es la segunda vez que estos infelices me ponen tras las rejas! ¡Y ahora me quieren matar para devorarme! ¡Quiero salir de aquí! ¡No puedo más! —y dándose de cabezazos, repite—: ¡No-pue-do-más! ¡¡Susana...!! ¡¡Qué feliz estarías de verme aquí a punto de ser devorado...!! ¡No soy más que un miserable desahuciado que piensa tan sólo en la miserable fatalidad que es la vejez...!

El escándalo es tal que el indio lenape lo tiene que someter con sus más de ciento veinte kilos de peso, mientras que el doctor Stephenson entra en acción, auxiliado por otros enfermeros, quienes le colocan a Jiménez una camisa de fuerza y lo sedan lentamente con una gasa bien bañada en formol.

Ver así a Francisco Jiménez, maniatado y drogado hasta quedar convertido en un guiñapo, llena de pesar a sus compañeros, quienes no soportan semejante imagen.

«Y nos faltan dos meses de viaje para llegar a China», dice para sí un flemático Covarrubias.

* * *

Es de noche y cada uno descansa en su respectiva celda. Todos están agotados y duermen a pierna suelta. Jiménez, en particular, sedado como un fardo.

Sólo Francisco Díaz Covarrubias está de pie, mirando por la ventana. Lleva mucho tiempo contemplando ese pequeño punto luminoso en el cielo que los no iniciados toman por una estrella más, pero que bien sabe Covarrubias que se trata de Venus, el objeto de su amor, aquel astro que lo mantiene vivo, que lo mantiene cuerdo...

—Venus... retrasa tu carrera sideral tan sólo por unos días, te lo ruego... No me niegues la oportunidad de mirarte en tu tránsito frente al Sol... Te lo ruego, Venus... sólo unos días... sólo unas horas... detente... Mantén frente a nosotros los días futuros como una hilera de pequeñas velas encendidas. Detén tu camino, que has dejado atrás sólo velas consumidas, frías, derretidas y deformes... ¡Qué rápido se alarga la línea sombría! Cuán pronto se multiplican las velas extintas... Venus... mi Venus...

Fin de la segunda entrega

ALMANAQUE SEGUNDO

Sangriento combate pugilístico en la Nueva España

Mercurio Volante   Con noticias importantes y curiosas sobre varios asuntos

Ciudad de México. Reino de la Nueva España. 1690.

Gran expectativa ha despertado entre la fanaticada el encontronazo a dos de tres caídas y sin límite de tiempo, entre el luchador técnico Carlos de Sigüenza y Góngora, alias El Canoro Cisne Mexicano y el muy rudo gladiador ítalo-austríaco Eusebio Kino, alias El Solovino quien, según el criollo, lo ha insultado de fea y pública manera, teniendo como antecedente la aparición del Cometa Kirch, en 1680, que causara conmoción entre el respetable por aquello del no te entumas. Fue entonces cuando don Carlos, haciendo honor al mote que su comadre Sor Juana le endilgara, publicó un inteligentísimo libro llamado

Manifiesto philosophico contra los cometas despojados del imperio que tenían sobre los tímidos, es decir, sobre los crédulos, ignorantes y soplavelas que aquí abundan, siendo éste un argumento moderno y racional que nos dice ¡calmantes montes!, porque los cometas son meros cuerpos celestes que no tienen relación alguna con presagios funestos, esos que espantan a nuestro pueblo, siempre guadalupano y trabajador. ¡Y no sólo eso! El Canoro Cisne se adelanta a su época con técnica, paciencia, empeño y mucho corazón y marca nada menos que la obvia diferencia entre la Astrología y la Astronomía, damas y caballeros, ¡al separar también los hechos científicos observables de las supersticiones! ¡Qué gran faena, señores! ¡Qué arremetida desde esta América a los sabios europeos que se quedaron de a seis y ni chitón alcanzaron a decir! ¡Ah! Pero ahí viene El Solovino, muy sobradito dizque por venir de Europa y a mansalva, le asesta al Canoro Cisne Mexicano una aplanadora llamada *Exposición astronómica de el cometa que el año de 1680 se ha visto en todo el mundo,* en donde le zorraja a don Carlos, figúrense ustedes, una retahíla tomista, dogmática, clerical, aristotélica y por supuesto, geocéntrica... ¡Tómala!

¡Y por eso es que esta noche el Coliseo de las Comedias, ubicado en el Hospital Real de Indios, luce abarrotado de bote en bote y no cabe ni un alma! Las damitas, bien acomodadas en las bancas de la cazuela, exclusivas para el bello sexo; los de abolengo, comodinamente sentados en los aposentos superiores, de a real por silla, y el pueblo de a de veras, el peladaje, la chusma, loca de la emoción, a pie y en el patio, pagando tan sólo una cuartilla aunque, eso sí, todos bien cubiertos del sol o de la lluvia por el magnífico techo de tejamanil de Cuajimalpa, sostenido por siete poderosas columnas y catorce varas de madera de oyamel de Chalco. ¡Que no se diga que en estas tierras mexicanas no se tienen coliseos comparables, si no es que superiores, a los de la metrópoli! ¡Y empieza el combate, señores!

¡La afición ruge entusiasmada y se muestra enardecida! ¡Grandes abucheos se lleva El Solovino, mientras que los vítores al Canoro Cisne son de antología dejando ver quién es aquí el ídolo de la afición: "¡Métele la wilson, métele la nelson, la quebradora y el tirabuzón!", le gritan a Sigüenza quien sabe bien que es la hora de la revancha ¡y no tarda en aplicarle un tremendo tirabuzón al italiano, presentándole nada menos que su nueva obra llamada *Libra Astronómica y Philosophica,* con la que el cosmógrafo y matemático le imprime un terrible dolor al Solovino quien así, nomás de entrada, ya debería de saber lo que le espera. ¡Pero no lo despreciemos porque también se las trae, cómo no! Se incorpora de inmediato y al grito de "¡Tuércele el cuello al cisne...!", le revira el tirabuzón con una de a caballo, mientras le grita que aquellos que ponen en entredicho la naturaleza divina de los cometas, como instrumentos de disciplina y de miedo, son lentos de entendederas. Sigüenza logra zafarse y se escabulle, lo fintea y busca sacarlo de quicio al decirle que para acabar con las quimeras sólo hay que tener un telescopio en la mano. ¡Eso sí calienta, señores! El Solovino le aplica al mexicano un medio cangrejo que no le hace ni cosquillas. Pero Solovino no desiste y lo insulta diciéndole que algunos cometas se desprenden del sol... ¡Oiga usté nomás, pero qué barbaridad! Esto amenaza con salirse de cauce mientras que

126

la gente continúa con su apoyo al Cisne: "¡Quítale el candado! ¡Pícale los ojos! ¡Jálale los pelos! ¡Sácalo del ring...!" El Cisne Canoro Mexicano se pitorrea del padre Kino y le rebate diciendo que los cometas son elementos materiales supra lunares, que no sea ignorante y que aprenda a leer un mapa astral. Y haciendo y diciendo, Sigüenza prepara y ejecuta una espectacular cavernaria. Solovino resiste y devuelve el ataque con aquello de que otros cometas, además, están formados por los espíritus y los miasmas de los muertos y que por eso pueden predecir el futuro, pero no soportando más la cavernaria, pide clemencia golpeando la lona, diciendo que sí, bueno, que los presagios tampoco tienen por qué ser necesariamente funestos, sino también promisorios... ¿No que no tronabas, pistolita? ¡Primera

caída! Sigüenza lo libera. Toman sus esquinas. El aguador del padre Kino, un señor Salmerón, le echa una jarra de agua en la cabeza y le aconseja que no se olvide de citar las Sagradas Escrituras, que insista con Aristóteles y que le aplique una buena tapatía con aquello de que los cometas están formados también por el sudor de los vivos y por eso, porque han tomado el carácter volátil de los hombres, son tan impredecibles.

¡Y se acercan de nuevo los rivales! El Cisne Canoro no le permite al Solovino que le venga con sus anticuados y obsoletos textos y le realiza una campana fenomenal. Pero Kino se deshace de él y le habla de Aristóteles, del Génesis y... ¡dale con Santo Tomás! El mexicano responde no sólo con un suplex, sino también con citas a Descartes,

Galileo y Tycho Brahe... ¡aquí, pura modernidad, papá! Solovino empieza a mirarse menguado, pero tiene fuerza como para intentar una hurracarrana, que ni le sale, por cierto, y ya jadeante, masculla que los cometas son resultado de la unión de las exhalaciones y vapores que, conspirados en uno, manan del globo terráqueo y que ya después Dios toma dichos vapores y los lanza a viajar por el firmamento en línea recta. ¡Y ahí sí que ya no lo tolera más el Cisne Canoro quien se le lanza a la yugular, le reclama que sus medidas del paralaje del cometa no tienen ni pies ni cabeza, pues olvidó sumar la refracción, la altura y hasta el ángulo de la inclinación de la cauda. Y luego le informa que los cometas no siguen líneas rectas ni circulares, sino elípticas y... ¡sopas! ¡¡Hasta heliocentrista y copernicano se deja ver!! [¡Eso es tener tamaños, don Carlos, estando por ahí sentado el gran inquisidor!] Aprovechando el desliz de Sigüenza

y creciéndose a la tortura, Kino declara que, ultimadamente, su libro, además de ser erudito, se ajusta a los dogmas de la fe cristiana, no como otros...¡Y hasta ahí llegan la paciencia del Cisne Canoro y las bravuconadas del Solovino, pues Sigüenza le aplica una quebradora brutal que lo deja tumbado! Y si no le aplicó el martinete fue sólo por piedad cristiana, podemos estar seguros... ¡Solovino está en la lona y sin poder levantarse! ¡Sólo suplica que ya lo dejen irse a Baja California a tomar vino, aunque sea malísimo, y a estar en paz! ¡Dos de tres caídas! ¡El Cisne Canoro, ídolo de la afición, le concede el indulto y triunfa de manera aplastante! ¡Qué espectáculo nos ha dado! ¡Qué precisión, qué astucia y qué agudeza de ingenio! ¡Y con esto corroboramos, hermosas damitas y gallardos caballeros, que don Carlos de Sigüenza y Góngora es, hoy por hoy, el Primer Científico de América!

Notas del Autor: El cometa Kirch fue estudiado también por Isaac Newton, quien validó las leyes de Kepler sobre el movimiento de los planetas y descubrió que los cometas podían también transitar en trayectorias parabólicas. Como en otros eventos astronómicos —el del Tránsito de Venus, entre ellos—, se requiere, para lograr una mayor precisión en las mediciones, que éstas sean realizadas desde diferentes latitudes del planeta. Los descubrimientos de Newton, publicados en *Principia Mathematica*, daban la razón a Sigüenza, quien no logró un cálculo más asertivo sobre el cometa de 1680, pues ni él conoció los resultados de Newton, ni el inglés los del mexicano.
Con su *Libra Astronomica*, Sigüenza sentó las bases para el trabajo científico racional en la América del siglo XVII, teniendo como antecedente directo el trabajo científico de su maestro fray Diego Rodríguez. Sigüenza cultivó la astronomía, las matemáticas, la botánica y las letras. Respetado en Europa, Luis XIV, el Rey Sol, lo invitó a formar parte de su colegio de sabios, pero él no aceptó. Su objeto de estudio se llamaba México.

TERCERA ENTREGA

Filadelfia - Nueva York - Arizona

1

DE LA CONTINUACIÓN DE ESTE SINGULAR PERIPLO Y EN DONDE
QUIZÁ DESCUBRAMOS QUE UN VIAJE AL CORAZÓN DE LOS HOMBRES
PUEDE SER MÁS LARGO, AGOTADOR Y PELIGROSO QUE RECORRER
MILES DE KILÓMETROS SALVAJES POR EL PLANETA.

El médico en jefe del servicio de salubridad ha cumplido con
la palabra empeñada y ha dispuesto para los científicos mexicanos un ejército de médicos y enfermeras para que les realicen las pruebas necesarias, las cuales arrojan los resultados ya
esperados: ninguno de ellos está contagiado y, por lo tanto,
tampoco está impedido para proseguir su viaje. Pueden salir de
inmediato hacia Nueva York. Aunque hay un problema: Francisco Jiménez. Durante la mañana, según les reportó el doctor
Stephenson, el ingeniero militar tuvo un nuevo ataque de furia,
por lo que el galeno «consideró prudente» aplicarle una terapia de choque que consistió en sumergirlo, durante una hora
completa, en una tina de agua colmada de hielo. «El paciente

se encuentra estable, aunque me gustaría seguir observándolo. Si la furia regresa, recomendaría una nueva terapia de choque, y si insiste en golpearse contra las paredes, ¿me permiten sugerirles una lobotomía?» Stephenson no había terminado de decir esto, cuando los cuatro comisionados sanos, ayudados por el cónsul Mariscal, cargaban con Jiménez, cubierto de mantas y con mirada espirituada, en el transporte que la embajada les tenía preparado para iniciar la huida hacia Nueva York.

Ya en el camino, Ignacio Mariscal saca de su cartapacio algunas cartas y sobres oficiales.

—Don Francisco, el día de su llegada y con tanto lío, olvidé entregarles estos documentos. La mayoría de estos son dirigidos a usted, desde la presidencia. Me parece que esta carta es de su esposa, quien consideró de manera muy prudente enviarla directamente a la oficina de nuestro consulado. Ésta otra es, seguramente, de la señora Jiménez. Aunque no sé si el ingeniero esté en condiciones de recibirla ahora. Ésta es para usted, ingeniero Fernández Leal… y… nuevas indicaciones para usted, señor Bulnes, también del señor presidente.

Cada uno de ellos, menos Jiménez, toman sus misivas.

—Gracias, la leeré después. Odio leer en un carruaje en movimiento. Me mareo y me duele la cabeza —asegura don Manuel.

—Y ésta será para usted, ingeniero Barroso.

Agustín la toma con mano temblorosa, pues no esperaba correspondencia alguna.

Díaz Covarrubias, en cambio, le arrebata los sobres que le corresponden, guarda en su abrigo el de Jiménez y el que le envía el presidente y abre la carta de su esposa, saca los folios, se aísla en su propio mundo y comienza a leer.

2

DE LA MISIVA QUE LA SEÑORA DOÑA ENCARNACIÓN
CORDERO DE DÍAZ ESCRIBE A SU ESPOSO, EL INGENIERO
FRANCISCO DÍAZ COVARRUBIAS.

Amado esposo mío: Tienes apenas unas semanas fuera de casa
y me parece que han pasado años. Sin embargo, debo decir que
me alegra tu ausencia, pero no te acongojes, que no es por falta
de amor que te digo esto. Tu presencia, Francisco, en la vida de
tu familia, es… un poco pesada, ¿sabes? Eres demasiado grande, demasiado importante para tus hijos y me parece que tu larga sombra nos sumerge a todos en una cierta obscuridad que,
como a las plantas, no nos permite florecer. ¡Y mira! Tienes
que estar a miles de kilómetros de distancia para que me atreva
yo a escribirte todo esto. Te informo, pues, aunque ya imagino tu airada respuesta, que nuestro Paquito se ha ido a vivir
a una buhardilla con la señorita Zugarramurdi. Están vivien-
do su propia novela romántica, cosa que te resultará más que

desagradable, pero viene a resultar, Francisco mío, que Paco ya es un hombre y nunca ha contado con tu aprobación ni en sus intereses intelectuales, ni en sus aspiraciones artísticas y mucho menos en sus afectos. Naturalmente que estoy trabajando para convencerlo de que legalice su relación «marital»; vamos a llamarla así por ahora. Pero te informo que un matrimonio ya no debe ser visto como un contrato o como una estrategia a seguir para ganar «prestigio» dentro de la sociedad. ¿No te basta con todo el que tú tienes? Y métetelo en la cabeza. Paco no será ingeniero. Es un artista más que notable que ha sido admitido —sí, ya lo sé, a tus espaldas— en la Academia de San Carlos, en donde estudia con grandes pintores, como el señor Velasco. Espero que a tu regreso lo veas a los ojos con orgullo y con amor, pues no pide otra cosa de ti, ya que eres su adoración y no puede aspirar a nada más que a sentirse correspondido.

De quien tengo que hablarte también, con gran sorpresa y dicha, es de nuestra hermosa Soledad. A sus diecisiete años ha florecido como una mujer magnífica, poseedora de una inteligencia notable. Sé muy bien, Francisco, que en tus palabras hacia mi persona no puedes ocultar nunca un aire de condescendencia y descalificación. El señor Comte, ése al que tanto admiras, nos ha querido relegar a las mujeres, con su dichoso positivismo, a un segundo plano intelectual. Pues te hago saber que Soledad devora con pasión todos los libros que sobre astronomía, física y matemáticas tienes en tu biblioteca. Y no, no lee ni *Las Flores del Anáhuac*, ni *El Periódico de las Señoras Mexicanas*… ¡Lee ciencia y desea ser astrónoma! Sí, ya imagino que te está temblando el ojo derecho y estás a punto de caer desmayado. Pues prepárate, Pancho, porque estoy dispuesta a apoyarla en todo. Así sea pasando por sobre tus opiniones. Hay por ahí una muchachita, Matilde Montoya Lafragua, se llama, que está en boca de todos, pues pretende convertirse nada menos que en la primera médica mexicana, ¿lo puedes creer? ¡Y claro que está luchando para lograrlo! Como es muy joven, primero ha tenido que estudiar enfermería. Después se ha convertido en la primera mujer profesionista de México, al titularse como obstetra calificada. Y mientras alcanza la edad requerida para ingresar a la Escuela de Medicina, estudia «pequeña cirugía» con un famoso cirujano, el doctor Manuel Soriano, en el Hospital de San Andrés. De esa señorita escucharemos hablar bastante en los próximos tiempos, ya lo verás.

De los gemelos también te tengo noticias. Ambos quieren ser cadetes del Heroico Colegio Militar. Esa tarea la dejo en tus manos para cuando regreses y lo hables con el presidente Lerdo. Por último, los pequeños Benito y Eloísa viven aún en el mundo de ensueño de las espadas de madera y las muñecas. Son dos niños felices y te extrañan mucho.

Y ahora, esposo mío, debo hablarte de tu madre. Espero que no te ofendas si la llamo senil, pero su demencia va en aumento. Y a niveles cada vez más preocupantes. No sé de dónde ha sacado bríos, pero el otro día no sólo se levantó de la cama en la que está postrada, ¡sino que lo hizo con una fortaleza y una furia indecible y nos persiguió a todos con un picahielo, encontrado no sé ni dónde, por toda la casa! ¡Imagínate el susto que mis pobres pequeños se han llevado! Hemos tenido que dormir esa noche todos juntos en mi cuarto y bajo llave. Y yo sé que piensas que, en El Álbum de la Mujer, que yo sí leo con gusto, sólo se tratan temas domésticos o banales, pero te equivocas. También se nos dan noticias sobre el mundo, la economía y la medicina. Y ahí me enteré de una técnica novísima que se utiliza en los hospitales de salud mental para calmar a los locos furiosos como tu madre. Tú nunca has estado en una institución semejante, claro está, y quizá por ello te sorprenderá el saber que los locos rabiosos son sumergidos en tinas de agua helada ¡y con trozos de hielo, además! Pues me apena informarte que decidí aplicar esa terapia «de choque», según la llaman, con tu pobre madrecita. ¡Me fue absolutamente necesario, Pancho! Pero, mira, además de necesario, resultó muy provechoso. Mi señora suegra lleva días de enorme tranquilidad. Con un poco de bronquitis, quizá, pero me ha dejado en paz al menos por una semana.

Esposo mío, te dejo para que puedas digerir tantas y tan variadas noticias.

Viaja con bien, Francisco, persigue la gloria, dale a tu familia y a tu país más honor, si eso es posible aún. No desfallezcas, que aquí te espera siempre el corazón anhelante de una mujer enamorada.

Siempre tuya,

Encarnación

3

DE LA BREVE ESTANCIA QUE MANTUVO LA COMISIÓN
EN NUEVA YORK Y DE CÓMO PUDIERON COMPROBAR QUE,
A PESAR DE LA DISTANCIA, LA FAMILIA SE LLEVA A CUESTAS EN
LAS ESPALDAS, EN LA MENTE, EN EL CORAZÓN O EN EL HÍGADO.

Francisco Díaz Covarrubias ha leído decenas, cientos de veces la carta de su mujer y sigue aún sin poder creer lo que en ella está escrito. ¿Pero qué es lo que le sorprende tanto? ¡Que en aquel puñal disfrazado de amorosa misiva se encuentra la rebelión, la ignominia, el abuso y las ofensas más insoportables! Y así como la ha leído en innumerables ocasiones, las mismas veces ha iniciado la redacción de una respuesta, primero severa, después conciliadora, luego retadora, hasta amorosa y comprensiva, aunque todos esos gérmenes, con furia contenida, o no, han ido a dar al bote de basura. Díaz Covarrubias no tiene ni tiempo ni cabeza para responder de una manera razonada. Ya lo dejará para el día siguiente. Les ha dado a sus compañeros la oportunidad de pasear libremente por Nueva York mientras él arregla el traslado a San Francisco y después a China. Ha visitado esa ciudad en incontables ocasiones y considera que nada nuevo podrá encontrarle. Así que se dirige al consulado mexicano. (*Conque mi sombra es «demasiado larga», ¿no es así, Encarnación? No tienes idea de cuán larga puede ser...*) El cónsul Mariscal le habla de los problemas de viajar a China. Ese país está de nuevo cerrado a Occidente, con rencor milenario, y en particular hacia Estados Unidos.

—¿Puede pensar el ingeniero en otra solución?

(*¡Claro que puedo! Primero saco al inútil de Paco de esa escuela para viciosos y lo meto al ejército, nomás eso me faltaba.*)

—¿Otra solución? No sé, quizá Japón...

—¡Excelente decisión, ingeniero! Japón, al contrario de China, mantiene una política de acercamiento y colaboración con Occidente. Tiene magníficas relaciones tanto con Estados Unidos como con México...

(*Y eso es en lo que quisieras convertir a mi hija, ¿verdad? ¡En una geisha! Yo seré ateo, pero se me larga a un convento en cuanto yo ponga un pie en México...*)

—¿Qué le parece entonces, ingeniero?

—Qué me parece qué...

—Japón, ingeniero...

—Ah, sí, pues Japón está bien. Podríamos recuperar el tiempo perdido, considerando la distancia entre Japón y China.

(*¿Y tú te piensas que voy a dejar a los gemelos bajo tus cuidados? ¡Primero muerto! Le acabo de escribir al presidente Lerdo para que me haga el favor de separar inmediatamente a mis hijos* *de tu lado y sean internados en el Colegio Militar, nomás eso me faltaba.)*

—En cuanto a la transportación a Japón...

—A China.

—Eh... me parece que acabamos de acordar que sería a Japón, ingeniero.

—Ah, sí, a Japón...

(¡¿Y crees acaso que podré perdonarte lo que le hiciste a mi madrecita!? ¿¡Pretender asesinarla por congelación!? ¡Pero ya me encargaré de que tú seas internada en un manicomio y sufras las mismas penas que le infligiste a esa santa viva, mujer impía...!)

—Me parece que el mejor lugar para contratar un navío que viaje a Japón debe ser directamente en San Francisco, ingeniero...

—¿San Francisco? ¿Por...?

—Eh... su barco de San Francisco a Japón...

—¡Ah, sí! A Japón. La ruta más corta es al puerto de Yokohama. Sólo le suplicaría que se sirva averiguar las condiciones climáticas del puerto en las fechas del tránsito.

—Por supuesto.

(¡Y por supuesto que también te quitaré a Benito y a Eloísa! Le otorgaré la crianza a mi hermana Lolita, una mujer sensata y piadosa. No una loca como tú, Encarnación... ¡Ya verás, te repito, lo larga que puede ser mi sombra y omnímodo mi poder!)

—¡Que tenga buen día, ingenie...!

Un portazo concluye la reunión.

(Por último, déjame aclararte, no una opinión personal, ni una «influencia» de don Auguste Comte, sino una verdad científica y por ello, irrefutable: los cerebros de las mujeres son más pequeños que los de los hombres, por lo tanto, tienen menos circunvoluciones y claro, una menor inteligencia. Así que acéptalo de una vez y sin lloriquear: ustedes las féminas están, intelectualmente hablando, un escalón por debajo de los hombres, es decir, en un estadio mental que las coloca más cerca de los niños y las especies inferiores. Y si no lo crees, consúltalo en tus sapientísimas revistas y periodicuchos cursis y pseudocientíficos que te han enajenado la mente. Y con esto termino. Francisco.)

Pero en cuanto Díaz Covarrubias echa la carta en el buzón de hierro, se arrepiente de inmediato e intenta sacarla de ahí como puede. Se lastima las manos, se desgarra el abrigo y las mangas de la camisa y rompe su bastón. Finalmente patea desesperado el buzón y lo golpea con los puños, lo que le amerita pagar una severa multa en el juzgado del ayuntamiento. Una multa y quizá hasta su matrimonio.

4

DEL MOMENTO EN QUE EL INGENIERO MANUEL FERNÁNDEZ LEAL
VISITA LA PORTENTOSA CONSTRUCCIÓN DEL PUENTE DE BROOKLYN
LLEVANDO EN SU ABRIGO LA CARTA DE SU MADRE.

En su carácter de ingeniero y matemático, Manuel Fernández
Leal dirige con premura sus pasos por la calle 14 del *borough* de
Manhattan, en donde comienza a erguirse el que será el puente
colgante más largo y más pesado construido hasta ese momento: el puente de Brooklyn, todavía en ese momento un amasijo
formado por toneladas de piedra, cables de acero kilométricos,
estructuras de madera descomunales, arcones neumáticos, interminables pozos de cimentación y decenas de grúas, máquinas
y transportes que hacen ver a los cientos de trabajadores que
están ahí como míseras hormigas que pretenden construir lo
imposible, lo más cercano a la infinitud. Fernández Leal mira
el ir y venir de los obreros y sus herramientas por detrás de
una valla metálica que busca contener a la multitud expectante.

Entonces, saca el salvoconducto firmado por el presidente de México y, con aires de gran señor, avisa a los oficiales de policía: «*The presidente of Mexico... the presidente of Mexico... I want to pass... I want to pass...*» Y los oficiales, viendo su facha distinguida y su ropa elegantísima, no quieren discutir nada menos que con el presidente de México y le dan vía libre. «Bendito el *to pass...*», dice para sí Manuel. Un policía lo escolta a una zona más segura y lo presenta con uno de los ingenieros responsables:

—*This is the president of Mexico...*

—*Oh! That honor, Mr. president!*

Y se suelta a darle toda una serie de explicaciones técnicas que Fernández Leal sólo pesca al vuelo, aunque siendo el de las matemáticas un lenguaje universal y teniendo sus términos las mismas etimologías grecolatinas, se las arregla muy bien. Sigue los planos y apunta con inteligencia el uso del teodolito y de los niveles de precisión.

A pesar de su sorpresa ante el conocimiento técnico del mandatario mexicano, el ingeniero debe atender algo urgente y se disculpa con el «señor presidente».

—*Yes, yes... to go, to go* —lo apura don Manuel.

También él aprovecha para escabullirse y contemplar maravillado, y desde mucho más cerca, la portentosa obra estilo neogótico que ahí se levanta a base de piedra caliza, cemento, granito, cargas de dinamita, toneladas de acero... y un par de ojos verdes que lo miran fijamente. Fernández Leal cae en cuenta de que es observado por un joven —un inmigrante irlandés, seguramente—, quien se ha quitado la camisa para secarse con ella el sudor de la frente, el pecho y las axilas. El joven sonríe sin quitarle de encima su mirada esmeralda. Manuel no sabe qué hacer. Se muestra nervioso. Comienza a sudar, cosa que detesta, siente que le falta el aire y se marea. El cuerpo del joven está formado felizmente en cada una de sus partes, levantando una altura escultural, con una bella impresión en las cejas, seducción en los ojos y una insinuante invitación en los labios.

Al sacar el pañuelo de su abrigo, Manuel se encuentra con la carta enviada por su madre y vuelve a escuchar la voz de la progenitora taladrándole los oídos: «¿Cómo es posible que a tu edad no te hayas casado todavía, Manuelito? ¿Acaso quieres que tu madre muera sin conocer la dicha de cargar un nieto? Estás decidido a ser mi más grande decepción, por lo visto. ¡Has rechazado a cada una de las muchachas que te he presentado, causándome unos disgustos que no cualquier madre podría soportar, hijo! Todo para ti son los títulos académicos y las medallas conseguidas en tus "misiones". Pues te aviso que no me importan más ni tus logros científicos, ni tus premios ni tus distinciones. Si de verdad quieres honrar a esta familia, cruza la puerta de esta casa con una buena mujer y con un niño en brazos. Sólo así podrás conservar el amor de tu madre que, hasta hoy, puede decir que te adora. Aunque no será por siempre, hijo. En ti hemos cifrado nuestras esperanzas, nuestra felicidad y nuestro honor. No nos lastimes más, hijito…»

Manuel quiere huir de ese lugar, pero el muchacho lo mira todavía: torso desnudo, sonrisa de ángel, miradas insinuantes…

Fernández Leal sale corriendo de ahí. Empuja a todos los que se le ponen enfrente, ingenieros y policías, trabajadores y chusma. Manuel se ahoga y el llanto se le vuelca sin remedio.

—*To go…! To go…!* —es lo único que puede gritar.

Todos miran con extrañeza cómo el presidente de México, sin comitiva alguna, desaparece de la misma manera en que llegó a la construcción del gran puente de Brooklyn. Un puente que hasta ese momento, y para él, no es más que una barrera, un muro de contención que lo mantiene anclado en aquella isla que, en realidad, son dos: la isla de Manhattan y la isla de su propia existencia.

5

DE CÓMO AGUSTÍN BARROSO SE ENFRENTA A UNA
REALIDAD MUY DISTINTA QUE LE MUESTRA LA FRÁGIL
CONDICIÓN DE «SER HOMBRE».

María Luisa, la entusiasta escribiente de aquella carta, no ha escatimado ni cariño, ni exhalaciones de amor con olor a lavanda, sueños lúbricos, ni amenazas veladas.

«Agustín mío, amor de mi vida, sueño gentil que me mantiene alerta por los días, motivo de mis ansiosos y húmedos desvelos nocturnos…», así empezaba. Agustín prefiere recostarse para leer y lo hace con cuidado para no despertar a Francisco Jiménez, quien dormita en la cama contigua de su habitación en el Hotel Majestic. Ha sido el mismo Covarrubias quien le ha encargado la seguridad de Jiménez, por lo que no se ha podido negar.

«¿Cómo estás, dulzura mía, ambrosía hecho hombre? Cuento las semanas, los días, las horas y los minutos para verte volver de China con la salud recuperada, tu corazón palpitante, tu amor hacia mí renovado y, claro, con los 125°° pesos oro que mi papacito te prestó para tu recuperación. Debo recordarte el asunto pecuniario pues, aunque lo juzgues de mal gusto, mi papacito desea pagar con ese dinero nuestra boda. ¿No te parece magnífico? ¿¡Y si hacemos una boda china!? ¡Podrías traerme un vestido de geisha! (No sé si las geishas son chinas o turcas, pero no creo que aquí nadie notase la diferencia.) Cuando llegues a México y cumplas tu palabra de casarte conmigo —¡porque estoy segura de que la cumplirás!—, te colmaré de besos y de abrazos. Llevo una vida entera deseando amar a un hombre y Dios me da la oportunidad de amarte a ti. ¡Qué importa que sea yo una mujer un poco mayor que tú! "¡Vieja!", pretenden insultarme mis malquerientes. ¿Y por qué habría de ser vieja una mujer de ~~cuarentai~~... treintaicinco años? ¡Seguro les da envidia porque me conseguí a un hombre joven y hermoso como tú! Dice mi papacito que, si pudieses aumentar a los 125°° pesos oro que te prestó —con el único fin de que recuperes tu salud—, otros 75°° pesos oro, te lo tomaría muy a bien y con ello se alejaría de su mente el persistente y molesto sentimiento de desconfianza que aún te guarda. Pero no lo culpes, es natural. Ya me has incumplido en otra ocasión tu promesa de matrimonio y en aquella ocasión, cuando me dejaste plantada en el altar, lo hiciste por irte con una... piruja... sí, perdóname la vulgar expresión, cuando te fuiste con la piruja ésa de Carmelita Medina del Toro, ¡que era una niña, Agustín, no lo puedes negar! Yo, aunque te perdoné y, más aún, te disculpo ahora al conocer la enfermedad del hígado que te aqueja, no volví a verte jamás, pues saliste huyendo de la ciudad ya que su padre y mi padre te perseguían como locos. Pero no pases más apuros. Su padre ha muerto y la "señorita" ésa ya se "casó bien" con un imbécil de Puebla que jura que la tal Carmela es más virgen que la Virgen del Rosario. A diferencia mía, pequeñajo, cervatillo hermoso, glotón de mis íntimos recovecos, que me mantengo incólume para ti. ¡Vuelve ya con la salud recuperada! Y por mi papacito no te preocupes. Sólo no te olvides de los 200°° pesos oro que nos debes y prepárate para vivir una vida llena de amor al lado mío y de mi papacito. Te adoro.

»*P. S.* Dice mi papacito que, si pudieses ir abonando parte de los 200°° pesos oro a través de giros postales, resultaría en más honor y seguridad para ti. *Adieu!*»

Furioso, Agustín se levanta con la intención de perderse por ahí, ya sea en los brazos de alguna rubia o en el fondo de un buen vaso de whisky.

—¡Barroso! Usted no me puede dejar solo —Agustín creía que el otro estaba dormido.

Jiménez le arroja la carta que a él le corresponde:

—Ésta es la carta de Susana. Léamela, que a mí me está estallando la cabeza.

6

DE CÓMO AGUSTÍN BARROSO SIGUE CONFRONTÁNDOSE
CON LA IMAGEN QUE GUARDABA SOBRE LA VIRILIDAD AL LEER
LA CARTA DE LA SEÑORA JIMÉNEZ Y DE SUS POSTERIORES
ENCUENTROS CON COVARRUBIAS Y CON FERNÁNDEZ LEAL.

«Cuánto tiempo has tardado en largarte, gusarapo...»

—Perdón, ingeniero, pero creo que esto es algo personal...

—Siga leyendo, Barroso... y aprenda lo que es la maldad.

Barroso carraspea mientras que Jiménez se acuesta boca abajo y se cubre la cabeza con una almohada. Barroso no entiende nada.

«Cuánto tiempo has tardado en largarte, gusarapo. Y cuánta cobardía muestras al dejarme tu carta crudelísima recargada en una almohada aprovechando mi ausencia. Y sí, estaba yo en Chalma, pero ¿sabes por qué, infeliz? Para pedir por tu salud. No le he rezado al señor de Chalma ni por más dinero ni por un buen matrimonio para nuestras hijas, que de eso me encargo yo, que soy mucha pieza y quizá sea eso lo que te molesta. Le he pedido con gran fervor —y sin bailar, por supuesto, no seas ridículo—, le he pedido que interceda ante Dios Nuestro Señor para que te libere del cáncer que te está...»

—¿Ingeniero...?

—Continúe, Barroso. Tarde o temprano se enteraría usted. Sólo no le diga nada a Pancho. Hace unos días yo mismo se lo habría dicho, pero hoy lo desconozco y estoy seguro que, de enterarse, me dejará abandonado en el desierto o en el mar, qué más le daría... Su misión es lo único que le importa. Siga.

«... para que te libere del cáncer que te está consumiendo los huesos. Aunque parece que primero te atacó el cerebro y la razón, pues ¿cómo se te ocurre emprender un viaje semejante sin tus medicamentos? ¡Porque aquí dejaste tu láudano, pedazo de animal! ¿Y no te dijo el doctor Montes de Oca que llegarías a necesitar, incluso, morfina? ¿Y de dónde la vas a sacar, si se puede saber? Sí, ya sé, porque no soy la ignorante que piensas, que los chinos son los maestros del opio, pero explícame una cosa: estarás en el campamento haciendo tus mediciones, ¿o estarás acostadote en los fumaderos de opio? Ay, Francisco, qué desgracia tu carácter, tu enojo constante, tu frustración enorme que no te ha dejado ver ni disfrutar lo que la vida te ha ofrecido. ¿Te molestan mis tertulias musicales? ¿Y qué quieres que haga si tú nunca sales conmigo? No, al teatro, a disfrutar de una buena comedia. No, a la ópera. ¿Que todos los cantantes son unos manatíes obesos? ¡Pues cierra los ojos, carajo, e imagínate lo que te plazca! Has desperdiciado tu vida en odiar a los americanos y en rumiar tus derrotas. ¡Derrotas que compartimos todos los mexicanos y no sólo tú, hombreególatra e insufrible! ¿O eras tú el dueño único de ese territorio? Y tus hijas. Qué pena que no te respeten porque ellas te temen, que es muy distinto, aunque tú no entiendas la diferencia. Yo ni te respeto, ni te temo. Te amé, en todo caso. Como tú a mí, espero, hace años. ¿Y que no te gustan mis afeites ni mis plumas? ¡Y qué más quieres que haga para que te fijes en mí, para que me mires como a la jovencita con la que te casaste! Nunca me has querido, Francisco, admítelo. O, al menos, nunca me has querido como yo necesito que me quieras. ¿Te parece estúpido mi razonamiento? ¡Pues al menos tengo uno, bruto insensible! ¿Que te molesta mi halitosis? ¡Pues yo no tolero tus flatulencias...!»

—Eh... ingeniero, de verdad que yo no debería de estarme enterando de...

—¡Lea sin detenerse, con mil demonios!

«... tus... flatulencias... Pero no pienso escribir nada más de nuestra vida privada. Ni mucho menos de nuestra intimidad, porque... por...»

—¡No se detenga!

«Porque no existe. Hace años que no me tocas. La hija menor nació por obra y gracia del Espíritu Santo, pues desde mucho antes habías abandonado el lecho conyugal. Y ahora te alejas de nuevo. ¡Y de la peor manera y en el peor momento porque te estás muriendo! Te repito: ¿dónde conseguirás el láudano o la morfina? ¿Quién cuidará tu alimentación? ¿Llevas un abrigo lo suficientemente grueso como para soportar las inclemencias del tiempo? ¿Piensas cruzar el Mar de China sin los cítricos suficientes? Así como estás, ¿todavía te quieres enfermar de escorbuto? De verdad pienso que tus constantes amenazas de suicidio son reales. Pero ¿de verdad quieres morir lejos de mí, de tus hijas y de tu casa? Qué pena me das, Francisco. Cuánto me dueles. ¡Qué solo vas a terminar en la vida! Pero estando tú en China, ¡figúrate! ¿Cómo habré de cuidarte? Que Dios te bendiga, animal.

»Susana»

Agustín Barroso está congelado y no sabe qué hacer o qué decir. Y más cuando descubre que el ingeniero militar don Francisco Jiménez llora escondido debajo de su almohada.

Con toda discreción y en absoluto silencio deposita la carta en el buró y sale del cuarto.

Pero en el pasillo se encuentra con una sorpresa más. Bajando por las escaleras hacia la recepción se topa frente a frente con Francisco Díaz Covarrubias, cuyo único saludo es una expresión de ira mientras le revolotea un documento oficial en la cara:

—¡Una multa! ¡Me han dado una multa! ¡Me he sangrado los dedos y he destrozado mi ropa y mi bastón! ¡Y por eso me han dado esta multa! ¡Y ahora mi mujer recibirá esa maldita carta!

Covarrubias desaparece ante la incredulidad total de Barroso.

Aunque el pasmo es mayor cuando llega al *lobby* y ve cómo entra un desesperado Manuel Fernández Leal, quien lo toma por las solapas y lo empuja contra una pared. Tiene los ojos hinchados de tanto llorar.

—¡Júreme, Agustín, que va usted a vivir libremente! ¡Dígame que vivirá su joven vida sin cadenas y sin importarle nada más que su felicidad! ¡Júremelo, Barroso…! Porque, dígame usted, sin eso que usted ama, ¿qué vida llevaría?

Y así como entró, Fernández Leal desaparece por las escaleras sin dejar de llorar.

Barroso, definitivamente, se merece un vaso de whisky. Uno barato, claro, puesto que se acaba de enterar que le debe 200°° pesos oro al papá de María Luisa, su futuro suegro.

¿Y estos son los hombres bragados, cuatro náufragos en tierra, quienes pretenden lo imposible? Sí. O al menos lo intentarán, pues también es condición humana sacar fuerza de flaquezas. Porque es en las tempestades donde se conocen a los buenos marinos y… y todas esas necedades y lugares comunes que debemos repetirnos cada vez que la tierra se abre bajo nuestros pies y amenaza con tragarnos y deglutirnos sin ninguna consideración.

Los hombres somos siempre unos niños asustados que necesitamos que nuestra madre nos abrace y nos diga que todo estará bien. Aunque nada lo esté.

7

DE LOS APUNTES DE FRANCISCO BULNES SOBRE LO VISTO
EN NUEVA YORK Y LAS INSTRUCCIONES QUE RECIBIÓ DEL
PRESIDENTE LERDO DE TEJADA.

Las instrucciones que me ha enviado el señor presidente son
claras y, debo admitir, ligeramente descorteses: más concentración en el viaje, en las posibilidades diplomáticas y comerciales
que éste nos representa y menos turismo y análisis de la personalidad de los señores comisionados, pues en nada le suma a mi
crónica hablar de climas y costumbres. Y el pretender «perfiles
psicológicos» de los comisionados la convierten en una vulgar
novela de folletín. «¿Qué se puede esperar de cinco hombres,
Bulnes?», me escribió. «¡Pues sólo decisión, valor, autoridad
y determinación! ¡Objetivos claros que no dejan lugar para va-
cilaciones o emociones pueriles!»

Pues don Sebastián es el presidente y él sabrá muy bien
lo que quiere leer, pero a mí sí que me parece importante el

considerar las personalidades de los señores comisionados, ya que de su salud mental depende el éxito de esta empresa.

Y con respecto a lo que veo en los nacionales y en sus costumbres, me parece también fundamental dejar sentados algunos hechos que nos servirán a la postre para comprender el talante de un pueblo y, por consiguiente, de una nación con la que se pretenden relaciones comerciales. Y expongo como ejemplo el patético y degradante espectáculo que presencié en Nueva York, aunque, eso sí, ¡un éxito de taquilla! Se trata del *Walking Man* o el *Hombre que camina*. «¡Venga a ver al *Walking Man*!», anuncian los merolicos. Yo pagué mi entrada con la ilusión de disfrutar de un divertido y vistoso espectáculo circense, ¡pero cuál! Viene a resultar que el tal Caminante es un pobre infeliz que alquiló una carpa de circo en la que prometió caminar, sin descanso, ¡quinientas millas! ¿Puede haber algo más estúpido y cruel? ¡Y es que la gente paga un dólar por ver caminar a ese tipo alrededor de la carpa tan sólo tomando agua! ¡Sin comida ni descanso! ¡Durante noche y día, semana tras semana! Cada milla recorrida es anunciada por el campanazo que da el empresario que explota al infeliz. Campanazo que se acompaña por hurras y gritos de los espectadores, quienes pueden estar ahí el tiempo que les venga en gana, que en eso son como los romanos, disfrutando la muerte de los gladiadores. Sólo que aquí no hay tales gladiadores, ni leones, ni siquiera contendientes. ¡El mismo desgraciado es su propio competidor y su verdugo! En el momento en el que yo entré —porque ya he dicho que no hay horarios ni para entrar ni para salir—, el hombre aquel había caminado casi doscientas millas y ya estaba hecho una desgracia: pálido, tembloroso, deshidratado, con la mirada extraviada y los pies sangrantes. Cuando perdía el paso o hasta la orientación, el efusivo empresario entraba a la pista, le daba agua y le redirigía los pasos. Y si tropezaba y caía, ¡el público le silbaba y le arrojaba papeles y desperdicios! Entonces tomé conciencia de la verdadera naturaleza del «espectáculo»: ¡La emoción por el mismo consistía en tener la «buena fortuna» de estar ahí en el momento justo en que ese infeliz cayera muerto! «¡Pues les platico que a mí me ha tocado ver morir al *Walking Man*!», esperan decir los «afortunados». Por no hablar de las apuestas que ahí mismo organiza el despreciable empresario: «¡Cinco dólares a que muere en la milla trescientos! ¡Tres dólares a que no camina otras cincuenta! ¡Va mi resto si no se muere en las próximas cuatro vueltas!» ¡Tal es la barbarie y la brutalidad de aquellos zafios *yankees* que se complacen —igual mujeres que niños— en el dolor y en la muerte de un semejante! «¿Y qué me cuentas del *Walking Man*? ¿Vive todavía?» «¡Vive el muy bastardo! ¡Y me ha hecho perder ya diez dólares, figúrate!»

Pero voy al abordaje del tren, que es lo que le importa al señor presidente.

8

CONTINÚA BULNES: DEL ABORDAJE DEL TREN Y DEL PARTICULAR
TALANTE QUE SE HA APODERADO DE LOS COMISIONADOS.

El frío parece no darnos tregua. Una primera nevada es la pre-
monición de un invierno inclemente. Claro que cuando el frío
golpee la costa este de Nueva York, nosotros debemos estar al
otro lado del mundo, en Yokohama, Japón, según nos lo avisó
el ingeniero Covarrubias, hecho que, en realidad, no nos tomó
por sorpresa, pues todos comprendemos que una odisea semejante no puede estar exenta de contratiempos y cambios de
última hora.

El señor cónsul Ignacio Mariscal, así me lo ha parecido, ha
puesto dinero de sus propios bolsillos para que viajemos, no en
tercera clase, sino en segunda. Al menos tendremos una cama
para estirar el esqueleto, así sea una vil litera cubierta con cortinas que, si bien otorgan una cierta intimidad, nos permiten
escuchar todo lo que pasa en las otras literas. Y cuando digo

todo... es todo. Y no es que no contásemos con recursos —que tampoco nos sobran— como para viajar en primera y gozar de un camarote, aunque fuese compartido con algún compañero, pero me parece que la meticulosidad económica del ingeniero Covarrubias está alcanzando niveles de exageración. Como sea, todos nos hemos despedido de Mariscal con enorme efusividad y agradecimiento. Y aquí tendré que anotar un dato tan curioso como divertido y sí, también emotivo. Quien se nos hizo presente, de la nada, ¡fue el estimado capitán Barret! ¡Y llegó acompañado por su banda entusiasta, que nos despidió con los hermosos compases de la *Transit of Venus March* de Sousa, para la desesperación eterna de Fernández Leal!

Y aquí me detengo, contraviniendo las indicaciones del presidente Lerdo, pues algo ha cambiado en los miembros de la Comisión. Es algo muy sutil, algo imperceptible, pero que a mí, un escribidor nato, no me puede pasar desapercibido.

Empecemos porque los ingenieros Díaz Covarrubias y Jiménez no se dirigen la palabra. Se ignoran de manera categórica el uno al otro. Pero vamos a ver. No me parece que sea sólo por el asunto de la vergonzosa degradación pública que Covarrubias hizo de Jiménez. No. Jiménez es militar y no se lo tomaría personal. Su distanciamiento viene por otro lado. El ingeniero Covarrubias no ha perdido su naturaleza patricia, por supuesto. Pero está distraído, ajeno a la emoción que lo debería embargar por el hecho de haber recuperado el calendario al acortar el viaje ahora a Japón y no a China. Habla en secreto con Mariscal y pareciera que le hace encargos de manera insistente. Y don Francisco Jiménez no está enojado con Covarrubias, ni con ninguno de nosotros, como sería costumbre.

Me parece que su semblante no es el mismo. En él no hay enojo, sólo que en estos días pareciera haber envejecido un poco. No entiendo bien qué le pueda pasar, pero habré de observarlo. Y el que definitivamente es otro es el ingeniero Barroso. Su personalidad festiva y despreocupada se ha tornado discreta y hasta taciturna. Y lo impensable: guarda atenciones, casi se diría hasta filiales, con Jiménez. Le ha abotonado el abrigo, lo ha ayudado a subir los estribos del tren y ha solicitado una manta para cubrirle las piernas. Y lo más extraordinario ¡es que Jiménez no lo ha rechazado de manera grosera! Esto sí que es extraño.

Y don Manuel... su languidez de antaño se ha acentuado. Pareciera que no lo habita espíritu alguno. Es incapaz de sostenerle la mirada a nadie, en particular al auditor, un joven altísimo, de casi dos metros, muy apuesto, que le requiere su boleto y lo conduce hasta su litera. ¿Por qué no lo mira? ¿Por qué no intenta descubrir el tono azul de sus ojos y por qué le cierra la cortina en las narices?

Sí, algo ha cambiado y, así me resulte en un trabajo doble, llevaré dos bitácoras, una «oficial» para enviar al presidente y una «privada» en la que daré cuenta de todo lo señalado anteriormente... ¡Buéh! Si es que esto vale la pena. Quizá es sólo que están cansados, preocupados o emocionados, y mi manera fantasiosa de percibir la realidad me hace ver moros con tranchetes. (Aunque, honestamente, no lo creo...)

El trayecto de México a Nueva York debió durar doce días y nos consumió veinte. Deberíamos recuperar estos ocho días de retraso con los diez recortados al trayecto de Yokohama a Pekín. El calendario, por lo tanto, se mantiene en cincuenta y cinco días de viaje de México a Yokohama. Si los cálculos del ingeniero Covarrubias son correctos y si el diablo no mete la mano, el trayecto en ferrocarril de Nueva York a San Francisco debe tomarnos ocho días. Veamos cómo nos va.

Aunque, por alguna razón que no puedo explicar, son los veinticinco días de navegación de San Francisco a Yokohama los que me preocupan enormemente. Es demasiado tiempo y no sé si la estabilidad anímica de los señores comisionados lo resista.

9

DEL CURIOSO EVENTO QUE TUVO LUGAR EN EL VAGÓN DE LITERAS.

Todos habían cenado en el carro comedor y se disponían a descansar de la larga jornada. El vagón de literas era eso, precisamente, un vagón en el que había dos filas paralelas de literas, una encima de otra, cubiertas cada una de ellas tan sólo con una cortina. Cambiarse al interior de esos «gabinetes», sólo por usar una palabra que pudiese describirlas, era toda una proeza, pues en el espacio de una cama debían acomodar enseres personales, libros, ropa de dormir y la ropa del día, que debían doblar con esmero a los pies de la cama y quizá, por qué no, hasta podían usarla como almohada por la noche. Dejamos a la imaginación de los lectores las consabidas quejas, retahílas y hasta obscenidades que cada uno de los comisionados pudiese proferir. Y, por cierto, no todos los comisionados, pues Agustín Barroso no había sido visto ni en la merienda ni en el vagón de literas. Covarrubias comenzaba ya a maldecirlo hasta su quinta generación ascendente, cuando entró éste, corriendo y agitado pues «juraba que perdía el tren».

—¿Y se puede saber en dónde estaba, Barroso?

El joven sólo sonreía.

—Por ahí, por ahí, ingeniero…, ¡pero no estaba yo haciendo nada indebido, se lo puedo asegurar!

Barroso pasa su mirada por sobre sus compañeros y no puede evitar una risa burlona. Claro, todos estaban ya en camisón de dormir y, ante el escaso número de pasajeros que viajaban, al menos en las literas, se sentían en confianza de estar ahí, todos de pie y tan despreocupados como el que más.

—Pues, entonces, a dormir… —ordena Covarrubias como si los demás fuesen párvulos.

Barroso se quita ahí mismo la ropa y se queda tan sólo en calzoncillos.

—¡Pero qué desfiguros son ésos, Barroso! —vuelve al ataque el prefecto del internado.

—Ahora mismo me guardo, ingeniero… y ya a solas, me desnudo, porque yo, ¡como Adán para dormir!

Y antes de que nadie pueda externar su opinión, ocurre lo inaudito: ¡entra por el pasillo una señorita americana cargando un pequeño maletín, pasando por entre todos ellos, sin importarle su mexicanísimo pudor! Todos se quedan congelados. Y peor aún cuando la chica, hermosa, una sílfide de piel cerúlea, ¡comienza a desnudarse delante de ellos hasta quedar tan sólo en un conjunto de braga o pololo de algodón hasta las rodillas, adornado con unos delicados moños de satín rosa y un cubrecorsé de seda con finos encajes y lazos de raso! Y, sin más, se vuelve a verlos, ¡a ellos, las monjas en camisón largo!, les lanza una sonrisa encantadora y les dice: «*Rest, gentlemen!*» ¡Todos desaparecen de inmediato en sus literas y nadie vuelve a pronunciar palabra alguna!

Sólo de vez en vez se escuchan los murmullos con los que se comunican Covarrubias y Fernández Leal:

—Panchoooo...

—Quééééé...

—¿Será esta señorita, si es que es señorita, una... «buena mujer»?

—Yo qué sé, Manuel. Duérmete.

—Panchooooo...

—Quééééé...

—¿Y si está buscando, ya sabes... «trabajo»?

—Manuel, si bien yo soy el primer asombrado, debes entender que las costumbres americanas son muy distintas a las nuestras. Aquí las mujeres tienen más libertades.

Y, ¡al fin!, Francisco Jiménez se integra al coro de grillos:

—Sin un hombre a su lado... un marido, un padre... ¡sin una mujer mayor que venga como su chaperona! Eso no es libertad... es libertinaje...

Covarrubias quisiera responderle. Quisiera decirle que la cultura sajona es muy diferente. Que la Europa protestante, de la cual son herederos los gringos, tiene diferentes parámetros de moralidad. Que es México el que debería de aprender de ellos y dejar de juzgar y sojuzgar a las mujeres independientes o hasta profesionistas. Que muy mal haría en dar su moralina opinión sobre la conducta de una señorita —que no ha dado ninguna muestra de libertinaje, por otra parte— por el solo hecho de viajar sola. Pero entonces se acuerda de que no le habla a Jiménez y prefiere no decir nada. Y piensa también en su hija Soledad, una muchacha de diecisiete años ¡que quiere ser astrónoma! ¿La verá algún día así, sola por el mundo? ¿Libre en un mundo de hombres? ¿Estaría ella preparada para afrontar así al mundo? ¿Estaría él preparado para saber a su hija así, libre e independiente en un país tan lleno de prejuicios? ¿Estaría México preparado para «tolerar» a una mujer así? Con estos graves pensamientos, Francisco Díaz Covarrubias se deja vencer por el cansancio y comienza a roncar.

Y sí, todos roncan, menos Jiménez, quien en realidad se queja. Bulnes lo escucha muy bien, pues duerme justo debajo de su litera. Y entonces percibe también que alguien se baja de su gabinete y camina con suma precaución. Bulnes no puede dejar de pensar en Barroso y la pasajera americana. Y, no pudiendo permitir que Barroso ponga en peligro una vez más la misión, con toda discreción, abre apenas una rendija en su cortina para vigilar la acción. Y sí, en efecto, ve un par de piernas masculinas, desnudas y cubiertas de vellos. Es Barroso, sin duda alguna. ¡Pero las piernas se dirigen hacia él y no hacia la litera de aquella señorita! Cierra, pues, la cortina y contiene la respiración. Las piernas se detienen justo frente a su litera. Las cortinas superiores se abren y escucha a Barroso susurrar:

—Ingeniero... ¡Ingenierooo!

Jiménez gruñe y se queja de nuevo.

—Qué, qué pasa...

—¡Sshhhh! Tómese esto. Es láudano. Lo pude conseguir en el barrio de los chinos. No querían vendérmelo, pero los pude convencer. ¡Ande! Tómese una cucharada… Eso… Se va a sentir mejor… Eso, muy bien… Duérmase ya… Descanse…

Jiménez no se queja más y Barroso regresa a su litera. Ahora es Bulnes quien no puede dormir tratando de entender lo que acaba de atestiguar.

Y lo mismo ocurre durante dos o tres noches más: la chica americana se desnuda delante de ellos, todos guardan silencio, se guardan en sus literas, Jiménez se queja, cada día más fuerte, y Barroso le da a beber láudano.

10

DE LA GRATA SORPRESA DE CONOCER A LA SEÑORITA HATHAWAY
Y DE LAS INQUIETUDES QUE ÉSTA DESPERTÓ EN EL INGENIERO
COVARRUBIAS.

A la cuarta o quinta jornada se repite una nueva escena de salvajismo en el *buffet* del carro comedor. Los comisionados no sólo se han acostumbrado a ello, sino que participan de la comilona ya de manera entusiasta. El carro comedor se mira repleto y ocupado, en su gran mayoría, por gente poco elegante, de maneras toscas y vestimentas pobres. «Chusma de tercera clase», levanta la ceja don Manuel. Se han sentado a la mesa, cada uno con su plato rebosante de huevos, papas, jamones, tocinos y panecitos al horno, los señores Covarrubias, Fernández Leal, Jiménez y Bulnes. Guardan un sitio a Barroso, quien, como es su costumbre, viene retrasado. Para sorpresa de todos, quien entra al comedor, iluminándolo con su sonrisa, es la señorita solitaria, que busca un lugar disponible sin encontrar ninguno.

Covarrubias se pone de pie inmediatamente y la invita a ocupar la silla destinada a Barroso. Jiménez la mira con disgusto. «*Good morning, gentlemen!*» Todos responden, ceremoniosos, menos Jiménez, quien le dice en secreto a Bulnes: «Pregúntele por qué viaja sola...» Bulnes lo ignora. Fernández Leal se acomide a servirle un plato a la señorita y se lo presenta.

—*To you, mademoiselle, to you...*

El equilibrio de colores, sabores y texturas en el plato es perfecto. Pareciera servido en el Delmonico's. La señorita Beatrice Hathaway, quien ya se ha presentado algún día anterior, se muestra encantada. «Pregúntele que a qué se dedica...», continúa Jiménez con su malévola suspicacia. Pero Bulnes, por supuesto, lo sigue ignorando. Y la señorita Hathaway comienza a dar sorpresas, aprovechando que, finalmente, comparte la mesa con todos ellos. Para empezar, es estudiante de medicina en la Escuela de Medicina para Mujeres de la doctora Elizabeth Blackwell. Cuando Covarrubias le traduce a Fernández Leal, a éste se le cae el tenedor de la mano. Para continuar, no requiere del permiso de ningún hombre, padre, marido o hermano para viajar por su propio país... ¡sólo eso le faltaba! Covarrubias se atraganta ligeramente. Beatrice viaja en ese tren pues va con destino a Denver para realizar una importante labor social con las trabajadoras de las fábricas, casi todas mujeres negras y mexicanas y, claro, todas pobres, para alertarlas sobre los abusos de la explotación laboral —Bulnes no deja de tomar veloces apuntes—... y para realizarles a esas pobres mujeres estudios médicos y ginecológicos, así como para prevenirlas sobre los peligros de la prostitución... «¿*Prostitushon*?», se despabila Jiménez, «¿ha dicho *prostitushon*? ¡Lo sabía! Pregúntele

que cuánto cobra...» Bulnes lo confirma: Jiménez sigue drogado por el láudano que toma noche tras noche.

«Pero ya bastante he hablado de mí, caballeros», señala
Miss Hathaway, «¿a qué se dedican ustedes?» Y al conjuro de
la respuesta: «Somos astrónomos y vamos de camino a Japón
para observar el tránsito de Venus frente al sol...», la señorita
Hathaway apenas y puede contener las lágrimas: «¡Mi padre
es un astrónomo aficionado y su sueño ha sido siempre el de
contemplar el tránsito de Venus! Por desgracia vive atado a una
silla de ruedas, después de un terrible accidente que sufrió en
casa, aunque esto no ha sido ningún obstáculo para que estudie
todo lo que, al respecto, le cae en las manos. De hecho, ahora
caigo en cuenta, caballeros, que mi padre tiene como uno de
sus libros de cabecera, traducido al inglés, por supuesto, el de
un sabio astrónomo mexicano llamado Francisco Díaz Covarrubias... ¿De casualidad lo conocerán ustedes, señores...?»
¡Bueno! Las risas y los gritos entusiastas por las revelaciones
no se terminan nunca en aquel vagón. Beatrice, conmovida,
abraza y besa las manos a Covarrubias, quien se deja querer
por aquella hermosa Atenea.

Y como Jiménez no ha entendido nada porque no habla inglés, porque está drogado, y como no entendería nada porque
de todos modos no es más que un macho cabrío, sólo apunta
con melancolía:

—*M'ta*... Ya se la comió Pancho...

11

DE CÓMO AGUSTÍN BARROSO PARECIERA ESTAR CONDENADO
A LAS MALAS ACCIONES.

Agustín Barroso se dirige al carro comedor, caminando por entre las cabinas de pasajeros de segunda. Entonces escucha un inconfundible «Ps… ps…» Él se detiene y mira al tipo que lo llama desde el interior de una cabina, a través de cuya ventana el paisaje ha ido cambiando de manera casi imperceptible. Han desparecido los bosques y los lagos y la tierra ocre y rojiza del desierto pinta de manera distinta la luz que se cuela para alumbrar a aquel *cowboy*. Es un vaquero cobrizo y bigotón, que algo tendrá de indio, porque blanco y rubio no es. Bigote y cejas negras como el carbón. Su mirada es fiera y juega con un puro apagado entre los labios.

—¿Mexicano? ¿Italiano?

Barroso asiente.

—Mexicano.

El vaquero saca un mazo de cartas de póker y una bolsa con fichas.

—¿Quieres jugar? ¿Necesitas dinero? Todos los mexicanos necesitan dinero…

Barroso traga saliva. Instintivamente lleva la mirada a un letrero pegado en la pared del pasillo: «Se advierte del peligro del juego a las cartas o juegos de azar. La empresa no se hace responsable por…» El vaquero cuelga su gabán sobre el letrero y ríe de manera cínica.

—¿Con cuánto quieres empezar?

El primer impulso de Barroso es salir huyendo. Pero no puede hacerlo. Debe hacer un depósito en San Francisco para amortizar la deuda con el maldito usurero con cabeza de olmeca que es su suegro. Se ha gastado ya casi todos sus viáticos y ahora, para colmo, se ha echado a los hombros la responsabilidad de ver por Jiménez, un amargado, sí, un tipo desagradable, de acuerdo, pero que se está muriendo y quien, a pesar de todo lo malo que pueda pensar de él, ha sido el mejor maestro de algoritmos y geodesia que ha tenido jamás. Y su sufrimiento eterno, físico y moral por la pérdida de territorio mexicano lo conmueve sobremanera.

—Empiezo con tres dólares.

Y sí, empieza con tres dólares, pero termina con una deuda de cincuenta, pues del póker pasaron al cubilete, sólo que el forajido aquel bien que juega con dados cargados. Cuando Barroso se da cuenta del engaño quiere reclamar, pero el tipo escupe un amasijo de tabaco, lo toma por las solapas, lo avienta sobre la pared, saca su revólver y le apunta a la cara.

—Cincuenta dólares o te mato en este instante.

Barroso lo encara.

—Pues máteme de una vez, porque no tengo ni un centavo para pagarle. Mucho menos para darle cincuenta dólares. Máteme porque, en unos meses, tengo que pagarle también a mi futuro suegro otros doscientos dólares y además me tengo que casar con la mujer más fea y vieja del universo conocido.

El vaquero lo mira casi con ternura. Le quita la pistola de la cara.

—Si no traes dinero, traerás algo que yo pueda vender. ¡Todo se vende y se compra en América! ¡Piensa, infeliz! —y le pone de nuevo la pistola en la cara.

Agustín Barroso no tiene mucho que pensar. Tiene una posesión que puede dar a cambio de su vida: su cámara fotográfica.

—Deme veinticuatro horas. Quizá pueda encontrar otra solución.

El *cowboy* lo mira largamente. Lo tiene en sus manos. Acepta el trato. Barroso tiene veinticuatro horas para vivir o morir.

12

DE CÓMO SALE LA SEÑORITA HATHAWAY DE LA VIDA DE
LOS ASTRÓNOMOS Y DE ESTA NOVELA, ASÍ COMO DE
LA MANERA INESPERADA Y EMOCIONANTÍSIMA CON
LA QUE CONCLUYE ESTA TERCERA ENTREGA.

Esa misma noche han llegado a Denver y ahí han despedido a
la señorita Hathaway, estudiante de medicina y motivo de largas pláticas y profundas reflexiones entre todos ellos. Barroso
es ampliamente felicitado por Covarrubias pues, por lo visto,
ha podido domar a sus bestias personales de la lujuria y del
vicio. Covarrubias también está entusiasmado con la idea de
que su hija Soledad tenga estudios astronómicos. ¿Por qué no?
Su madre la puede acompañar a la universidad. Su madre...
Siempre y cuando su madre decida seguir a su lado. Ya lo sabrá
cuando lleguen a San Francisco.

A la mañana siguiente, en una cabina de segunda clase, los científicos han desplegado una mesa improvisada en la que repasan, por enésima ocasión, las tareas que cada uno de ellos tendrá en el campamento de Yokohama. La reunión es difícil, pues Barroso no hace otra cosa más que ver su reloj, Jiménez no le habla a Covarrubias, Bulnes no tendrá mucho que hacer en campo, salvo labores absolutamente de asistencia, y el querido Manuel Fernández Leal simplemente no ha llegado a la reunión. Hasta que llega. Y llega como lo hacen las tormentas de verano, como llegan los tornados en Arkansas, furioso, sin previo aviso y abriendo con toda brusquedad la puerta corrediza.

—¡Señor ingeniero Francisco Díaz Covarrubias! ¡Como jefe segundo de esta Comisión es mi deber informarle, reportarle y denunciar al señor ingeniero Agustín Barroso como un pervertido y un vicioso!

Y muestra, de manera triunfal, el frasco de opio y láudano que Barroso compró en el barrio chino de Nueva York.

—¡Mire usted lo que me encontré por puritita casualidad en su litera, no vaya usted a pensar que andaba yo esculcando un lugar que no es mío! ¡Pero esto estaba a punto de caerse de la cama de Barroso y, pensando que era algún perfume o algún medicamento, lo atrapé! —y ahora interpela a Agustín—: ¡Agustín Barroso! ¡Lo denuncio a usted como a un adicto, como un vulgar opiómano, y exijo que sea inmediatamente dado de baja de esta honorable Comisión…!

—¡Así que te llamas Agustín, perro de mierda! ¡Te llegó la hora! ¡O pagas o te mueres!

Y como Fernández Leal no ha visto ni al *cowboy* que tiene atrás ni el revólver que éste enarbola, lo calla a los gritos:

—*To sharap, bastard! I am to talk!!*

Y un disparo truena justo en el marco de la ventanilla. Pero no lo ha disparado el vaquero y la bala no ha ido del interior al exterior, sino todo lo contrario.

—¡Nos atacan los apaches! —grita el *cowboy* en el momento justo en que una lluvia de balas y de flechas perfora el costado del vagón en el que viajan los astrónomos—. ¡Tú te vienes conmigo, hijo de puta! —y jala a Barroso por el cuello.

Jiménez, como puede, se levanta también y, estrellándose contra las paredes, los sigue, mientras que el caos más absoluto se apodera del ferrocarril, que se ve rodeado de cientos de indios apaches a caballo que gritan, disparan fusiles y flechas e inician el abordaje.

Algunos de los miembros de la tripulación, maquinistas, garroteros, auditores y cocineros, han roto las ventanas para disparar a discreción. Lo mismo algunos de los pasajeros. Por desgracia, algunos de ellos caen del ferrocarril, heridos o muertos. Y no son pocos los apaches que también caen muertos en el asalto. Aun así, por lo menos una decena de ellos logran abordar el tren en movimiento. Bulnes es testigo de cómo uno de ellos le rebana el cuero cabelludo a una de sus víctimas. Mujeres y niños gritan, lloran y corren de un lado a otro intentando esquivar un balazo o un flechazo. Los indios han empezado a matar gente con sus hachas *tomahawk*.

Mientras tanto, en otro vagón, el vaquero carga ya el maletín con la cámara fotográfica de Barroso, con la que pretende huir, y utiliza a éste como escudo humano, queriendo escapar de carro en carro para llegar hasta el cabús. Pero un grito a sus espaldas lo detiene:

—¡Oye, tú, pinche gringo...!

El *cowboy* se vuelve y descubre tres objetos en el siguiente orden: una bala que le revienta la cabeza, una pistola humeante y el severo rostro del ingeniero militar Francisco Jiménez, quien lo ha matado sin remedio.

—Hace unos años no habría yo matado a un compatriota. Pero hoy no es más que un maldito gringo —y le ordena a Barroso—: ¡Agarre la cámara que perdió jugando a los naipes y no se me despegue!

Desandan los pasos y vuelven hacia la reyerta.

—¡Tenemos que proteger a los demás!

Pasan junto a un garrotero muerto, quien sostiene aún una pistola en la mano.

—Agarre su arma y manténgase alerta...

Al llegar hasta el vagón en el que se han quedado agazapados Covarrubias, Fernández Leal y Bulnes, notan que el tren ha ido frenando, ya sea porque los atacantes han tomado el control, porque el maquinista está muerto sobre la palanca de frenos o porque el fogonero sufrió la misma suerte y ya no hay quién alimente la caldera. Pero no ha sido ninguna de estas razones la causa de la parada del tren. Jiménez bien que sabe distinguir los toques de trompeta de caballería que indican a galope, carga y ataque. El retumbar de los bien encasquillados corceles de la Caballería Montada y las bien acompasadas descargas de los fusiles llenan a las víctimas de esperanza, pues los militares comienzan a controlar a los invasores. Pero todavía faltaba un final y dramático hecho.

Cuando Covarrubias hace huir delante suyo a Manuel y a Bulnes, para protegerlos heroicamente con su propio cuerpo, a sus espaldas oye el temible grito de guerra de un apache, quien está por lanzarle de manera absolutamente certera un *tomahawk* que le partirá el pecho en dos, de eso está seguro. Pero en ese momento el ataque se detiene, la mirada del agresor se nubla y un abundante chorro de sangre le escurre por la frente. Cuando el desventurado apache cae muerto, con un segundo *tomahawk* clavado en la nuca, aparece la figura de Francisco Jiménez, quien le grita en su propia lengua:

—*Bí éí shi atsilí!*

Y, dicho lo anterior, Francisco Jiménez se derrumba también, mortalmente herido por una flecha clavada en el costado.

Fin de la tercera entrega

ALMANAQUE TERCERO

Los Cúmulos Pismis
y la Primera Astrónoma Mexicana

Excélsior
El periódico de la vida nacional. 17 de febrero de 1942.

Inauguración del Observatorio Astrofísico Nacional de Tonantzintla, Puebla.

Se hace realidad un sueño largamente acariciado por los astrónomos mexicanos! El señor presidente de la república, General Manuel Ávila Camacho, ha inaugurado el Observatorio Astrofísico Nacional de Tonantzintla, evento que adquirió renombre científico internacional.

Sesentaicuatro años han pasado desde la inauguración, en 1878, del primer Observatorio Astronómico, ubicado en el Castillo de Chapultepec, bajo la dirección del ingeniero Francisco Díaz Covarrubias y la apertura de este modernísimo Observatorio.

El actual proyecto fue fervientemente apoyado por Luis Enrique Erro, ingeniero y diplomático, y por Guillermo Haro, abogado y astrónomo. Aunque cabe destacar que la creación de éste se debe también, y muy en primer lugar, a la Dra. Marie Paris Pismis, nacida en Turquía, quien fue la primera mujer que obtuvo un doctorado de la Facultad de Ciencias en la Universidad de Estambul. La Dra. Pismis trabajó también en la Universidad de Harvard con el célebre astrofísico Erwin Finlay Freundlich, colaborador de Albert Einstein y quien propuso los experimentos que habrían de comprobar la Teoría General de la Relatividad.

La tesis doctoral de Paris Pismis en Harvard versó sobre la rotación de la Vía Láctea.

Casada con el matemático mexicano Félix Recillas, vino a nuestro país y esta feliz circunstancia le ha dado a México a su Primera Astrónoma, maestra de Luis Enrique Erro y Guillermo Haro, entre otros, siendo por años la única profesora para decenas de astrónomos mexicanos al interior de la Universidad Nacional Autónoma de México.

La Dra. Pismis ha estudiado personalmente la dinámica de los sistemas solares, propuso una explicación para la estructura de las galaxias espirales y descubrió diversos Cúmulos de Estrellas, -tres globulares y veinte cúmulos abiertos- que, al día de hoy y en su honor, son conocidos como los *Cúmulos Pismis*.

Nota del Autor: La historia de la ciencia en México ha hecho de Luis Enrique Erro y Guillermo Haro los iniciadores de la astronomía mexicana moderna. Esto no es del todo cierto, aunque no se busca aquí demeritar el trabajo de ambos. *Erro* es el nombre de un cráter lunar [Latitud 6ft Norte; Longitud 98ft Este], nombrado así en honor del astrónomo, escritor y político. Las cenizas de Guillermo Haro reposan en la Rotonda de las Personas Ilustres.

La Dra. Pismis, mujer de ciencia y de trabajo activo hasta sus 88 años, colaboró durante más de 50 años tanto en el Observatorio de Tonantzintla, como en el Observatorio de Tacubaya. Gracias a ella, el 25% de la actividad astronómica mexicana actual es desarrollada por mujeres. En 1998, un año antes de su muerte, publicó *Recuerdos en la vida de Paris Pismis: una mujer astrónoma*.

CUARTA ENTREGA

San Francisco - Mar del Japón - Yokohama

1

DE CÓMO SE ACLARAN TANTOS MALENTENDIDOS ENTRE LOS COMISIONADOS.

Las autoridades federales, la caballería montada, el gobierno de la Alta California y el consulado mexicano en San Francisco han ido al rescate inmediato no sólo de nuestros protagonistas, sino del resto de los pasajeros del ferrocarril y sus operarios.

La dantesca escena de apaches muertos y de pasajeros con el cráneo expuesto, al habérseles arrancado el cuero cabelludo, ha quedado atrás.

Vayamos pues a San Francisco, al cuarto de hospital en el que Jiménez se recupera de la herida de flecha que, por fortuna, no ha tocado ningún órgano interno. Está, por lo tanto, completamente fuera de peligro. Todos callan. Nadie se atreve a romper el silencio ante el temor de que, al hacerlo, resurjan las hostilidades acumuladas durante ese primer mes, ya horrible, que los ha llevado a pisar las playas, ¡apenas!, del océano Pacífico.

Con voz ronca y débil, es Francisco Jiménez quien da cauce a aquella extraña y silenciosa reunión:

—¿Todo el material está a salvo? ¿No se ha estropeado nada?

—Todo el material está en óptimas condiciones, ingeniero —informa Bulnes.

—Quiero dejar constancia de la valentía con la que el ingeniero Barroso ha expuesto su vida por defender la cámara fotográfica. Ese maldito vaquero que se las daba de *cowboy*, y que no era más que un maldito mexicano renegado, pretendía robársela a Barroso. Tuve la fortuna de ayudar a Agustín metiéndole un balazo entre ceja y ceja a ese infeliz...

Todos callan. Barroso cruza una mirada cómplice con Jiménez.

—Por lo cual le viviré eternamente agradecido, ingeniero.

Regresa el silencio. Covarrubias no se ha apartado de la ventana y sigue mirando hacia el mar, como queriendo volar por encima de sus aguas y estar ya en Yokohama.

Fernández Leal carraspea.

—Sí, Pancho, todos te lo agradecemos, pero aún no se ha resuelto la expulsión del señor Barroso de nuestra Comisión. Les recuerdo el asunto del láudano que, por cierto, ya se le está terminando y ya sabe que la colonia china de San Francisco vive del tráfico ilegal del opio. No me extrañaría que...

—¡Ese frasco de láudano no es de Barroso, Manuel! —ruge Jiménez. Y después de una larga pausa, agrega—: Ese opio es mío. El ingeniero Barroso tan sólo me hacía el favor de guardármelo para que no me lo acabase yo de un tirón.

Sorpresa e indignación de Fernández Leal. Silencio prudente de Bulnes y Barroso. Jiménez le habla a Covarrubias, quien sigue dándoles la espalda a todos.

—Francisco... Tengo cáncer.

Una bomba de silencio estalla en la habitación.

—Sí, Pancho. Lo sé.

—Cómo...

Finalmente, Covarrubias se vuelve a ver a Pancho.

—Tu mujer, Susana, también me escribió a mí a Nueva York y me informó de todo...

—¡Maldita mujer chimiscolera...!

—¡No hables así de Susana! Pediré que se te realicen todos los estudios clínicos necesarios para determinar la gravedad y el avance de tu enfermedad. Sólo después de conocer los resultados decidiré si puedes continuar el viaje o no. El consulado ya está enterado y te puede conseguir un transporte seguro hasta Acapulco.

Jiménez recibe el golpe con estoicismo.

—Como usted lo ordene, ingeniero.

Covarrubias le hace una seña a los demás.

—Déjennos solos, por favor.

Salen los otros tres. Covarrubias toma una silla y la acerca a la cama del paciente. Se sienta.

—¿Por qué no me lo habías dicho? Habría hecho todo lo posible por procurar tu bienestar.

—¿Dejándome en México? No, Francisco, muchas gracias. Sabes que mi vida está en el trabajo de campo.

—Puede ser, pero con los cuidados necesarios...

—¡No me dejes morir en San Francisco, es lo único que te pido! ¡No en Estados Unidos!

Covarrubias sonríe.

—Eso sí que tendría gracia —suspira—. El señor cónsul me ha conseguido, de manera absolutamente ilegal, una buena cantidad de láudano y de morfina. Se le va el puesto en ello si es descubierto, te lo advierto.

Jiménez agradece, inclinando la cabeza. Covarrubias cambia el tono:

—Pancho, ¿qué le gritaste al indio ése?

—¿Cuál indio?

—Ya lo sabes. ¿Qué le dijiste? Escuché algo como «Bestiashili», o algo así…

Jiménez sonríe:

—*Bí éí shi atsilí!* Significa… «Él es mi hermano…»

Covarrubias le toma la mano.

—¿Y no podías decirle a tu hermano que estabas enfermo, bestia necia?

—¿Para que mi hermano me dejara en México, al cuidado de esa erinia vulgar que es mi esposa?

Covarrubias se pone de pie. Lo regaña.

—No hables así de Susana. Sé que el amor que se profesan ambos es… particular, pero al menos es real. Susana te adora y te extraña locamente. En cambio, a mí…

Y de manera casi imperceptible, se le quiebra un poco la voz.

—¿Francisco? ¿Qué pasa? ¿Todo bien con Cañita?

Covarrubias niega con la cabeza. Saca un sobre de la bolsa de su abrigo y se lo entrega a Jiménez. No puede contener una lágrima.

—Léelo tú mismo, Pancho. Ésta es su última carta. Me la entregaron hoy por la mañana.

Y dice con un último suspiro:

—Cañita… me ha dejado.

2

De la nueva carta que la señora Encarnación Cordero de Díaz ha escrito a su marido, el ingeniero Díaz Covarrubias.

Si tú supieras, Francisco, el dolor amargo que tu carta me ha provocado. Si pudieses asomarte al pozo vacío de mi pecho, no verías en él más que negrura y tristeza. Tus palabras feroces me han destrozado, pues no son las palabras de un hombre airado justamente; no son las frases de un hombre cuyo honor ha sido mancillado. No, Francisco. Son las palabras de un ególatra, de un narcisista, de un vanidoso insufrible cuyo espíritu, el espíritu de un enano, se ha sentido ofendido. No fuiste tú quien escribió esa carta. La escribió tu ego descomunal. Y yo me casé contigo, no con tu ego. Pero al fin afloró tu verdadero ser. Te has quitado la máscara de marido amante, de padre protector y te has presentado como lo que en realidad eres: un monstruo egoísta y controlador. ¡Un misógino de proporciones épicas! ¡Y yo que culpaba al mentecato de Comte por tu forma de pensar! ¡Pero si tu biblioteca entera es un canto al desprecio por las mujeres! ¡Tú, el gran admirador de Aristóteles, quien consideraba a las mujeres como «hombres incompletos»! ¡Tú, ateo empedernido, pero gran seguidor de los padres de la Iglesia, por lo visto, que decían que una mujer era un «templo construido sobre una alcantarilla», los muy imbéciles!

Francisco, tú eres <u>por ahora</u> —y lo subrayo— un misógino, es decir, un odiador de mujeres. Pero lee muy bien en lo que yo te habré de convertir: por mí serás un ginófobo, que supongo sabrás lo que significa, dado que te las das de dominar tan bien el griego. ¡Un hombre que le tiene pavor a las mujeres! ¡O al menos de mí te sentirás aterrado, que razones no me faltan! ¿¡Pedirle al presidente, por medio de un cobarde telegrama, que me arrebate a mis hijos para llevárselos al Colegio Militar!? ¡Eso fue sólo un comentario que te hice al vuelo! ¿¡Cómo te atreves, Francisco Díaz!? ¿¡Y cómo se atreve él a mandar a sus esbirros!? ¿¡Pues qué se creen!? ¿¡Que las mujeres no contamos, no tenemos opinión y más sobre nuestros propios hijos!? ¡¡Estoy furiosa, no sé si ya lo notaste!! ¿Y sabes lo que les dije a los dos brutos militares que venían «sólo a cumplir órdenes»? Por un elemental sentido de la educación no te repito aquí la retahíla de insultos con los que baldoné a esos infelices. ¡Pretender arrebatarme a los gemelos! Habrase visto. ¿Y escribirle personalmente a don Eugenio Landesio, el honorable director de la Academia de San Carlos, para exhibir ¡a tu propio hijo! como un libertino que vive en amasiato, exigiéndole por esto que lo diera de baja? ¡Pues entérate, bruto, que Paco ya se casó con Angelines Zugarramurdi! ¡Sí! ¡Se casó y no le importó si estabas con él o no! ¡Y entérate además que ya van los dos en camino a Italia, pues vendí todas mis joyas para alejar a mi hijo de semejante padre, si es que se te puede nombrar así! Y te lo advierto: a Soledad y a los pequeños, ¡ni te les acerques!

Por último, por tu «santa madrecita», el estorbo eterno que vivía «en medio de nosotros como un Dios», ni me preguntes, pues no quiero saber nada más de ella. Sólo te puedo decir que yo personalmente se la llevé, en una carreta de mulitas que alquilé, a tu hermana Lolita quien, por supuesto, ¡no la quería recibir, hazme el favor! Pero yo no escuché de razones y sólo la dejé estacionada ahí, frente a su casa. Junto con todos sus muebles, por supuesto, y Dolores no tuvo más remedio que aceptarla y pagarle al mecapalero, dueño de la carreta, para que la metiera cargando, junto con su recámara completa. Al menos tu madre no se enteró de todo esto, ni te angusties, pues lleva días catatónica, sin hablar, sin moverse, y eso sí, con el brazo derecho levantado, como saludando al César, y no hay poder humano que logre bajárselo. Rara vez está consciente y regresa de inmediato a su estado catatónico. Tu hermana Dolores me escribe notas a diario, cartas llorosas, suplicantes, en las que me pide que la ayude. Que la insulta, que la ofende, que la golpea y que la acusa de robarle. Ya le recomendé los baños en hielo, pero me parece que no se anima. Al que sí veo cada vez más convencido de congelar a la «santa viva» es a tu cuñado Manuel. Que no duerme, dice el hombre. Que tu madre, cuando no está catatónica, lo persigue a él y a tus sobrinos. ¡Que intentó ahorcar a la criada y que ésta ya les renunció! ¡Que tienen que dormir todos juntos en un cuarto, bajo llave, y que sus hijos viven aterrados! ¡Mira tú, qué novedad! ¡Pobrecitos ellos! Pero yo digo: mejor que estén aterrados tu hermana y su familia que tus propios hijos, ¿no te parece?

Qué pena, Francisco, lo que has hecho conmigo y con nuestro matrimonio. Cuánta soberbia, cuánta torpeza, cuánto egoísmo. Todavía no me lo creo. Y como no tengo la menor idea de qué hacer para enviar carta alguna al Lejano Oriente, ésta será la última que recibas de mi parte. Ya sabrás tú si quieres escribirme desde algún lugar civilizado. Sólo te suplico que tengas a bien notificarme sobre la fecha aproximada de tu regreso a México para tomar yo las previsiones necesarias y mudarme con mis padres.

Esta casa es tuya. Toda tuya. Sólo te requiero los muebles de tus hijos y los míos propios. Quedará vacía, pues. Confío en que tú y tu ego quepan en ella.

Encarnación

P. S. He estado revisando la Ley del Matrimonio Civil del 23 de julio de 1859. Hay un número limitado de causas para validar un divorcio: Adulterio (de la mujer, por supuesto), Enfermedades Graves o Contagiosas —que, me parece, no nos conciernen— y, la tercera, Violencia marital. Pero la violencia, Francisco, no se limita a golpes, te lo aviso. Hay muchas y muy crueles maneras de ser violento.

De cómo se inicia la navegación hacia Yokohama
y de los sucesos ocurridos durante la misma.

—Esto no me gusta nada... —le confiesa Fernández Leal a Bulnes.

—¿Perdón, ingeniero?

—Usted sabe bien de mi aversión a los números nones...

—Pues todos lo sabemos, sí...

—Pues ahí está. Este barco no me gusta.

Bulnes no entiende nada.

—¿Cómo se llamaba el barco que nos llevó a Filadelfia?

—Eh... ¿*Yazoo*?

—Exacto. Cinco letras. Y mire cómo terminó el asunto. Fuimos cañoneados.

Bulnes, discretamente, saca su libreta y su lápiz, ante la posibilidad de sacar de esa conversación un tema interesante para un desarrollo posterior.

—Luego nos subimos a un ferrocarril... ¡once letras! ¡Y terminamos asaltados por los apaches!

—Bueno, también se le llama «tren» y son cuatro letras...

—¡No sea ignorante! ¡Y guarde su libretita! Un ferrocarril transporta mercancía. Un tren es exclusivo para pasajeros... ¡y nos treparon en un ferrocarril! ¡Y nos atacaron los indios! ¿Y cómo se llama este barco? *Vasco de Gama...* ¡Otra vez once letras, Bulnes! «Vasco de Gama» y «ferrocarril» tienen once letras... Es demasiada coincidencia, ¿no le parece? Esto no puede anunciar más que desgracias...

Bulnes es prudente y se aleja de ahí en silencio.

Sin embargo, y dejando a un lado las obscuras premoniciones de Fernández Leal, la navegación en el vapor *Vasco de Gama* inicia con los mejores auspicios: cielo despejado, aguas tranquilas, embarcación un poco antigua pero funcional —ciento trece metros de eslora, tres mil toneladas de peso y una buena velocidad de casi veinte nudos, es decir, unos treinta y siete kilómetros por hora—, una tripulación bien entrenada y pasajeros afables y discretos. La mayoría de ellos chinos, quienes, habiendo cumplido con su trabajo como piscadores en Estados Unidos, volvían a China con dinero, sí, pero con las mismas costumbres en cuanto a su alimentación y su acomodo. Según reportó Bulnes, viajaban hacinados en las bodegas del buque, en condiciones deplorables y sin tener necesidad alguna.

Abordaron también muchos americanos, comerciantes la mayoría, así como algunos médicos europeos, quienes veían la apertura del Japón a Occidente como una buena oportunidad para ejercer su ciencia en aquel país. Y es que la ciencia, casi siempre, busca el bienestar de los seres humanos. A diferencia del armero belga ése, de apellido Chevalier y de oficio «técnico en explosivos», quien pretendía vender sus servicios a Japón, dada la «inminente guerra que estaba por estallar» entre esta nación y China. Y si Japón no lo contrataba, podía ir a China, qué más le daba. «La guerra es la guerra», decía. Pero como el joven emperador japonés, Mutso-Hito, no sólo era un progresista, sino también un ferviente pacifista, desarticuló cualquier ánimo bélico entre ambas naciones. Pocos meses después, por cierto, los señores comisionados se volvieron a topar con *monsieur* Chevalier, quien se embarcaba a Filipinas para alquilarse como mercenario en la lucha de las islas por su independencia de España. «Lo peor que a mí me puede pasar», decía, «es que estalle la paz».

Pero olvidémonos del tal Chevalier y regresemos al *Vasco de Gama*, en el que el tan feliz inicio de la navegación fue como la fiesta de bodas para los recién casados. Todo felicidad y parabienes… hasta que uno de ellos se descara como dipsómano. En este caso, el capitán, Andrew Speedy, una barrica de whisky todo él. Felicidad que dura hasta que la casa soñada empieza a mostrar sus reumas y sus desperfectos. Hasta que las cañerías averiadas empiezan a supurar lo que no debieran supurar. Hasta que las tuberías atascadas dejan pasar apenas unos pequeñísimos chorros de agua, insuficientes para bañarse y para muchas otras necesidades. Hasta que una caldera revienta y la velocidad de veinte nudos se tiene que reducir a doce, es decir, a unos tortuguescos veintidós kilómetros por hora, alargando no sólo el tiempo del trayecto, sino acortando también las provisiones de comida.

En un principio, los pasajeros se lo toman a broma, haciéndose los aventureros. Todos, menos Covarrubias, naturalmente, quien somete a la Comisión a una serie de «ejercicios astronómicos» para que «fuesen calculadas las posiciones que tendrían en el cielo algunas de las estrellas brillantes que, por los días del tránsito, serían ocultadas, durante algunos segundos, por el Sol...» Es decir que, en su desesperación, instaló su «escuelita de astronomía», como le reclamó Fernández Leal. Agustín Barroso, por respeto al maestro, se quedó callado. Bulnes también, pues de aquello no entendía gran cosa. El que sí estalló fue Francisco Jiménez, quien tiró al piso de cubierta y pateó hacia el mar sus apuntes, diciendo que «él no estaba para pendejadas». Covarrubias se tuvo que tragar la ofensa.

Para su «fortuna», vino en su ayuda una brisa que comenzó siendo eso, una brisa marina que fue aumentando de potencia y pasó de brisa a ráfagas y de ráfagas a ventarrones. Y el oleaje, hasta entonces pausado, se rebeló indignado por las tres mil toneladas del *Vasco de Gama* al que tenía que cargar en el lomo.

Y cuando la embarcación inclinó hasta los cuarenta y cinco grados de un lado a otro de la vertical, los pasajeros cayeron en cuenta de que sí podía haber algo peor que un inodoro tapado y esto era un inodoro que erupcionaba, lanzando por los aires y por los pasillos ríos que no eran de lava, precisamente.

—¡Lo sabía! —gritaba como un loco Fernández Leal, agarrado del barandal de cubierta y quien se acababa de enterar de las medidas de eslora del barco: ciento trece metros; de su tonelaje, tres mil; de su velocidad, treinta y cinco kilómetros por hora, y de la inclinación a cuarenta y cinco grados sobre el mástil, que ya amenazaba con voltear el barco—. ¡Nos atacan los números nones! ¡Malditos sean los números nones!

Y Francisco Jiménez, sintiéndose más vivo y fuerte que nunca, le grita, lo toma por la cintura y prácticamente lo carga en vilo:

—¡Es un tifón, imbécil...! ¡Métete ya y deja de gritar estupideces!

—¿Un tifón? ¿¡Un tifón!? ¡«Tifón» tiene cinco letras! ¡¡Vamos a morir...!!

Iniciaba así una nueva pesadilla en el viaje de la Comisión, ahora a bordo del *Vasco de Gama*.

4

DE CÓMO CONTINÚA LA NAVEGACIÓN HACIA YOKOHAMA.

Las faldas de las mujeres, cuando eran levantadas por la brisa, las llenaban de rubor. Cuando se las levantaban las ráfagas, lo suyo ya eran carcajadas. Pero cuando los vientos borrascosos las tiraban en cubierta y éstas vomitaban sin remedio y con las faldas cubriéndoles la cara, el espectáculo se tornó grotesco. Y es que el tono «festivo» por ver quién resistía de pie el mayor tiempo posible sin tomarse del barandal, o quién «patinaba» con mayor destreza, fue mutándose en temor, primero, y después en pánico cuando el hombre aquel, un tal míster Hopkins, tomó tal impulso en su patinar, gracias al vómito que por todos lados había, que salió volando por la borda y cayó al mar. Cuando los pasajeros presentes clamaron por ayuda y alguno de ellos hasta arrojó al mar un salvavidas, el capitán Speedy hizo su aparición desde las alturas del puente de mando y les pidió a todos que rezaran por el alma de míster Hopkins, pues era imposible maniobrar un barco de tal envergadura para regresar por nadie. «El sólo hecho de girar en círculo esta nave, nos obliga a un recorrido de unas varias millas y de más de una hora. Cuando lleguemos al punto en el que ese pobre hombre cayó al agua, encontraremos sólo su cadáver. Si es que lo encontramos. ¡Y eso, si no nos hemos convertido todos nosotros también en cadáveres! Ya desde ayer se les dio la orden de resguardarse en sus camarotes. Con el mar, damas y caballeros, no se juega». Y dicho lo anterior, el capitán Speedy entró de nuevo al puente de mando.

Y como si las palabras de Speedy no hubieren sido los suficientemente convincentes, una ola de cinco metros de altura atacó al *Vasco de Gama* por estribor y apenas les dio tiempo a los inconscientes pasajeros de resguardarse en el interior.

196

5

SOBRE LA DISCUSIÓN BIZANTINA QUE SOSTIENEN
LOS ASTRÓNOMOS EN MEDIO DE LA TEMPESTAD.

Nos ahorraremos las descripciones enfermizas de las condiciones en las que el viaje se desarrolla, pues no hay un rincón limpio en aquel muladar, no hay una prenda de vestir que no esté manchada de inmundicias y no hay agua de colonia, así sean los tres frascos de la carísima *Eau de Cologne Imperiale* que le quedan al pobre de Manuel Fernández Leal, que pueda camuflar el hedor y la pestilencia. Y aunque no se pueda creer, la furia del océano —que hasta ese momento todos se preguntan por qué coños lo llaman «Pacífico»— sigue en aumento y sólo quien haya navegado en una cáscara de nuez podrá entender lo que se siente al estar dentro de aquel barco que está a merced de la furia de las aguas.

—Éste es el peor huracán del que tenga noticias... —sentencia Bulnes, agarrándose de una pata de la cama.

—No sea ignorante, Bulnes —ataca Jiménez—. Cómo se le nota lo civil y hasta el ser un vil agente infiltrado del gobierno.

—Pancho, cállate —lo regaña Covarrubias. (La confianza entre ambos ha vuelto.

—No, no, si Pancho tiene razón —defiende Manuel—. Esto no es un huracán por la sencilla razón de que nos dirigimos a Asia...

—¡A eso me refiero! Mire, güerito, «huracán» es una palabra maya. *Jun Raqan* es el dios maya del fuego y las tormentas. Así que huracán es una palabra ¡me-xi-ca-na...!

—Difiero, Pancho, difiero... —insiste Manuel—. Por un lado, sí, puede ser maya, pero es maya quiché, por lo que «huracán» no es una palabra mexicana, sino guatemalteca...

—¡Mientes, falsario!

—¡Pues lee el *Popol Vuh* y no me jodas!

—Manuel... —intenta mantener la calma el jefe de la Comisión.

—¡Es la verdad! Pero, en todo caso, la palabra huracán viene del taíno, el idioma que se hablaba en las islas del Caribe. Sus raíces son *Hura*, que significa «viento», y *can*, que significa «centro», es decir: «En el centro del viento...»

—¡Ya cállate! —se desespera Jiménez—. ¡Huracán es una palabra mexicana! ¡No guatemalteca ni cubana, maldito apátrida!

—¡Bueno, un poco de calma, señores! —se rebela Barroso—. ¡Llamémosle ciclón y se acabó!

—No... —Fernández Leal se cubre la boca con un pañuelo y levanta el dedo—. Permítame vomitar una vez más y le explico...

Y, sí, se voltea para volver en un balde incapaz ya de contener más líquido. Después, Fernández Leal hace gárgaras de *Eau de Cologne Imperiale* y escupe para continuar.

—Ciclón, mi ignorante amigo, viene del griego *kyklôn*, que significa «remolino», «algo que gira». De ahí vienen «ciclo», «triciclo», «hemiciclo…» Y estamos muy lejos de Grecia, ¿no le parece?

Ahora es Barroso el que vuelve el estómago.

—¡Bueno, pues será un tornado, entonces! —insiste Bulnes.

—¡Deje de decir estupideces! —se indigna Covarrubias—. Un tornado es una columna de aire que se conecta entre una nube *cúmulus…* ¡y la tierra…! ¡Tierra!

—Bueno, Francisco, también hay trombas marinas, y esas sí hacen contacto con el agua.

—Sí, ya lo sé, Pancho, pero son muy menores, nada que ver con esto…

Bulnes toma ahora su turno para devolver.

—¡Entonces qué carajos está pasando! —se desespera Barroso, quien tiene que cerrar por quinta vez el ojo de buey del camarote, pues la cerradura ya se ha roto por el empuje de las olas. Ese camarote es una especie de chapoteadero nauseabundo.

—Hombre, pues eso cualquiera lo sabe, joven Barroso. Estamos a mitad y a merced de un tifón…

—Claro —concede Covarrubias.

—Eso lo sabe quien haya estudiado un poco las etimologías grecolatinas y mayas en vez de estarse tirando hasta a las escobas… —sentencia Jiménez.

Y dicho esto, vomita. Fernández Leal le ofrece un traguito de agua de colonia para que haga buches, pero Jiménez lo rechaza.

—«Tifón», señores, viene del chino *Táifēng*, que significa «El gran viento» o «El viento grande» —Fernández Leal hace una pausa, pensativo—: Aunque... también está el *Typhôn* griego, ¿eh? Una divinidad muy primitiva. ¡Qué curioso paralelismo lingüístico entre el griego y el chino! ¿Quién lo diría? El pobre Tifón era deforme. Sus dedos eran cabezas de dragón y de los muslos le salían cientos de serpientes... Era asqueroso. Vomitaba fuego y lava...

Y, no pudiendo más, los cinco comisionados vomitan, no fuego ni lava, pero sí al mismo tiempo, a la vez que el ojo de buey, cual si fuese el hocico de *Typhôn*, se abre de nueva cuenta para regurgitarles encima miles y miles de litros de agua salada, plagada de cardúmenes, sargazos, algas, *Chlorophytas* y anémonas urticantes, si no es que hasta venenosas.

6

DE LA ACCIDENTADA LLEGADA DEL *VASCO DE GAMA* A LAS COSTAS DE YOKOHAMA, LAS QUE NO POR ESTAR A UNOS CUANTOS METROS SON MENOS PELIGROSAS.

A los treintaicuatro días de una insufrible navegación, tripulación y pasajeros escucharon el grito anhelado: «¡Tierra!», lo cual no era lo de menos. La razón: el *Vasco de Gama* se daba por perdido pues el tifón, que los acompañó durante largos días, averió severamente las máquinas del buque —las bombas utilizadas para achicar el agua que lo inundaba, por ejemplo, terminaron reventando—. Y no sólo la mecánica del barco se vio afectada, también el instrumental técnico, lo que les impedía obtener información sobre su ruta y su localización. Y hacerlo a la manera ancestral, la de seguir el camino de las estrellas, también fue imposible, dada la tormenta desatada en los cielos. Habría que reconocer, eso sí, la pericia del capitán Andrew Speedy quien, a través de los efluvios del whisky y la ginebra, parecía percibir el olor a arena de playa. Y, en efecto, a la vista del faro del Cabo Kii, pudo el capitán Speedy determinar la cercanía a Yokohama.

El entusiasmo por desembarcar de pasajeros y tripulación fue tan grande, que Andrew Speedy quiso complacerlos a todos y decidió continuar... aunque el mar siguiera picado con furia, la noche hubiese caído con la misma pesadumbre que la densa niebla que convertía al Japón en una isla fantasmal y los peligrosos arrecifes apuntaran con sus pétreos dedos hacia el casco del barco. Por ello, y con riesgo de parecer antipático a todo el mundo, el consejo del contramaestre fue el de aguardar al amanecer para intentar entrar a la bahía y al puerto.

Los señores comisionados opinaban lo mismo. No habían recorrido ocho mil trescientos kilómetros desde San Francisco y sobrevivido a uno de los tifones más terribles de los que se tenía registro hasta entonces, como para encallar y perder barco, pertenencias, instrumental y, naturalmente, la existencia, pues qué lancha salvavidas o qué lancha costera podría maniobrar en tales condiciones atmosféricas.

Todo esto lo escuchó Speedy atentamente mientras engullía, sacado de quién sabe dónde, un gordo jamón, unas buenas lonchas de *roastbeef*, una ingente cantidad de pan y queso, acompañado todo esto, como es lógico suponer, con una botella completa de ginebra. Sí, a todos los escuchó y a todos los ignoró. Se levantó tambaleante de la mesa, encendió un habano, les pidió a las señoras que se fueran a dormir y a los caballeros los invitó a pasar al salón fumador, como si la porqueriza en la que se había convertido el barco se pudiese permitir esas ínfulas de «salón comedor» o «salón fumador». Como si no fuese la facha de todos la de unos náufragos, enfermos y muertos de hambre, hediondos y espectrales.

Aun así, Andrew Speedy ordenó al contramaestre y al oficial de guardia que lo acompañasen al puente, que enfilaran la proa hacia el cabo y que se dirigieran directamente a la bahía. Una bahía en la que, se jactaba, podía entrar con los ojos cerrados.

Speedy dirigió su rubicunda figura hacia la salida y los pasajeros, unos más que otros, no tuvieron más que confiar en las palabras del capitán. Casi todos se retiraron a sus camarotes. A muchos los venció el sueño. A los pasajeros chinos los calmó el opio, así como a los no pocos americanos que les habían pagado por compartir una buena fumada.

Los comisionados mexicanos siguieron una última instrucción de Covarrubias: ir a las bodegas y revisar por última y enésima ocasión los amarres de las cajas del instrumental y la condición del material, milagrosamente óptima. Entonces se retiraron a descansar.

El murmullo de los motores del *Vasco de Gama*, que no rebasarían los cinco nudos, así como las aguas un poco más tranquilas de la bahía, trajeron la paz y el descanso a todos.

Hasta que el grueso metal de la proa se rasgó como papel, pero con el rugido de mil truenos. Hasta que los pasajeros, hombres y mujeres, fueron a dar con toda su humanidad al suelo, a consecuencia del choque con los arrecifes que los golpearon sin piedad. Hasta que los chinos empezaron a gritar por sus vidas, pues el barco hacía agua por las bodegas de proa y se ahogaban. Hasta que la línea de flotación del *Vasco de Gama* bajó a niveles de naufragio. Hasta que las urgentes campanadas desde el puente y los gritos de la tripulación les ordenaron a todos que corrieran hacia los botes de emergencia y se colocaran los chalecos salvavidas. Hasta que los ojos estupefactos de Díaz Covarrubias y sus compañeros miraron las bengalas rojas, lanzadas desde cubierta, para avisar a los habitantes de Yokohama que el barco zozobraba y se perdía sin remedio. Hasta que el instrumental científico se hundía en la noche y se malograban las esperanzas de la Comisión, que nunca estuvo tan cerca, y al mismo tiempo tan lejos, de cumplir su sueño. Estuvieron tan cerca de lograrlo. Tan cerca…

Fin de la cuarta entrega

ALMANAQUE CUARTO

El científico mexicano
que huyó del Proyecto Manhattan

Archivos de la CIA

Archivos desclasificados de la CIA sobre Manuel Sandoval Vallarta

Fue uno de los más destacados miembros del MIT, institución con la que colaboró durante 40 años y en la que obtuvo el grado de Doctor en Ciencias con especialidad en Física Matemática. En 1927 obtuvo la beca de la Fundación Guggenheim para estudiar en Berlín *Relatividad General* con Albert Einstein, *Teoría Electromagnética* con Max Planck y *Mecánica Ondulatoria* con Erwin Schrödinger.

De nuevo en el MIT trabajó de la mano con su compañero George Lemaître, creador del modelo del *Big Bang*. Entre ambos presentaron la *teoría Lemaître-Vallarta* en la que se plantea que los rayos cósmicos están constituidos por partículas cargadas y que son afectadas por el campo magnético terrestre. Su alumno, Luis W. Álvarez, futuro Premio Nobel, constató que esas partículas eran protones, por lo que Sandoval Vallarta fue un eterno nominado al Nobel. En el MIT fue también profesor de otro Premio Nobel: R. P. Feynman.

Vallarta desarrolló la teoría del *Efecto de Latitud en los Rayos Cósmicos* cuya intensidad varía según la latitud geomagnética en que se reciben en la Tierra. Todos estos trabajos lo llevaron al estudio de la física atómica que, en esos años y durante la Segunda Guerra Mundial, tenía como prioridad el desarrollo de la física nuclear. Y como es de suponerse, los esfuerzos científicos tuvieron que dirigirse a la investigación con fines militares. Surge así el Proyecto Manhattan que tiene como objetivo lograr la fabricación de la bomba atómica antes que los alemanes. Estados Unidos considera que todos sus físicos tienen la obligación moral de trabajar en ello, pero Manuel Sandoval Vallarta no piensa igual.

Acosado por las autoridades del país en guerra y por no traicionar su ética, decide huir a México. Para él, la energía nuclear sólo debía se utilizada en beneficio de la Humanidad.

Su inmenso saber es bien aprovechado en México en donde sus logros son inacabables: presidente de la Comisión Coordinadora de la Investigación Científica; miembro fundador del Colegio Nacional; director del Instituto Nacional de la Investigación Científica; director del Instituto Politécnico Nacional; vocal de la Comisión Nacional de Energía Nuclear y miembro fundador de la Comisión de Energía Atómica del Consejo de Seguridad de la ONU.

En 1955 participó como consejero en el Pacto de Varsovia, auspiciado por la URSS, en donde expuso diversas investigaciones para aplicar la energía nuclear a la industria, la agricultura, la medicina y la economía en favor de los países en vías de desarrollo.

Manuel Sandoval Vallarta murió en 1977 y reposa en la Rotonda de las Personas Ilustres.

Nota del Autor: El Colegio Nacional, junto con la Universidad Autónoma Metropolitana, Campus Xochimilco, publicó en 2018 un libro indispensable: *Destellos del cosmos: Ensayo biográfico sobre Manuel Sandoval Vallarta* de Fernando del Río Haza.

QUINTA ENTREGA

Yokohama

1

DEL VALIENTE Y COORDINADO RESCATE QUE REALIZARON LAS
AUTORIDADES JAPONESAS DE LOS PASAJEROS DEL *VASCO DE GAMA*.

Estando tan cerca de alcanzar la gloria sería una crueldad que
el destino de los señores comisionados fuese morir ahogados
en la bahía de Yokohama. No sufras más, lector. Fueron resca-
tados sanos y salvos. Y lo mismo ocurrió con las cajas que con-
tenían el instrumental científico que, gracias a la compulsiva
personalidad del ingeniero Covarrubias, iban amarradas con
hasta una docena de nudos gordianos que ni el mismo Susanowo, el dios del mar en el sintoísmo, habría podido desatar.
Además, las cajas tuvieron la fortuna de quedar al resguardo
del golpe de los arrecifes y, al mismo tiempo, con fácil acceso
hasta ellas a través del boquete que hizo naufragar al barco.

En el rescate participaron miembros de la marina japonesa,
pescadores del lugar y hasta los pocos militares ingleses que se
encontraban ya en el campamento de observación británico.

Ése fue un bello ejemplo de solidaridad. Como lo fue el que realizaron algunos de los pasajeros al ver a su capitán, Andrew Speedy, preso y esposado, acusado de negligencia criminal. Y sí, había sido negligente y estaba más borracho que una cuba, pero también les resultaba simpático y hasta querido a muchos. Por lo tanto, no pocos intercedieron a su favor, inclusive cometiendo perjurio al declarar sobre el estado siempre alerta del capitán, de cómo fue la tormenta la que arrastró al barco hacia los arrecifes y no la deplorable decisión etílica del capitán. Éste, por lo tanto, fue liberado de inmediato.

Y si hablamos de solidaridad, hablemos también de piedad, respeto y buen gusto. Fueron dos las autoridades que se presentaron ante los náufragos. El primero de ellos fue el honorable alcalde de Yokohama, Kíndaro Tanaya, y el coronel británico en retiro sir Francis Lloyd, jefe de la comisión británica asentada en Yokohama.

Es fácil suponer que el interés principal de ambos era el bienestar de la comisión mexicana que se esperaba ya desde hacía dos semanas, por lo que ambos preguntaron de inmediato por los astrónomos aztecas y en particular por su jefe, el afamado don Francisco Díaz Covarrubias. Y si aquí se habla de piedad y de tacto, es porque fueron cinco espectros, salidos de entre la neblina, los que se hicieron presentes. Las miradas de Tanaya y de Lloyd fueron de sorpresa y de pudor herido, por lo que los dos, al mismo tiempo, voltearon hacia sus hombres y les ordenaron: «Vuélvanse y cierren los ojos», protegiendo así el último vestigio de dignidad de los mexicanos, de quienes sólo su buena cuna se contradecía con sus ropas pestilentes, verdosas de vómitos viejos y carcomidas por restos de excrementos y flora marina. Los zapatos hinchados de humedad y ya casi sin suelas. Los pantalones encogidos por el exceso de agua y sal, lo mismo que los sacos y las camisas, por no hablar de las barbas crecidas, los cabellos enmarañados e hirsutos y las miradas hundidas en las cuencas de los ojos. Francisco Díaz Covarrubias, quien para colmo era alto como una garrocha, con lo que su imagen era todavía más espantable y quijotesca, dio un paso al frente y los saludó con una inclinación de cabeza. Tanaya dio órdenes precisas, y quizá estrictas también —aunque sería difícil juzgarlo así, a la ligera, dado el acento «golpeado» e imperativo del idioma japonés—, para que los señores comisionados fuesen escoltados hacia la ciudad. Un grupo de mujeres desplegó alrededor de los comisionados unas amplias telas blancas, para ocultarlos de miradas indiscretas, e iniciaron el camino a lo que, después descubrieron, eran unas termas.

Ahí fueron atendidos como reyes. Fueron bañados por incontables mujeres y restregados sus cuerpos desnudos con esponjas, jabones y aceites. Está de más decir la incomodidad que sufrieron los buenos hombres mexicanos al ser bañados como niños por decenas de manos femeninas. Una mujer anciana se encargó de Barroso quien, molesto, miraba a la hermosa jovencita que atendía al berrinchudo de Fernández Leal, que le manoteaba a la muchacha: «¡Ya, señorita, por favor! ¡No tan fuerte, señorita! ¡No, no, no, señorita desvergonzada, ahí sólo me lavo yo, gracias…!»

Al término de su baño fueron despedidos con grandes reverencias por las mujeres y conducidos, siempre desnudos, a unas camas de masaje en donde unos muy rudos y gordinflones masajistas —que más bien parecían luchadores de sumo— los amasaron, los golpearon, los jalaron, los voltearon, los tronaron y los dejaron convertidos en unos guiñapos. Se retiraron luego de las reverencias esperadas.

Y, también con una reverencia, volvieron a presentarse Kíndaro Tanaya y sir Francis Lloyd, ahora acompañados por dos sastres y diversas jóvenes asistentes que cargaban lienzos incontables de telas de diferentes colores y tejidos. Y así, siempre desnudos y frente a aquellos dos desconocidos, fueron medidos en todas las proporciones de sus cuerpos.

—¿Y qué tal la navegación? —preguntó sólo por decir algo sir Francis, así fuera estúpido.

Covarrubias, quien no estaba acostumbrado, obvio es decirlo, a platicar con nadie, frente a frente y en cueros, sólo levantó los hombros y resistió de manera estoica.

—¿Puedo preguntar qué día es hoy?

—¡Claro! Hoy, cuando ustedes han vuelto a nacer, es 9 de noviembre. Y si se lo está preguntando, falta exactamente un mes para el tránsito de Venus.

Covarrubias apenas pudo contener una viril lágrima.

—¡Un mes...!

No lo podía creer. Les había tomado más de dos meses llegar de la Ciudad de México a Yokohama... ¡y aún tenían un mes para prepararse!

Manuel, siempre inoportuno, manifestó su contento:

—Finalmente, querido Francisco, el ser un obseso, un maníaco y un neurótico insufrible te ha rendido frutos.

Y aunque Manuel era sinceramente encomioso, Jiménez no soportó más:

—¡Ya cállate, boquiflojo! ¡Y tú, Francisco! ¡Diles que se detengan! ¡Mira cómo nos tienen aquí en pelotas! ¿Cómo se dice en japonés que no me gusta que nadie me esté viendo los...?

—¡Pancho, guarda silencio!

—¡Pero si son mis...!

—¡Que te calles he dicho!

Quien tomó la mejor decisión, sin duda, fue Fernández Leal, quien sólo cerró los ojos y comenzó a repasar, en baja voz, las leyes del movimiento de Newton.

Un hombre medía a Bulnes. Una mujer joven, a Barroso. Bulnes miró de soslayo a Barroso y abrió muy grandes sus ojos.

—¡Barroso! —y dirigió la mirada hacia la parte baja de su anatomía—. ¡Piensa en otra cosa, Agustín!

Barroso notó lo que sucedía y decidió pensar... ¡en su futuro suegro cabeza de olmeca! Ya. Todo volvió a la normalidad.

Cuando las medidas fueron tomadas, los sastres y sus ayudantes se retiraron con sus respectivas reverencias y los comisionados, ¡finalmente!, recibieron unas hermosas batas de seda, elegantísimas, llamadas *yukatas*, con faldón largo y mangas anchas.

—Mañana mismo recibirán sus nuevos trajes, señores —les informó Tanaya con un inglés tan defectuoso como grande era su sonrisa que le hacía desaparecer los ojos del rostro.

Y entonces llegaron los peluqueros, con tijeras, navajas, perfumes... y reverencias. Los hicieron tomar asiento y, mientras que los comisionados eran afeitados y acicalados, sir Francis Lloyd dio también sus instrucciones.

—Me he permitido, caballeros, solicitar hospedaje para ustedes en el mejor lugar de Yokohama. Ahí comerán hasta saciarse y podrán dormir a pierna suelta —hizo un gesto de complicidad con la mano sobre la boca—: Todos los gastos corren a cuenta de la Corona británica... —se carcajeó—. ¡Ya platicaremos mañana, señores! Que para mí son ustedes ya unos héroes...

—Les quedamos más que agradecidos, caballeros, pero me es preciso preguntar por nuestro instrumental...

Lloyd sonrió de nuevo.

—Nada de qué preocuparse, ingeniero. Sí entró un poco de agua a las cámaras de algunos de los aparatos y, debido a la condensación, se han empañado los cristales, pero también me tomé la libertad de poner a trabajar a mis técnicos en ello. Los están limpiando en este momento.

A los comisionados no les hacía la menor gracia que los miembros de un «equipo rival» metieran mano en su instrumental, pero no les quedó de otra más que agradecer una vez más, y con una nueva reverencia, la intervención del inglés y el trabajo de los peluqueros.

—Mira, Francisco —amenazó Jiménez—, si voy a estar aquí durante un mes haciendo reverencias como muñeco de ventrílocuo, los isquiones se me van a quebrar, te lo aviso...

* * *

En la muy limpia y espaciosa posada reservada para nuestros viajeros, eso de «cenar hasta saciarse» resultó ser, en realidad, una utopía, pues ¿quién podría saciarse con erizos de mar,

214

calamares duros como ligas, pescados crudos, pulpos sin cocer y arroz cocido sin sal y sin siquiera una molleja? Y otro eufemismo fue el de «dormir a pierna suelta» pues, de nuevo, ¿quién podría hacerlo sobre una sencilla estera y una cobija delgadísima tiradas en el piso?

Bulnes y Barroso dieron vueltas toda la noche. Además, estaban hambrientos.

Manuelito, para ayudarse a conciliar el sueño, acariciaba la seda de su *yukata* y recitaba de memoria *El método relativo a los teoremas mecánicos* de Arquímedes.

Los únicos que durmieron «a pierna suelta» fueron Covarrubias y Jiménez, por supuesto, curtidos, uno, en la investigación en campo, y el otro, en los cuarteles, ambos acostumbrados a un exiguo *rancho* y a pasar la noche en descampado sobre un petate. Francisco Jiménez, inclusive, dormía con una sonrisa en los labios.

2

DE LAS ACCIONES INMEDIATAS QUE ACOMETIERON
NUESTROS CIENTÍFICOS EN AQUELLA SU PRIMERA MAÑANA
EN EL PUERTO JAPONÉS DE YOKOHAMA.

La primera de ellas fue solicitar su traslado inmediato al Hotel Francés, que ya bastante brusco era el cambio de paisaje, idioma, vestidos, arquitectura y costumbres, como para todavía pretender cenar erizos y dormir en petates. Paso a paso. Una vez que se acomodaron en el Hotel Francés, se dirigieron a la oficina de Kíndaro Tanaya para solicitar el permiso de levantar no sólo un campamento extranjero en las afueras de la ciudad, sino también el de izar la bandera mexicana en dicho campamento. Aunque para llegar a Tanaya tuvieron que desplegar sus aptitudes políglotas en inglés, alemán, italiano, español y francés ante las decenas de funcionarios menores quienes no entendían nada. ¡Hasta en wixárika habló Jiménez, argumentando que los fonemas entre este idioma huichol y el japonés eran parecidos y que era evidente, dado que los rasgos físicos de los orientales y los indios mexicanos eran similares, que los japoneses habían llegado a América antes que Colón! Pero cuando su necedad iba en aumento, llegaron con el alcalde Tanaya, quien respondió a sus peticiones:

—Cuenten con todo lo que piden, caballeros.

También deseaban los astrónomos levantar un segundo campamento en una colina que habían divisado unos cientos de metros más allá. Requerían montar dos de ellos, debido a la necesidad de contar con diferentes distancias en las mediciones. Un campamento estaría a cargo de Covarrubias y Barroso, y el segundo, de Jiménez y Fernández Leal. Y si el señor Tanaya no tenía inconveniente, también les gustaría izar la bandera mexicana en aquel otro campamento.

—Cuenten con ello, caballeros.

Los mexicanos, acostumbrados a la burocracia sin fin que se vivía en su país, no podían creer la facilidad con que Tanaya accedía a sus peticiones. Hasta que, con la misma sonrisa que había mantenido desde la llegada de los comisionados, les informó:

—Sólo hay un problema. Yokohama está dividida, en realidad, en dos ciudades: Yokohama y Kanagawa. El permiso para instalarse en Yokohama se los doy de inmediato, pero en Kanagawa habitan los japoneses nobles y ese permiso sólo lo puede otorgar el emperador en persona.

Los astrónomos dejaron de sonreír.

—¿Y será posible hablar con Su Majestad, Su Alteza... el Hijo del Sol Naciente... el emperador?

—Por supuesto que no.

—¿Entonces qué hacemos?

—Esperar una semana. Hoy inician las Fiestas de Otoño y es imposible realizar ningún trámite oficial. Ni en Kanagawa ni en Yokohama.

Jiménez no reprimió su enojo:

—¡Pues igualito que en México! Si no es la Semana Santa, es la Virgen de Guadalupe o la fiesta de Independencia... ¡por eso estamos jodidos los japoneses y los mexicanos!

Y como Tanaya no entendió nada, le solicitó a Covarrubias:

—¿Tiene Su Excelencia los planos de sus campamentos? Quizá pueda adelantar algo.

De mala gana, pero fingiendo agradecimiento, Covarrubias le entregó una copia de los planos. Tanaya los miró sin expresión alguna.

—Bien. Muy parecidos a los ingleses. Y ahora, señores... ¡a disfrutar las fiestas!

3

DE LOS APUNTES DE AGUSTÍN BARROSO, QUIEN DESCUBRE,
EN ESOS DÍAS DE DESCANSO FORZOSO, QUE JAPÓN ES UN PAÍS
DE CONTRASTES EXTRAORDINARIOS.

Por un golpe de fortuna, me enteré de la existencia de la Yoshiwara, que, en buen castellano, viene a ser una zona de toleran-
cia, un paraíso del vicio, la ociosidad y de lo que mi cuerpo
anhelaba desde hace meses (o al menos desde mi salida de
Cuba): mujeres. Aspirar el dulce perfume de una mujer, de su
nuca, de sus pechos, su entrepierna...

Acostumbrado a los sitios salvajes de Occidente, en donde
conviven maleantes, mercenarios, prostitutas y borrachos en
un desorden nauseabundo, la Yoshiwara es un remanso de paz
y de buen gusto. Claro que hay marineros, de ésos que se hacen
llamar de «siete mares», que beben hasta embrutecerse, pero las
mujeres no permiten ni escándalos, ni mucho menos que se
les falte al respeto. Aquí, la palabra «prostituta» en realidad no

existe, y mucho menos tiene algo que ver con lo que en México representa. En Japón, las doncellas dejan de serlo hasta que se convierten en mujeres casadas, concubinas o cortesanas… ¡y los tres estados son tan honorables como el que más! Una mujer casada, una mujer «de bien», por decirlo así, visita de continuo a sus amigas, ya sean concubinas o cortesanas. La decencia de las mujeres japonesas, podría decirse, no está en sus partes privadas. Ellas cumplen con un «contrato». La casada cumple un contrato eterno, la concubina, uno temporal, y la cortesana, uno instantáneo. Y tan respetables son todas ellas que los comerciantes, los militares y hasta los sacerdotes, aquí llamados bonzos, escogen a sus esposas en los lupanares, ¡menuda sorpresa!

Cuando entré al salón principal, la O-bassan, que nosotros llamaríamos la *madame*, me llevó hasta un rincón apartado desde el cual pude observar a las *djoro*, que ya sabemos cómo les decimos en México. Todas prácticamente desnudas, mostrando sus pechos diminutos, pero firmes como una roca tallada por el agua del río. Sus cinturas breves, sus brazos largos y blancos como si estuviesen hechos con jirones de seda. ¡Ah, qué lujuria me invadía! Al término del baile, la O-bassan condujo hasta mi lugar a una de las más jóvenes y bellas de las *djoro*. Ni yo entendía nada de lo que me decía, ni ella a mí, pero ¿qué hay que entender cuando el deseo se inflama en nuestro interior?… Hasta que lo entendí. La muchacha, llamada Himari, me estaba pidiendo el dinero por adelantado. Se había enterado de que yo venía de un país muy lejano, llamado *Mekishiko*, y sacó de una pequeña bolsa una enorme moneda mexicana de plata. ¡Era una onza resellada con caracteres japoneses, pues nuestra plata es tan reconocida en todo el mundo que hasta los japoneses la usan también como moneda corriente! Todo esto me lo dio a entender también la O-bassan, quien se acercó a reclamarme el dinero. Cuando por fin entendí, hice la pregunta lógica: «¿Cuánto quieren? ¿Cuántas monedas como ésta les debo entregar?» Y cuando me dijeron la cantidad: «Cien», no pude hacer otra cosa que sorprenderme y reír como un tonto. ¡Cien monedas de plata pura por una noche de pasión! Aunque la sonrisa se me borró del rostro cuando entendí aún más. Si se pedía esa cantidad por aquella *djoro* era por dos razones: porque era virgen, pues tenía doce años, y porque, en realidad, la estaría yo comprando.

Me quedé mudo y sin poder articular palabra alguna. Me sentí el más sucio, el más vil de los hombres. Quise salir corriendo de ese lugar, pero la O-bassan me detuvo con firmeza ¡y empezó a regatear el precio! «¡No es el precio!», le gritaba yo. «¡Es que es una niña!»

—¡Que entonces no la compre y sólo se case con ella por diez monedas! —intervino un marino español que había atestiguado lo ocurrido—. ¡Le conviene! ¡Diez monedas no es nada por casarse con una *djoro*! El matrimonio aquí puede durar lo que un invierno.

—¿Y tú por qué no te vas al carajo, gachupín de mierda?

El tipo sólo se carcajeó, se puso de pie y me retó.

—Si no la compras tú y la liberas, desposándola y comprometiéndote a darle educación, la estarás condenando a la esclavitud, a que la compre un pervertido para saciar sus instintos.

Hasta que se haga vieja, si es que lo logra, y entonces se convierta en una criada, en algo más que un mueble...

Yo me quedé mudo. Me volví hacia la niña y sí, lo confieso, estuve a punto de llorar. Tomé la única moneda de plata que llevaba conmigo, se la entregué y salí corriendo de ahí.

Caminando por la ciudad, tratando de despejar mi cabeza, me di a recorrer diversas callejuelas hasta perderme. En una de ellas, escuché cómo alguien tiraba cántaros de agua sobre la tierra. Me acerqué lentamente y descubrí a una mujer, ella sí una mujer, quien se bañaba completamente desnuda, tan sólo iluminada por la luna. Era una visión paradisíaca. El agua resbalaba por su larguísimo cabello negro, por su cuello, por sus pezones y descendía por su montecillo de Venus hasta las piernas delicadas. Pero no fui presa de la lubricidad, por increíble que esto me pudiera parecer. Tan sólo me limité a contemplar la belleza, casi poética, del momento. Y entonces salió él. ¿Su esposo? ¿Su dueño? No lo sé. Llevaba una bata para que la mujer se secara y se cubriera. El hombre me descubrió. Yo quedé en alerta, pero el hombre, con una enorme sonrisa y una reverencia, me dijo algo que quiero traducir como un «Buenas noches». Y ayudó a su mujer a que se secara. La cubrió, le besó la frente y le hizo ver que yo estaba ahí, señalándome. La mujer me miró, también sonrió y debe haberme saludado de la misma manera en que lo hizo su marido. Después se abrazaron, se besaron la frente y entraron pacíficamente a su casa.

Yo seguí ahí, de pie, sin comprender nada, sin sentir nada o, mejor dicho, con un remolino de sentimientos nuevos, jamás experimentados por mí. Hasta que caí en cuenta de que sí, de que ya había sentido algo parecido hacía muchos años. En mi niñez. Y se llamaba inocencia.

4

DE LA CARTA QUE ESCRIBIERA FRANCISCO DÍAZ COVARRUBIAS
A SU ESPOSA ENCARNACIÓN CORDERO SIN SABER SIQUIERA
SI ÉSTA LA RECIBIRÁ ALGÚN DÍA.

Puerto de Yokohama. Japón. 7 de diciembre de 1874.
Dos días antes del tránsito de Venus.

Encarnación, esposa mía: ¿podré llamarte una vez más Cañita? No lo sé y ni siquiera me atrevo a pensarlo, pues tu negativa sería para mí un golpe devastador. ¿Qué puedo decirte? ¿Qué debería escribir? Estoy seguro de que cualquier muestra de afecto de mi parte será tomada como un vil chantaje a tu persona y nada está más lejano de mis intenciones.

Te escribo a manera de expiación. Te escribo para decirte que sí, que tienes razón en todo lo que me has externado. Te escribo porque eres mi interlocutora más benévola, más gentil. Te escribo porque estoy solo y te extraño. Tanto como extraño a mi hijo

Paquito, por quien cruzaría a nado el Mediterráneo para abrazarlo en Italia y pedirle perdón. ¿Que quiere ser artista? ¡Que lo sea y que sea el mejor! Y si no lo es, al menos lo habrá intentado. ¿Quién me ha puesto barreras a mí? ¿No he abordado yo mismo la Nave de los Locos? ¡Quiero medir la distancia que separa la Tierra del Sol! ¿No es una locura terrible? ¿No es algo tan abstracto que nadie entiende el por qué ni el para qué y mucho menos el cómo? ¿Y alguien ha levantado murallas a mi alrededor para impedírmelo? ¡Todo lo contrario! ¿Y habría yo de ser quien lo haga con mi propio hijo? ¡Jamás! ¡Y cómo extraño a mi muchacha, mi Soledad! ¡Diecisiete años! ¡Pero si ayer apenas se me sentaba en las piernas y me jalaba los bigotes! No sabes todo lo que he visto en este viaje, Cañita, y todo lo que he aprendido. He conocido a una señorita americana que estudia medicina ¡y que viaja sola! Y he visto tal seguridad en ella, tal fortaleza en su preparación, en su educación, en sus valores y en sus convicciones que me dije: «¿Y por qué mi Soledad no?» ¡Te lo juro, Cañita! Y no lo digo tan sólo para congraciarme contigo. Tú eres una mujer sabia. Yo soy sólo un hombre y te recuerdo lo que escribió Filóstrato: «Los dioses conocen el futuro; los hombres, el presente. Pero sólo los sabios perciben las cosas que están por suceder.» ¿Qué percibes, Encarnación? ¿Qué te da tanta seguridad y entereza? ¿Por qué no estás a mi lado y me dices lo que nos depara el futuro a ti y a mí? Si pudieras decirme lo que ocurrirá conmigo y con el dichoso tránsito, podría quizá ahorrarme tanta desventura, tantos sinsabores. ¿Me permites que te cuente lo que ha ocurrido? No es por egolatría ni vanidad. Es sólo que necesito unos ojos amorosos y cómplices como los tuyos para que me lean.

Aunque llegamos a Yokohama con un mes de anticipación, hubimos de esperar algunos días por unas fiestas regionales, al parecer muy importantes para los gentiles japoneses. Hemos recibido toda clase de atenciones. Inclusive, y gracias al honorable John A. Birgham, representante plenipotenciario de Estados Unidos en Japón, tuve la oportunidad de hablar con el mismísimo Teráshima Munénori, primer ministro y representante del emperador, para obtener unos permisos sobre asuntos en los que no me extiendo por no abrumarte. Acudí a míster Birgham pues, como sabes, México no tiene aún relaciones diplomáticas con el Imperio japonés. Todo se ha ido resolviendo favorablemente.

He entrado en contacto con los jefes de los otros campamentos de observación: sir Francis Lloyd, del Reino Unido —un verdadero *gentleman*, aunque regularmente avispado por el whisky—; también con míster Davison, jefe del campamento norteamericano. El jefe del campamento francés en Nagasaki, un tal *monsieur* Janssen, aceptó de mala gana colaborar con nosotros, pero sin que nuestras relaciones tuviesen «valor oficial», dado que las relaciones entre México y Francia están rotas, ¡hazme el favor! Semejante cretino. No entiende el señor Janssen que ésta es una epopeya sin nacionalidad alguna, que el objetivo que se logre debe alcanzarse entre todas las naciones involucradas y que el resultado será en beneficio ¡de la Humanidad entera!, y no sólo para el lucimiento y ni mucho menos para el beneficio económico de ningún país.

Inclusive, los astrónomos ingleses —que todos se sienten paridos por Newton, por cierto— han leído ya mi *Elementos de análisis trascendente* —que el bueno de Francisco Bulnes ha traducido de manera notable al inglés—, y llamándolo *The Mexican Method*, han votado por guiarse por mi libro para estar todos en sincronía. Sir Francis Lloyd me apabulla con sus elogios y halagos.

Y ya te escribiré también del honorable señor Kíndaro Tanaya, alcalde de Yokohama. ¡Un monumento de gratitud y simpatía le levantaría yo a ese hombre! ¿Podrías creer que ha puesto a nuestra entera disposición a decenas de trabajadores y estudiantes para levantar los dos observatorios, siguiendo los planos que le mostré? ¡Los han levantado en menos de una semana! Y con la perfección y pulcritud de estas gentes que no dejarán nunca de asombrarme.

De mis compañeros, ¿qué te puedo decir, Caña? Jiménez se me muere de cáncer. Sí, como lo lees. Sólo espero que resista y pueda regresar con vida a México. Por lo pronto, aquí se pelea con todo el mundo. Si los estudiantes se acercan a él para ver cómo manipula los instrumentos, él los corre a gritos y tengo que intervenir. Tu esposo es, me parece, un educador, antes que nada. Algunos de los chicos ya saben manejar el telescopio y el teodolito. Todos, tan respetuosos, me llaman *Kyōshi*, que significa «maestro».

Manuelito, con sus manías de siempre que me vuelven loco, ya te imaginarás. Que todo saldrá mal, dice, pues el tránsito de Venus tendrá lugar el día nueve… ¡Imagínate! ¿Por qué no el día ocho o el diez? Lo que tengo que soportarle, Encarnación.

Bulnes va de la ópera a las peleas de sumo y no sé cuál de los dos espectáculos le parecen más desagradables. Hablando mal de Buda todo el tiempo y de las gigantescas estatuas que aquí le levantan, lo cual le parece un despropósito.

Y Barroso…, bueno, él pasea mucho por la ciudad y le gusta contemplar los atardeceres. No es un mal muchacho. Sólo es distraído.

Pero ahora me despido y te hago una confesión. ¿Me lo tomarás a mal? ¿Pensarás que soy débil?

Encarnación, Cañita, esposa mía…, tengo miedo. Miedo de que no me perdones, miedo de perderte, miedo de alejarme de mis hijos, de que me dejen de amar por mi personalidad tan difícil. Tengo miedo, Cañita, de fracasar en la empresa. Tengo miedo de desilusionarte y sí, claro, también tengo miedo de convertirme en el hazmerreír de los mexicanos, aunque te digo esto con el ego arrojado al cesto de basura, te lo juro.

Tengo ya miedo de todo y, sobre todo, tengo miedo de no poder seguir ocultando mi miedo ante mis compañeros. Tengo miedo de que se me muera Pancho. Tengo miedo por la cordura de Manuel y por las habilidades técnicas de Barroso. Pero ellos me ven, no me explico el por qué, como su baluarte, como el atalaya de sus debilidades, sus defectos y hasta de sus secretos. Y eso, Cañita, el pretender pasar siempre por el hombre fuerte, por pretender ser la salvaguarda de la tranquilidad de los demás, lo único que ha hecho es llenarme de miedo. De un miedo atroz.

Tu Francisco

5

DE CÓMO SE PREPARÓ EL PUEBLO ENTERO DE YOKOHAMA
PARA ESTAR PRESENTES DURANTE EL EVENTO ASTRONÓMICO
MÁS IMPORTANTE DEL SIGLO XIX.

Puerto de Yokohama. Japón. 8 de diciembre de 1874.
Un día antes del tránsito de Venus.

El prematuro invierno japonés dejó sentir su fuerza justo el día
anterior al evento. Si bien los observadores mexicanos, ingleses y franceses mostraron cierta preocupación por los pequeños
copos de nieve que comenzaron a caer, Kíndaro Tanaya sonreía feliz gritando: «¡Nieve en la noche, luz brillante en el día!»
Desde el anochecer del día ocho, los pobladores de Yokohama
detuvieron toda actividad y pareciera que hasta el tiempo mismo. Vestidos de blanco, se congregaron alrededor de los campamentos y se sentaron ahí, bajo la incipiente nevada, ilumi-
nándose con sus lamparillas de papel. Tanaya prohibió, desde

esa misma noche, cualquier circulación de carretas, cualquier trote y, mucho menos, galope de caballos. Prohibió la música y los cantos. Prohibió el hablar en voz alta y, si hubiese podido, le habría también negado al mismísimo mar su oleaje y su creciente marea. Fueron suspendidas todas las comunicaciones telegráficas, oficiales y particulares, para que el sistema estuviese absolutamente libre y sin interferencias entre los campamentos de Yokohama, Kobe y Nagasaki. El señor Nogue No Yama, director de los telégrafos japoneses, se hizo presente para ponerse a las órdenes de Francisco Díaz Covarrubias. Él mismo manipularía el telégrafo.

Durante esa misma noche, en el observatorio de Yokohama, los astrónomos Francisco Jiménez y Manuel Fernández Leal comenzaron a observar estrellas de referencia para poder determinar la orientación correcta de sus instrumentos.

En el segundo campamento, en Kanagawa, Díaz Covarrubias y Barroso hacían lo suyo, si bien en condiciones muy adversas en cuanto a la temperatura ambiental, pues la altura de la colina con respecto al puerto les significaba hasta diez grados centígrados de diferencia. Un frío de casi cero grados. Naturalmente, el fuego es algo prohibido en los observatorios, por lo que ya para la madrugada, cuando ambos se dirigieron a descansar al Hotel Francés, presentaban manchas moradas en el rostro y sus linternas se les caían de las manos, ya congeladas y sangrantes.

Los científicos insistieron a los pobladores que se resguardaran del frío, éstos decidieron permanecer en sus sitios. Covarrubias determinó que nada se podía hacer y que ellos debían cenar, calentarse los huesos con algún cognac, sake o awamori, daba lo mismo, para luego dormir unas escasas pero fructíferas horas.

Al día siguiente, aquellos cinco hombres se encontrarían con su destino.

6

De cómo amaneció el muy prometedor cielo japonés.

Puerto de Yokohama. Japón. 9 de diciembre de 1874.
El día del tránsito de Venus.

Kíndaro Tanaya no se había equivocado: «¡Nieve en la noche, luz brillante en el día!» En efecto, el sol que iluminaba Yokohama desde las ocho de la mañana era brillante como plumas de faisán. Los valientes habitantes de Yokohama, que habían resistido la nevisca nocturna, se ponían de pie ante el paso de los científicos y los saludaban con grandes reverencias. Todos en silencio, como sabían que ameritaba la ocasión.

Francisco Díaz Covarrubias era un Julio César atravesando la plaza, rodeado por su pueblo. Jiménez parecía revisar a sus tropas. Fernández Leal pisaba fuerte como para que todos vieran sus espléndidas botas Wellington, carísimas y compradas en Londres. Barroso y Bulnes de traje, chaleco y pajarita.

En el centro de la plaza fueron recibidos por sir Francis Lloyd, Kíndaro Tanaya, míster John A. Birgham, el honorable Nogue No Yama, director de telégrafos, y algunos otros dignatarios, unos vestidos con *kamishimos* de gala y otros de *jackets* que, en honor a la verdad, se notaban un poco fuera de lugar.

Todos sonreían. Todos habían cumplido con sus obligaciones y llegado a tiempo a la cita. ¡Hasta Venus llegaba a tiempo y en las mejores condiciones…! Hasta que Díaz Covarrubias, cual Julio César, recibió por la espalda una primera puñalada, y una segunda en su costado y una tercera en el pecho. Y cada puñalada era un trueno que venía allende el mar. Cada puñalada era una ráfaga, una tras otra, que hacían volar sombreros de copa, kimonos y *kamishimos*. Las puñaladas se convirtieron en dardos y en flechas envenenadas que provenían de aquella espantable y gigantesca nube negra salida desde las entrañas del océano.

—¡*Yamata-no-Orochi*! ¡*Yamata-no-Orochi*…! —comenzaron a gritar los aldeanos, unos hincándose, otros huyendo.

Los bonzos pusieron de rodillas.

—¡*Susanowo*! ¡*Teishi Yamata-no-Orochi*!

—¿¡Qué es lo que pasa!? —se desespera Covarrubias.

Kíndaro Tanaya se pone de rodillas y mastica su inglés:

—¡Es el monstruo del mar! ¡Yamata-no-Orochi! ¡Hemos ofendido al dios Susanowo y a su hermana, Amaterasu Ō-Mikami, la diosa del sol! ¡Los bonzos le ruegan a Susanowo que calme al monstruo, pero los hemos ofendido! ¡Los hemos ofendido y ahora nos castigan…! ¡¡Nunca debimos retar a Amaterasu!! ¡¡Pretender tomarle fotografías a Amaterasu Ō-Mikami, al sol, nos ha acarreado la desgracia…!!

7

De cómo se comprueba aquí la efectividad del preludio de esta novela, habiendo resultado certeramente premonitorio.

El tifón que se acerca bien podría provocar un *tsunami* no deseado. *La gran ola de Kanagawa* es la única imagen que cruza por las mentes de los habitantes de Yokohama y de los miembros de la Comisión Astronómica Mexicana, quienes ven, en el campamento astronómico, cómo resiste al vendaval la bandera mexicana. Francisco Díaz Covarrubias se encuentra en el fondo de un pozo de amarguras. La tormenta, que ha demostrado una resiliencia envidiable, le resulta propicia para ocultar al mundo sus lágrimas, camufladas con efectividad detrás de las gruesas gotas que lo bañan por completo.

Los campamentos de observación de Yokohama y Kanagawa son como un pantano. Tierra y agua, en amasiato, han procreado un lodo robusto y pegajoso.

Ante el desastre, Díaz Covarrubias toma una fatal determinación: se practicará el *harakiri*. Kíndaro Tanaya le ha puesto en las manos la daga asesina, el *tantō*, envuelta en papel de arroz, pues morir con las manos manchadas de sangre se considera deshonroso.

Díaz Covarrubias no escucha razones sobre la inutilidad de su sacrificio y Tanaya, previendo la impericia del mexicano en el manejo del *tantō*, aconseja la presencia de un *kaishaku*, asistente para el ritual del *harakiri* cuya función es la de decapitar al suicida en caso de que éste no muera de inmediato y surja la necesidad de evitarle un mayor sufrimiento.

Francisco Jiménez, quien se ha bebido por completo la botella ceremonial de *nihonshu*, da un paso al frente declarando con equilibrio precario y aliento a arroz fermentado: «Querido Pancho, te suplico que me concedas el honor de cortarte la cabeza.»

8

De cómo las circunstancias pueden cambiar de un momento a otro, demostrando que el *deus ex machina* existe por cuenta propia y no es sólo un recurso barato de la narrativa o de la dramaturgia que tanto le molestaba a Aristóteles, quien escribió en su *Poética*: «... hay que tener siempre presente lo natural y lo verosímil... de donde consta también que las soluciones de las dificultades han de seguirse naturalmente de la misma fábula y no por efectos de tramoya, llamados *deus ex machina*».

También al poeta Horacio le molestaba mucho este asunto y por eso escribió: «Nec deus intersit, nisi dignus vindice nodus», que viene a significar: «No hagáis intervenir a un dios sino cuando el drama es digno de ser desenredado por un dios».

Dicho lo anterior, el autor de esta novela acepta humildemente que sí ha utilizado el famoso

DEUS EX MACHINA, COMO EN EL CASO, POR EJEMPLO, DE LA SÚBITA LLEGADA DE LA CABALLERÍA MONTADA PARA COMBATIR A LOS INDIOS O, BIEN, AL UTILIZAR EL CERTERO HACHAZO CON EL QUE JIMÉNEZ MATA AL APACHE QUE, A SU VEZ, ESTABA POR ASESINAR A COVARRUBIAS. INCLUSIVE ACEPTA EL AUTOR LA FALTA DE COHERENCIA Y EXCESO DE MELODRAMA, TODA VEZ QUE EL DICHO JIMÉNEZ TRAÍA UNA FLECHA CLAVADA EN EL COSTADO.

PERO DECLARA EL ESCRITOR QUE EL GIRO ARGUMENTAL QUE ESTÁ A PUNTO DE PRESENTAR NO ES UN ENGAÑO, NI UN RECURSO TRAMPOSO, NI MUCHO MENOS UN *DEUS EX MACHINA*, PUES EL AUTOR DUDA MUCHO DE LA EXISTENCIA DE CUALQUIER DIOS, LLÁMESE ÉSTE SUSANOWO O AMATERASU Ō-IKAMI.

UNA VEZ DICHO LO ANTERIOR Y POR SI HUBIESE TODAVÍA ALGUNA DUDA CON RESPECTO AL DOMINIO DE LA TÉCNICA NARRATIVA DEL AUTOR, ÉSTE CONMINA A LOS LECTORES SUSPICACES A QUE CONSULTEN LOS ESCRITOS ORIGINALES DE FRANCISCO DÍAZ COVARRUBIAS O DE FRANCISCO BULNES.

Entonces, sin explicación lógica alguna, la tormenta cesó, las nubes se disiparon, el viento se apaciguó, la mar abandonó sus bramidos… y el más esplendente sol brilló de nuevo sobre Yokohama.

Eran las diez de la mañana y faltaban escasos minutos para que iniciara el tránsito de Venus.

9

DEL MOMENTO ESPERADO EN QUE OCURRIÓ EL TRÁNSITO DE VENUS.

Dado el brillo súbito del sol y el poco tiempo que faltaba para que Venus se mostrara frente a él, llegaron cual marabunta y, contraviniendo las órdenes de Tanaya, no los habitantes de Yokohama, siempre respetuosos de las normas, sino los más variopintos personajes: el ministro de Educación Pública, el gobernador de Kanagawa, los secretarios de las embajadas de España, Francia y Perú; los comandantes de la Marina y los altos jefes de la Armada japonesa, las damas inglesas e incontables periodistas japoneses y extranjeros. También llegaron a la verbena los estudiantes del Observatorio Imperial de Tokio. A una orden del ministro de Educación se hizo el más absoluto silencio. No pocos llevaban sus propios telescopios y hasta catalejos, sin tomar en consideración el peligro de mirar directamente al astro Sol sin filtros especiales.

Un ahogado «¡Ahhh!» se pudo escuchar cuando una minúscula mancha negra, como un pequeñísimo lunar, apareció frente al disco solar. Era Venus. ¡Ishtar llegaba a su cita! Francisco Díaz Covarrubias sintió un nudo en la garganta y sus ojos se llenaron de lágrimas. Comenzó el conteo, el cronometraje, los comunicados telegráficos. Venus entró de lleno al campo solar. Agustín Barroso comenzó a tomar las primeras fotografías que se realizaban de un evento astronómico. De las diecisiete que tomó, sólo cuatro fueron inservibles. Su ojo certero captó trece fotos de excelente calidad, que persisten hasta nuestros días.

Jiménez y Fernández Leal realizaban mediciones micrométricas. Los telegramas iban y venían de Yokohama a Kanagawa y de Kanagawa a Nagasaki: «Primer contacto exterior en Kanagawa: 23h 04m 07s». «Primer contacto interior en Yokohama: 23h 29m 50s.» Ambas fracciones de tiempo, según el meridiano de Greenwich.

Covarrubias medía los diámetros tanto del Sol como de Venus, así como la declinación entre ambos. Y como el tránsito tendría una duración aproximada de cuatro horas, autorizó única y exclusivamente a los estudiantes del Observatorio Imperial a que lo acompañaran. Les mostró sus gráficas, les permitió utilizar el telescopio cenital, les explicó la obtención de las paralajes y les advirtió de cómo el más mínimo error que se cometiera al medir cualquiera de las fases del tránsito afectaría su medición.

A las tres horas, cuarenta y cuatro minutos y veinticinco segundos desde su aparición sobre el disco solar, Venus desapareció.

Unos minutos después, Covarrubias bajó desde la colina de Kanagawa transfigurado, con una mirada cósmica que le confería un hálito divino. Levantó sus hojas de cálculo y gritó: «¡Lo tenemos!» Y Yokohama entera se cimbró con el estruendo, ya no del mar ni del viento, sino de la felicidad de todos aquellos que, intuían, aún sin comprenderlo del todo, habían sido partícipes de un hecho histórico, universal e irrepetible.

Pero Venus no se ha ido. No se irá nunca. Lo volvieron a ver los que estaban vivos en 1882 y lo vimos quienes respirábamos en 2004 y en 2012. Y no te acongojes, lector, si te digo que el próximo tránsito de Venus ocurrirá hasta el año 2117. No te abrumes, pues, aunque para entonces nuestras vidas, nombres y esfuerzos hayan sido ya borrados de la faz de la Tierra, seremos, quizá, polvo de estrellas y estaremos acompañando a Venus en su viaje sideral.

Fin de la quinta entrega

ALMANAQUE QUINTO

La sensible despedida de los sabios astrónomos mexicanos

Diario de Yokohama

Diario de Yokohama. 2 de febrero de 1875.

Con grandes muestras de cariño y no pocas manifestaciones de tristeza, el día de ayer abandonaron este puerto los Honorables Comisionados Mexicanos quienes llegaron a nuestras tierras a estudiar el Tránsito de Venus frente al Sol. Una muchedumbre entusiasta se reunió en el puerto para despedirlos, pues si bien los mexicanos compartieron sus labores con las comisiones inglesas, francesas y rusas, [en realidad, el embajador de Rusia estaba solo, en su jardín], fueron los mexicanos quienes tuvieron una real cercanía con nuestro pueblo y se interesaron por nuestra cultura y nuestras costumbres. Y no sólo eso, el Honorable Ingeniero y Astrónomo Francisco Díaz Covarrubias accedió a visitar el observatorio de Tokio para hacer un exhaustivo análisis de sus virtudes y carencias, de sus posibilidades técnicas y de sus imperiosas necesidades. No escatimó conocimientos, consejos ni generosidad, donando a nuestro observatorio parte de su valiosísimo material astronómico.

La Comisión Mexicana trabajó hombro con hombro con nuestros estudiantes y profesionales japoneses, compartiendo gentil y desinteresadamente experiencias y conocimientos, a diferencia, debemos decirlo, de los franceses y los británicos.

Este periódico promete a sus lectores ir narrando paso a paso el periplo de los científicos mexicanos que, por ser tan extenso, resulta imposible resumirlo aquí. El Ministro de la Educación en el Japón, Su Excelencia Fuyimaro Tanaka despidió a los señores Comisionados con estas palabras:

"*Vuestra presencia en este país nos ha sido tan grata como provechosa: por-que habéis dado a nuestra juventud la instrucción que en algunos ramos no tenía. A diferencia de los europeos, no nos habéis traído el estruendo de las armas, sino la fraternidad de las ciencias. Así pues, si entre nuestros respectivos países faltan aún las relaciones diplomáticas, que se establecerán algún día, estad seguros de que, por vuestro intermedio, las de la amistad quedan ya aquí establecidas*".

SEXTA ENTREGA

Hong Kong - Singapur - Ceylán - Sudán

1

DE LO ACONTECIDO EN EL PUERTO DE HONG KONG.

Durante los nueve días que duró la navegación de Yokohama a Hong Kong, cruzando por el mar de la Conchinchina —el actual Vietnam—, diversos asuntos se les fueron presentando a nuestros protagonistas, quienes debieron prefigurar que sus aventuras no habían terminado todavía. ¿Y por qué habrían de hacerlo si su viaje sería, en realidad, una vuelta al mundo en trescientos noventa y seis días?

A bordo del buque ruso *Volga*, bajo las órdenes de un gigante de dos metros, el capitán Fockesz —de quien se comentaba que se había escapado de una prisión siberiana—, viajaban ahora rumbo a Europa, navegando por las costas del Oriente y del Medio Oriente, buscando llegar a París, en donde planeaban no sólo participar en el Congreso Internacional de Ciencias Geológicas, sino también ser los primeros en publicar sus mediciones y conclusiones realizadas en Japón. Con esto en mente, Covarrubias trabaja como un desquiciado noche y día y esclaviza a cualquiera de los astrónomos que tiene a la mano, obligándolos a seguir calculando, midiendo y corrigiendo sin tregua ni descanso.

Francisco Jiménez ha vivido los momentos más intensos de su existencia. Pero padece cáncer, como bien se sabe. Y sin conocer el efecto que en su ánimo tiene la acción, el peligro, los obstáculos, los combates y los cataclismos, Jiménez ha vuelto a ser el fiero león de combate que siempre ha sido. Aunque no nos engañemos ni nos dejemos llevar por la benévola fantasía. Si Jiménez se ha sentido en buena forma es porque ha bebido incontables frascos de láudano y se ha inyectado ingentes cantidades de morfina. Pero todo lo anterior se ha agotado: la morfina, el láudano y el reto de vencer a Natura misma.

Francisco Jiménez, por tanto, se está muriendo, ahora sí, a bordo del *Volga*. Vomita cualquier alimento, sus deposiciones son terribles y su orina pareciera ya sangre pura.

Y el otro que muere, si bien por otras razones, es Manuel Fernández Leal. Barroso lo ha observado día tras día y ha podido constatar cómo su semblante se ha vuelto sombrío y melancólico. Su carácter se ha avinagrado. Infantil e insolente siempre ha sido, pero lo de ahora es un pesar que lo carcome por dentro. Barroso lo estudia, lo analiza, hasta que descubre la causa de su dolor. Las miradas son vectores, estamos de acuerdo en ello, segmentos rectos en el espacio que parten de un punto hacia otro, con una dirección y un sentido determinados. Barroso sigue, pues, los vectores que salen de las miradas de Fernández Leal y descubre siempre las «magnitudes vectoriales» de las mismas: los marineros del *Volga*, los pescadores de Yokohama, los jóvenes estudiantes del Observatorio Imperial, los estibadores de Hong Kong...

Por la tarde, cuando han atracado en el puerto, Barroso está decidido a encontrar una ayuda para sus dos viejos y queridos maestros. Se presenta con Covarrubias y le solicita ayuda económica para comprar opio y morfina para Jiménez. El dinero le es entregado de inmediato. Después va al camarote de Fernández Leal y, sin pedirle autorización ni permiso, le calza sus botas Wellington, lo peina y lo perfuma de manera exagerada con el último frasco de la *Eau de Cologne Imperiale* que le queda. Lo toma del brazo y lo conduce a cubierta, en donde se encuentran con Bulnes, quien llama a Barroso aparte.

—Agustín, me voy a la ópera, pero... debo confesarte algo. Lo haré.

—¿Harás qué?

Bulnes duda.

—Entraré a un fumadero de opio.

—Puede ser peligroso, Francisco. ¡Y tú ni siquiera fumas tabaco! ¡Mucho menos opio! Además, eres extranjero, no conoces a nadie...

—Te conozco a ti, y si a medianoche no he vuelto, te suplico que me vayas a buscar.

—¡Pero buscarte en dónde! ¡Hay cientos de fumaderos!

Bulnes le entrega un papel.

—Esto me lo dio uno de los miembros de la tripulación. Dice que es un lugar seguro para los extranjeros. Se encuentra a dos cuadras del teatro de la ópera. Ésta es la dirección.

Barroso, quien tiene dos encargos muy precisos en la mente, toma el papel con prisa.

—Sí, sí, está bien… Si no regresas a tiempo yo te busco. ¡Pero zarpamos a las dos de la madrugada, no lo olvides!

Ambos se despiden. Barroso toma de nuevo a Fernández Leal y bajan al puerto, caminando en dirección contraria del cronista.

Bulnes, tal y como lo anunció, llega al teatro de ópera, pero lo encuentra cerrado. Largas telas blancas cruzan las puertas y sabe entonces que algo grave debe haber ocurrido pues el blanco es el color de luto para los orientales, por imitar la palidez de la muerte. Un tanto decepcionado, se dirige entonces al fumadero de opio y ahí encuentra, para su sorpresa, ¡una función clandestina de ópera! (Sea quien sea el muerto, los artistas tienen que comer.) Busca entonces un lugar junto al escenario y se sienta a escuchar. Aunque no lo hace por mucho tiempo, pues pronto queda horrorizado por «la cadencia monótona de los cantos y la estridencia de los gritos y gemidos usados por los actores para expresarse». Para colmo, la trama va sobre la trágica historia de amor de unos jóvenes, a quienes la Muerte pretende separar. Y viene a resultar que la «novia» es un mocetón que ya no puede ocultar el incipiente mostacho que le crece bajo las muchas capas de maquillaje que tiene que usar. Al final del drama, y cuando la Muerte está por triunfar, matando a la novia bigotona, aparece un dios, en un claro ejemplo del *deus ex machina* chino, y salva a los amantes ¡matando a la misma Muerte!, en medio de los «más espantosos maullidos de los cantantes y el furioso escándalo de atabales y panderos, flautas y trompetas, llamadas *miaozusuona, guzhengs* y *erhus*, todos afinados en un sistema tonal pentáfono, absolutamente antinatural para el oído de los occidentales».

Sin entender la emoción del público, escapa de «tanto maullido» y entra a una cabina privada para conocer las delicias del opio.

Se acuesta en la esterilla y, con la asistencia de un joven, sostiene la larga pipa sobre la lámpara de aceite, esperando a que el fuego caliente y vaporice la droga. Comienza a fumar, entonces, hasta que pierde los sentidos de tal forma que, en efecto, tendrá que ser rescatado, como se contará más adelante.

2

DE LA MUERTE DEL EMPERADOR CHINO Y DE LA LEYENDA DE JÚPITER Y GANÍMEDES.

El puerto de Hong Kong no es como lo esperaban Barroso y Fernández Leal: no están abiertas las alegres casas de juego ni los elegantes restaurantes donde se sirven platillos exóticos —que bien pueden ser monos, lagartos o ratas—, sabiamente condimentados con la magia de aquella, la tierra de las especias. Tampoco se ve a todos aquellos ingleses que habían hecho ahí su fortuna, ni a los locales, no menos pudientes, gente extravagante que viste a la europea. Y tampoco están encendidos los millares de luminarias que dan luz a las calles, ahora obscuras, llenas de misterios y de peligro.

La razón, se enterarían unas horas más tarde, es la muerte del emperador del Celeste Imperio, el joven monarca Tongzhi, acaecida, precisamente, en los primeros días de enero. Sus funerales se llevan a cabo en Pekín y el imperio todo se encuentra de luto.

Todos guardan recogimiento, menos los vendedores de placeres secretos y los criminales. Asimismo, los comisionados se han enterado del asesinato múltiple y terrible de aquellos turistas americanos, muertos a manos de los piratas que arrasan las entradas fluviales a Pekín.

—Dicen que fue un crimen atroz, Barroso, por lo que no entiendo su insistencia en hacerme venir a estos andurriales...

—Estamos aquí para conseguir la droga que mantenga vivo al ingeniero Jiménez.

—¡Pues, sí, pobre Pancho, pero francamente...!

Ambos se detienen. Manuel, asombrado. Barroso, sonriente.

—Hemos llegado.

Y a donde han llegado es, sin duda alguna, una casa de placer. Ahí encontrarán lo que Barroso está buscando. Para Jiménez y para Fernández Leal.

* * *

La entrada del lugar está apenas alumbrada con unas tenues velas encerradas en lamparillas rojas. Dos mujeres, maquilladas en exceso, custodian la puerta. Al verlos, sonríen y se cubren el rostro con sus abanicos.

—Barroso... ésas, a mí me lo parece, no son mujeres. Las noto hombrunas, a decir verdad. Y muy feas. Son unas verdaderas quitahipos...

Barroso lo ignora y llegan al interior. Un lugar amable y acogedor. Las mujeres «hombrunas» de la entrada son, sin duda alguna, las cuidadoras de todas aquellas jovencitas, también muy maquilladas, que departen con algunos clientes. Son llamadas *sanpei* o «mujeres de los tres acompañamientos».

Barroso habla en secreto y en inglés, por fortuna, con dos muchachas bellísimas, menudas y sonrientes. De vez en vez, Barroso se vuelve hacia don Manuel y regresa con las chicas como para darles instrucciones. Manuel ya no entiende nada. Y cuando Barroso les entrega unas monedas a las *sanpei*, se acerca hasta él y lo jala del brazo.

—¡Pero qué se ha creído, grandísimo cretino! ¿Está tratando con prostitutas para mi servicio? ¡Usted y yo tenemos un compromiso de honor, se lo advierto, en cuanto lleguemos a México...!

Pero las jóvenes lo toman de los brazos y, entre risas y jaloneos, lo llevan al interior de un cuarto.

—¿Qué hacen? ¿¡Qué hacen!? *To go! To go!*

—¡No se preocupe, ingeniero! ¡Mientras tanto, buscaré los remedios para don Pancho!

Barroso sale corriendo de ahí.

Al interior del cuarto, iluminado tenuemente y con olor a incienso, Fernández Leal distingue con dificultad unos antiguos dibujos y grabados eróticos que adornan las paredes, aunque puede percibir que representan escenas del «Amor masculino chino» o de los «Placeres del melocotón mordido», leyenda derivada de la dinastía Zhou.

No sabe qué hacer o qué pensar. Tiembla y su corazón se le desborda. Está consternado. Sus piernas se han clavado al suelo y le impiden salir corriendo. En especial cuando las jóvenes se acercan para desvestirlo, quitándole el saco, el plastrón y el chaleco. Una de ellas se agacha y le descalza las botas Wellington. Fernández Leal se ahoga. Las bellas le ofrecen té y un sorbo de algo que, supone él, es láudano. Sus sentidos se embotan.

Al unísono, las jóvenes *sanpei* se ponen de pie frente a él y se quitan los *kimonos*, dejándolos caer al suelo, quedando completamente desnudas. Y es cuando Fernández Leal cae de rodillas, impresionado, rendido, lloroso, al contemplar con arrobamiento los cuerpos perfectos, firmes, jóvenes, de pieles blanquísimas y tensas, como lienzos vírgenes, de aquellos dos muchachos que no son *sanpeis*, sino *catamitas*, palabra que, bien lo sabe Manuel, deriva del nombre de Ganímedes, el pastor que, siendo tan hermoso, fue raptado por el mismo Zeus, mutado en águila, desfalleciente de amor por él, para llevarlo a vivir consigo al Olimpo. Al mismo Olimpo al que ha llegado, por fin, Manuel Fernández Leal.

Los *catamitas* lo desvisten por completo y Manuel es ahora Zeus; y Zeus, para los romanos, es Júpiter, y es Júpiter el planeta mayor del sistema solar y su luna primera, la más grande y brillante, la más amada, es Ganímedes. Y ambos siguen ahí, recorriendo el firmamento, contando su historia de amor celeste y masculino, ahora replicada en aquel pequeño cuarto de Hong Kong en el que las velas se apagan, se corren las persianas de bambú y los deseos alcanzan la plenitud de una delicia sensual...

3

DE LAS RAZONES DE LA MUERTE DEL EMPERADOR TONGZHI
Y DE CÓMO SE BUSCARON A LOS CULPABLES DE TAN
LAMENTABLE HECHO.

Retrocedamos unas pocas semanas para entender la nueva amenaza que se cierne sobre los comisionados. Ha muerto, ya se dijo, el emperador Tongzhi. A los dieciocho años. Toda una tragedia, claro está. Pero la razón de su muerte es fácil de comprender y no es la intención aquí el dar ningún juicio de valor moral, pero viene a resultar que el joven Tongzhi, letalmente promiscuo y con un vigor sexual envidiable, era un cliente asiduo de los mayores burdeles de Pekín y solía también organizar unas muy imperiales bacanales en sus habitaciones privadas de la Ciudad Prohibida. Y quizá, sabiéndose Hijo del Cielo, se consideraba inmune a la sífilis, que primero le tiró los dientes y lo llenó de bubas, después lo volvió loco, luego lo puso en trance de muerte y, finalmente, lo mató. Una historia como tantas otras, sólo que ésta involucra a un monarca del Imperio del Gran Qing, nada menos.

El joven Tongzhi entró en agonía casi un mes antes de su muerte. El 9 de diciembre, sí, día del tránsito de Venus. Y murió, qué caray, de una enfermedad «venérea». Por lo tanto, la muerte de Su Majestad Imperial se explica fácilmente: no se debió a sus múltiples correrías eróticas, no... ¡sino a la siempre maligna influencia de los astros! ¡Y al pérfido Venus, por supuesto! ¡A *Jīnxīng*, planeta maldito que rompió el orden cósmico y tuvo la osadía de pretender humillar y disminuir nada menos que al Sol, es decir, al emperador mismo! ¡Pero si resulta más que claro! Así que, para empezar, los primeros en perder la cabeza bajo el hacha del fiero Pu-Tin-Pao, el verdugo imperial, fueron los astrólogos imperiales Xianshēng Ping, Xianshēng Pang y Xianshēng Pong, por ser incapaces de predecir tal anomalía en los astros. Después fueron decapitados, por incompetentes, los médicos imperiales. Y quizá hasta ahí habría terminado la matazón a causa del lúbrico jovencito, pero no, el pueblo dolido buscó por todos lados nuevos culpables, a nuevos chivos expiatorios sobre los cuales vengar la muerte de tan sabio, valiente, prudente y celestial gobernante quien, por cierto, siempre se escondió tras las faldas de su madre, la emperatriz viuda Cixi que, hay que decirlo, educó a un chamaco inútil, berrinchudo y lascivo que nada hizo por el bien de su pueblo.

Pero la calumnia, como se canta en la ópera de Rossini, «es un vientecillo, una brisa muy gentil que comienza a susurrar en voz baja, sibilante, que va corriendo, va zumbando en los oídos de la gente, hábilmente, y al final se desborda y estalla y produce una explosión ¡como un disparo de cañón! ¡Un terremoto! ¡Un temporal...!» Y sí, claro, siempre hay un «infeliz calumniado que, envilecido y aplastado, podría considerarse afortunado si muere...»

Imaginémonos, pues, la secuencia entera: Venus cruzó frente al Sol y el emperador enfermó y murió. Pero ¿quién conjuró a Venus y a través de qué artilugios, de qué maquinaciones se valieron para obligar al señor de los sulfúreos fuegos a comparecer ante el planeta? ¿Quiénes son esos hombres extraños, regidores de las Furias, venidos del Japón que, se dice, se cuenta, se murmura, que obligaron a *Jīnxīng*, el emperador de la corte dañada, a que se mostrara ante ellos? ¿Y no se atrevieron, inclusive, con la áspera ponzoña de las víboras, a tomarle fotografías al Sol? ¡Al robarle su alma al Sol, le arrebataron la vida a nuestro amado Tongzhi! ¡Ellos lo mataron! ¿Pues no murió nuestro monarca el día que esos hombres arribaron a China? ¿Y no son aztecas esos salvajes? ¿¡No se comen entre sí para alimentar con sangre al Sol!? ¡¡Que caiga entonces sobre ellos nuestra venganza y nuestras sombras infernales...!!

4

DE LA HUIDA DE HONG KONG Y DE CÓMO DÍAZ COVARRUBIAS PIERDE EL BUEN JUICIO.

Agustín Barroso es perseguido por una turba furiosa y sólo por su juventud y su increíble habilidad se salva de ser linchado. Y cabe agregar a su juventud y habilidad, su envidiable sentido de la orientación, pues de otra manera no se puede explicar que sus carreras lo conduzcan justo hacia el puerto y no hacia el interior de la ciudad, ya que todos aquellos callejones son prácticamente iguales. Lleva también su preciada carga, colgada al cuello en un morralillo: el láudano y la morfina para Jiménez. Y entonces grita como un endemoniado acercándose al lupanar en donde dejó a Fernández Leal:

—¡Don Manuel! ¡Don Manuel! ¡Corra que nos matan! ¡Ingeniero...!

Y entra como un torbellino a aquel prostíbulo, empuja a las cuidadoras y se mete al cuarto, sin prevención alguna.

—¡Me carga la chingada, don Manuel...!

Y es que Fernández Leal está fumando opio, completamente desnudo y drogado y, para colmo, con los *catamitas* desnudos durmiendo sobre su pecho. A patadas le quita Barroso a los muchachos de encima. Fernández Leal grita aterrado y, peor aún, grita Barroso, pues don Manuel tiene los labios pintados de carmín y está desastrosamente despeinado. El pobre hombre se levanta de un salto.

—¡¡Aaaaahhhhh!! —grita aún más fuerte al mirarse en un espejo.

Barroso le arroja un kimono floreado.

—¡Póngase esto! ¡Tenemos que irnos, que nos matan!

—¿Nos matan? ¡¡Nos matan!! ¿Quiénes nos matan? ¿¡Y por qué nos matan!?

—¡Los chinos, don Manuel, que porque nosotros matamos a su emperador! ¡Vámonos!

—¿El emperador está muerto? ¡Pero nosotros no lo matamos! ¿Oh, sí? Ya no sé ni lo que digo...

—¡Vámonos!

—¡Mis botas! ¡No me puedo ir sin mis Wellington...!

Y aquel espectro se coloca las botas y llena de bendiciones y monedas a los aterrados *catamitas*.

Barroso y Fernández Leal salen del burdel tan sólo para ser divisados, a unas cuadras, por la muchedumbre que los amenaza.

—¿Está seguro de que nosotros no matamos al emperador...?

—¡Usted está drogado, profesor! ¡No se detenga!

—¡Es por el «vicio griego» que profeso! ¿Verdad? ¡Por mi vicio griego vamos a morir! —llora desesperado Manuel, trastabillando con las botas sin calcetas y las cintas del *kimono*.

Barroso lo ignora y lo jala para tomar por otra calle.

—¡¡Pero el barco está para allá, Barroso!!

—¡¡Sí, pero Bulnes está por acá!!

—¿Bulnes? ¡Nunca sospeché que él también estuviese inclinado al vicio griego!

Milagrosamente, Barroso llega al fumadero indicado. Lo ha descubierto tan sólo por la referencia que tenía del teatro de la ópera. Entran ahora al lugar en donde una serie de bultos embrutecidos yacen en el suelo.

—¡Bulnes! ¡Francisco Bulnes!

Una mano lánguida se levanta al fondo. Es Bulnes.

—¡Nos tenemos que ir, Francisco! ¡Levántate!

Pero Bulnes no puede ni moverse, mucho menos hablar o ponerse en pie. Barroso lo toma por los hombros y lo levanta.

—¡Aaaaahhh…! —grita Bulnes cuando observa al espectro que es Fernández Leal.

—¡No me juzgue, jovencito! —lo regaña Manuel—. Cada quién sus vicios.

Bulnes intenta responder, pero su lengua es un estropajo seco:

—¡*Badalabá… Badalabá…!*

Barroso se quita el morral que cuelga de su cuello y se lo entrega a Fernández Leal:

—Estos son los medicamentos para Jiménez. ¡Cuídelos con su vida, don Manuel!

Y, dicho lo anterior, se echa a los hombros al fardo incoherente que es Bulnes, quien sigue gritando y ahora, además, ríe como un lunático:

—*¡Opalamana…! ¡Iiiiaaaaaooooooooooo…!* —pretende imitar la voz de una doncella. Es casi seguro que les cuenta la historia de la ópera china—. *¡Chinhuanchínnnnnn!*

Barroso previene la salida. El camino está libre. Emprenden la huida…, sólo para toparse, a la vuelta de la esquina, con decenas de antorchas y cuchillos. Pareciera ser el final, pero Bulnes, alucinando todavía, se convierte en el espantable dios que es capaz de vencer a la Muerte y articula y gesticula con tal verdad escénica, que el populacho enmudece. Estos segundos son aprovechados por Barroso para entrar por un angosto callejón en el que hasta las ratas huyen de las antorchas que lanzan los lugareños.

Finalmente llegan al puerto.

—¡¡Leven anclas que nos matan!! ¡¡Leven anclas…!!

El capitán Fockesz ha dado ya las instrucciones de hacerlo, pues ha seguido con sus catalejos las luces de la estampida que se acerca peligrosamente al barco. También se ha enterado de lo que se acusa a los mexicanos, por lo que no se ha tentado el corazón para encender motores, levar anclas y proteger, más que a esos extranjeros, a su preciado *Volga*.

Desde cubierta, y con el barco ya en marcha, los marineros hacen una cadena humana para rescatar a los fugitivos en su carrera y ponerlos a salvo. Todos, barco y pasajeros, dejan atrás a la turbamulta y están fuera de peligro. O al menos así lo creen, pues los tres fugitivos han caído de bruces justo a los pies del siempre mayestático Francisco Díaz Covarrubias. Ante su autoridad, Bulnes se pone de pie —es un decir— y lo saluda con gallardía:

—*¡Uomé sayín mulé Íooooooo…!*

Ante el escándalo, Francisco Jiménez, trastabillando, ha salido a cubierta.

Fernández Leal, con discreción, pretende borrarse el carmín de los labios, pero el resultado es, si se puede, más desastroso.

El último en levantarse del piso es Barroso. Y es a él, al héroe de la jornada, a quien Francisco Díaz Covarrubias le cruza el rostro con una bofetada tal que le parte el labio. Y no satisfecho en su ira, le da un segundo bofetón que está por hacerlo caer y le hace sangrar la nariz.

—Nunca esperé nada bueno de usted, Barroso. No es más que una manzana podrida y, como tal, podría arrojarlo al mar en este momento. Si quiere degradar su vida, vejándola en el vicio, hágalo, que a mí no me importa. Pero no arrastre a sus compañeros en sus inmundicias…

—¡Francisco…!

—¡Tú, cállate! —le ordena a Manuel. Y a Barroso—: A partir de ahora está usted solo. Prepárese para abandonar este barco en Ceylán. Ya no es parte de esta Comisión.

Y lo mira con gran altanería, pero Barroso no baja la mirada.

—Entendido, ingeniero. Sólo permítame inyectar al ingeniero Jiménez, que está muy enfermo.

Barroso se retira, toma del brazo a Jiménez y lo conduce al interior. Fernández Leal se aparta de ahí sin mirar siquiera a Covarrubias y Bulnes hace lo mismo, aunque, antes de entrar, cae de bruces dos veces.

Covarrubias está demudado, cenizo por la furia, la desilusión y el desasosiego que le provoca el ver a una multitud furiosa, allá en el puerto, clamando por la muerte de unos hombres que son falibles e imperfectos, sí, hasta débiles y estúpidos, pero que también han dedicado su vida a la ciencia para el bien de toda la Humanidad. Inclusive para el bien de las hordas que los hubiesen ya linchado si la intervención del capitán no hubiese puesto a salvo al *Volga*.

5

DE CÓMO NO ES BARROSO QUIEN QUEDA EXCLUIDO
DE LA COMISIÓN.

Al día siguiente, a las ocho de la mañana, están preparadas
ya las mesas en el salón comedor. Francisco Díaz Covarrubias,
siempre puntualísimo, es el primero que ha ocupado una mesa
preparada con cuatro servicios. Es evidente que no espera que
Barroso se siente en la misma mesa.

Y es Agustín Barroso, precisamente —labio roto y ojo mo-
rado—, quien entra al salón. Cruza una mirada de odio con
Covarrubias y se va a sentar a una mesa pequeña, para dos
comensales, lo más alejado posible del ingeniero, quien, en secreto, disfruta su victoria.

Entra después Jiménez, sorprendentemente recuperado. Es
tan grata la visión de ver al viejo guerrero en pie, que Covarrubias se levanta y, con un gesto y una sonrisa, lo invita a sentarse con él, pero Pancho lo fulmina con la mirada. Descubre

263

a Barroso al fondo y va a sentarse con él. Covarrubias, humilla-
do, toma de nuevo su lugar.

Entra ahora Manuel Fernández Leal, fresco, mirada brillante y cuerpo tonificado. Siempre elegante, ha rejuvenecido veinte años. Su semblante se vuelve arisco cuando ve a Covarrubias
y se dirige a la mesa de Agustín Barroso, en donde abraza a sus
compañeros.

Llega por último Bulnes. Con un resabio de respeto, saluda
con la cabeza al jefe... y va a la mesa en donde están los comisionados. Acerca otra silla. Y así, en una gentil camaradería, no
exenta de algunas risotadas ocasionales, son servidos por los me-
seros. Están hambrientos y piensan desayunar como náufragos.

En su mesa, Covarrubias azota la servilleta contra el plato,
se pone de pie y sale furioso. Nadie lo ha notado.

6

EN DONDE LA NARRATIVA TIENE QUE REGRESAR AL
PASADO PARA ENTENDER LO QUE OCURRIRÁ EN EL FUTURO,
RECURSO DE CINEMATÓGRAFO QUE LOS INGLESES LLAMAN
FLASHBACK, LOS ESPAÑOLES, *ESCENA RETROSPECTIVA*,
Y LOS MUY CULTOS, *ANALEPSIS*.

En Yokohama se han quedado, con un sabor agridulce en los labios, sir Francis Lloyd, jefe del campamento británico, como bien se sabe; el amable míster Davison, un no muy experimentado astrónomo americano (los más importantes estaban repartidos en África del Norte); el pesado *monsieur* Janssen, jefe del observatorio francés, y el embajador ruso *ser* Petrof, quien no dispuso campamento alguno, quien no sabía nada de astronomía y quien sólo utilizó un telescopio cualquiera para «ver» el fenómeno. Su insistencia en ser considerado «astrónomo» no era más que una artimaña para encajar a fuerza a la Gran Rusia en esa aventura y halagar a su Alteza Imperial, el zar Alejandro II. La reunión, por cierto, tiene lugar en la embajada rusa.

—Los mexicanos —inició la plática Janssen— han mostrado la desconsideración que los caracteriza.

—No entiendo —señaló Davison.

—Vamos, hombre, que si fueron capaces de asesinar a su emperador europeo, ¿por qué no nos iban a dejar aquí en ascuas, sin compartirnos sus resultados? —se acerca al samovar y rellena su taza con té de canela.

—No estoy de acuerdo con usted, *monsieur* —intervino Lloyd—. El ingeniero Covarrubias, además de demostrar una grandeza intelectual y una altura de conocimientos astronómicos, sin ofender, muy superiores a los nuestros, se mantuvo siempre dispuesto a compartir los datos que iba obteniendo.

—Datos que, hasta ahora, desconozco…

—Datos que desconoce, *monsieur* Janssen, por su absurdo, no se ofenda, resquemor al hablar con el ingeniero Covarrubias por el sólo hecho de ser éste mexicano. ¡Y, ultimadamente, el tal Maximiliano era austríaco y un pelmazo, a usted qué más le da!

Lloyd acepta un nuevo vodka que le ofrece el mayordomo.

—¡Y por no haber tenido la suerte de observar el tránsito, ya que a usted le tocó la parte nublada de la mañana!

Lloyd y Davison ríen con cierta burla.

—¡Razón de más para compartir datos! —se molesta el francés a quien, sí, le «llovió sobre mojado» en su campamento.

Davison también acepta más vodka, pero sólo para echársela al té.

—¿Y usted qué opina, embajador Petrof? ¿Pudo ver el tránsito? ¿Calculó las paralajes? ¿Tuvo oportunidad de medir el diámetro de Venus? —destila su veneno Janssen.

Ser Petrof, un hombre simpático, pero con mirada torva, levanta los hombros.

—Saben muy bien que soy tan sólo un astrónomo aficionado. Pero no se necesita saber de astronomía para obtener los datos de los mexicanos.

—¿A qué se refiere? —pregunta Lloyd con su tercer vaso de vodka en la mano.

—Que estoy dispuesto a hacer lo posible para llamar la atención del zar Alejandro sobre mi persona y salir de este agujero japonés.

Lloyd y Davison se miran preocupados. ¿Qué les acaba de decir Petrof? ¿Acaso está dispuesto a espiar a los mexicanos? ¿Robarles sus cálculos y hacerlos pasar por suyos?

—La Comisión Mexicana se dirige a París. Ahí pretenden dar a conocer sus resultados. Y eso significa compartirlos con el mundo entero —defiende Lloyd.

—¡Eso significa que están locos! —se enfurece Janssen—. ¿Sabe usted cuánto tiempo nos llevará el hacer los cálculos correspondientes para después cotejarlos con los de los demás campamentos? ¡Años, sir Francis!

Pero sir Francis sonríe.

—¿Y sabe usted de la férrea voluntad que mueve a Covarrubias y a su equipo? La soberbia francesa es inconmensurable. Y no les faltan motivos para serlo, debo aclarar. Pero los mexicanos están ahítos de reconocimiento internacional. Quieren dejar de ser vistos como unos salvajes ingobernables…

—Lo son… —sigue con su té Janssen.

—No, caballero, no lo son. Usted, le repito, no se ha tomado el tiempo ni el trabajo de leer los brillantísimos estudios astronómicos del ingeniero Covarrubias. Los americanos y los británicos estuvimos de acuerdo, de hecho, en seguir *The Mexican Method* para la observación del fenómeno. Y permítame decirle lo siguiente: cuando una nación es capaz de producir un científico de la talla de Francisco Díaz Covarrubias, es el momento de que esa nación sea tomada en serio y sea bien considerada por el resto del mundo.

Una vez fuera de la embajada, Davison y Lloyd comparten sus pensamientos.

—Los mexicanos están en peligro, sir Francis. Petrof es capaz de cualquier cosa para obtener esos documentos.

Sir Francis Lloyd frunce el ceño.

—Sí, están en peligro y además son pobres como ratas. Están al garete. Por fortuna, cuento con los navíos más veloces del mundo, sin ofender, y le recuerdo que el brazo del Imperio británico es muy, muy largo.

7

DE CÓMO REGRESAMOS AL TIEMPO PRESENTE Y LINEAL,
DE CÓMO HAN LLEGADO A SINGAPUR Y DE CÓMO
DÍAZ COVARRUBIAS PRETENDE EXPIAR SU CONDUCTA PASADA.

Al amanecer del día siguiente, y volviendo a sufrir de los intensos calores de aquellas aguas del sudeste asiático, tirados en el piso, cual si fuesen críos, juegan a las cartas cuatro de los comisionados. El puerto de Singapur está ya a la vista, cada vez más cercano. Apuestan cantidades irrisorias, pues de dinero contante y sonante no les queda ya casi nada. Pero eso no es impedimento para disfrutar y charlar en sana camaradería. Hasta que se escuchan por babor unos espantosos chirridos de cadenas oxidadas que se arrastran lastimosamente por la madera de cubierta. Los marinos siguen lentamente a esa figura lastimera, encadenada con torpeza, pero con gran sentido dramático y que jala, además, una pequeña ancla, apenas suficiente para fijar una de las lanchas salvavidas. El encadenado, como para ser vendido como esclavo en algún mercado persa, es el ingeniero Francisco Díaz Covarrubias, quien mira al horizonte como aquel que va hacia el cadalso como último destino. Lleva, además, su preciado cartapacio en el que guarda, con el celo de un caballero medieval, las centenas de folios referentes al tránsito de Venus.

Cuando llega hasta los comisionados, le extiende el cartapacio a Fernández Leal. Todos se ponen de pie. No dan crédito a lo que sus ojos miran. Los marineros y el capitán Fockesz, desde el puente, sonríen divertidos.

—Colegas... hermanos míos... —inicia su discurso Covarrubias con voz temblorosa—. Si me permitís por una última ocasión llamaros así, he venido a despedirme de vosotros. Mi conducta de ayer es imperdonable y no demuestra otra cosa que vuestro jefe amantísimo, es decir, yo, ha perdido la razón, que Venus me ha secado el cerebro y que tan sólo merezco desaparecer de vuestras vidas. ¡Que sean estas cadenas y esta ancla justiciera las que hundan mi carne ya innecesaria y mi mente atribulada en los círculos infinitos del océano! ¡Salvad nuestra misión! ¡Guardad y proteged las cifras recogidas! ¡Cotejad las restantes y ofreced al mundo nuestros descubrimientos! Tan sólo os suplico que, si no me guardáis demasiado rencor, mencionéis mi nombre a las generaciones futuras, pues para ellas he trabajado. ¡Para la juventud de mi amada patria! ¡Me despido de vosotros! ¡Me despido de la vida! ¡Me despido del mundo y de mi México! ¡Que mi sacrificio sirva para redimirme, para obtener vuestro perdón y para que la concordia reine de nuevo en vuestros corazones! ¡Adiós...!

Y, sin más, se lanza al vacío. Y nadie se lo puede impedir, tan grande es la impresión que los embarga. Todos se asoman por la borda. Están mudos, llenos de estupor, pues en lugar de escucharse el esperado «¡Splash!», onomatopeya que describe la caída de un objeto al agua, se escucha un seco y sordo «¡Zock!», que describe el porrazo que Covarrubias se ha dado sobre la madera del puerto en el que el *Volga* tenía ya diez minutos atracado.

8

DEL AUXILIO QUE SE LE PRESTA AL SUICIDA FRUSTRADO
Y DE CÓMO SE DESCUBRE UN HECHO TERRIBLE Y FATAL QUE
TERMINA POR PULVERIZAR LOS NERVIOS Y EL ÁNIMO DE TODOS.

Auxiliándose con pinzas y hasta con alicates, los comisionados
le quitan las cadenas a Covarrubias, quien se ha molido el cuerpo con semejante porrazo. Un chichón gigantesco, como un
satélite, empieza a crecer en su frente. Ya no caben discusiones,
ni disculpas ni argumentación alguna. Esos cinco hombres están exhaustos, enfermos y rotos, por lo que todo lo ocurrido el
día anterior se considera ya pasado y olvidado.

—Gracias… gracias, amigos míos… He sido un estúpido…

—Sí, sí, ya, Francisco, no pasa nada. Peor hubiera sido que
te ahogases.

—Por lo menos, Manuel, te he dado a ti todos los documentos.

Y el rostro de Manuel se torna cerúleo.

272

—¿A mí? ¿Qué documentos me has dado?

—¿Cómo que qué documentos? ¡Todos!

—¿Cómo todos?

—¡Deja de repetir todo lo que digo, Manuel! ¡Te entregué todo antes de arrojarme al... por la borda!

—¡Pero si a mí no me has dado nada, Francisco!

Con los huesos rotos y los músculos hechos morcilla, lo sacude como un salvaje.

—¡¡Te entregué en las manos los últimos veinte años de mi vida, infeliz!!

Y mientras los nuevamente enemigos se jalan del cabello y los bigotes, Barroso y Bulnes suben a toda velocidad hasta la cubierta del *Volga*... la cual está desierta. ¡Y del cartapacio no hay el menor rastro!

—¡No hay nada! ¡Todo ha desaparecido! —grita Bulnes desde la barandilla de cubierta.

Y vuelven los jaloneos allá en el puerto.

—¡Tú te piensas un Ulises, pero no eres más que un vulgar y patético personaje de los insufribles melodramas que nos asesta la tal Sarah Bernhardt!

—¿¡Y tú por qué no te buscas entre los faldones del *kimono*, florecita de loto, que a lo mejor por ahí se te quedó enredado mi cartapacio...!?

Las cachetadas mutuas se suceden a gran velocidad, como si fuesen dos gatos de callejón.

—¡Lo encontramos...! ¡Aquí arriba, en el puente! ¡¡Señores...!!

Manuel aprovecha que Covarrubias mira hacia arriba para darle una última cachetada. Corre hacia la rampa de abordaje.

—¡No me dejes aquí, malnacido, que me duele todo el cuerpo!

Y es Jiménez quien le ofrece su brazo.

—A ver, Francisco, ven que te ayudo...

—¡Qué me vas a ayudar tú, si ya estás a un paso de la fosa...!

Jiménez bufa y le da un empujón tal que Covarrubias regresa al piso.

* * *

La sorpresa es mayúscula. Fockesz está amarrado con una cuerda a la silla. Tiene moretones en la cara y le sangran los labios y la nariz. Junto a él, cinco oficiales británicos que lo custodian. Ellos habrán sido, se sospecha, los causantes del lastimoso estado del capitán.

Parado de espaldas a todos, un hombre revisa con sumo interés el cartapacio de Covarrubias. Finalmente, el hombre misterioso se vuelve hacia ellos y sonríe. Es sir Francis Lloyd.

9

DE LA LLEGADA DE NUESTROS HÉROES A LA ISLA
SUBCONTINENTAL DE CEYLÁN, LA ACTUAL SRI LANKA, Y DE LA
VISITA QUE HACEN A LA «CASA DE CAMPO» DE SIR FRANCIS LLOYD.

El enorme paquidermo se balancea de un lado a otro y Manuel
Fernández Leal ya no sabe de dónde agarrarse para no caer,
ante la sonrisa burlona —pero perlada por unos dientes blan-
quísimos— del joven Sahid, el *mahout* o cornaca, guía del gran
elefante asiático que, junto a otros tantos como él, transportan
a los miembros de la Comisión a la casa de sir Francis Lloyd.
«Es apenas una cabaña a mitad del bosque», les ha dicho. Y se
desvive por atenderlos. Como lo hizo para llegar antes que ellos
mismos a Singapur en el velocísimo *King of the Seas*, un *clipper*
de hasta ¡cinco mástiles! y con una capacidad de navegación
muy superior, incluso, a cualquier vapor que surcara los mares
en esos tiempos. (Para transportar té, mercancías y mucho oro,
los ingleses siempre han sabido moverse muy aprisa.)

Largo y ocioso sería atar los cabos —de eso ya se encargó sir Francis—, entre el embajador ruso Petrof y el gigante siberiano Fockesz, un miserable peón en el juego del poder quien recibió unas cuantas monedas por robar a los astrónomos. Como decíamos, para hacer negocios y descubrir conjuras, nadie como los ingleses. Pero los mexicanos están ya a salvo, en Ceylán, y a más de dos mil kilómetros de distancia de Singapur.

Y ahora llegan como invitados de sir Francis Lloyd, cuya «casa de campo» no es otra cosa que un majestuoso palacete digno, si no de un maharajá, sí de un rajá, que tampoco es que haya mucha diferencia. Y, de hecho, lo fue. El palacio aquel perteneció a un rajá quien, según contó Lloyd en la primera copa, había sido trágicamente devorado por un tigre. Los pobladores, desde entonces, consideraron ese lugar como un «palacio maldito», lo abandonaron y él había podido adquirirlo en unas cuantas libras... o algo así. A la tercera copa, el rajá, por una desilusión amorosa, se quitó la vida. De nueva cuenta, el palacio fue considerado maldito y Lloyd lo compró en una bicoca. Pero ya después de una botella completa de whisky el miserable rajá lo había traicionado, él se había visto en la necesidad de retarlo a duelo, de matarlo... y de quedarse con su palacio. Y hubo otras dos o tres versiones de cómo llegó aquella «casa de campo» a sus manos. Los comisionados se miraban con suspicacia y callaban.

Para los postres llegaron más invitados, cosa que ignoraban los mexicanos. Había mujeres elegantes y distinguidas, todas *ladies*, esposas de *sirs*. Había comerciantes de canela, de café o de caucho, tan millonarios como vulgares, sin tener la menor intención de ocultar sus riquezas y sus vidas llenas de dispendio. Las mujeres presumían sus joyas y viajes. Los hombres hablaban de negocios, de cacerías, de subidas y bajadas del mercado del caucho, y los científicos se aburrían como ostras.

Jiménez no ocultaba su enojo ante «tal muestra de imperialismo y saqueo colonial». Bulnes tomaba notas y más notas. Covarrubias sonreía de manera lacónica, pues el cuerpo todavía le dolía de manera exagerada y las pláticas insulsas le resultaban aborrecibles.

Barroso se sintió observado por una *lady*, mayor que él, y no desaprovechó la oportunidad. Cuando ella se disculpó para salir a la terraza para tomar un poco de aire, Barroso hizo lo mismo. No se les volvió a ver hasta el día siguiente.

Fernández Leal también se disculpó y argumentó que le había interesado muchísimo el arte de dominar, cuidar y educar a los elefantes asiáticos, conocidos por su ferocidad y gran tamaño, por lo que le encantaría platicar con Sahid, el *mahout*. Salió corriendo de ahí.

Quizá la única, y última sorpresa de la noche, fue la presencia de un tal Phileas Fogg, británico, autonombrado astrónomo de Su Majestad, la reina Victoria.

—¿Por qué no tuve el placer de conocerlo antes, señor? —pregunta Covarrubias con interés y pensando también: «Ni de haber escuchado su nombre jamás».

—Fui asignado al campamento de Nueva Zelanda para observar ahí el tránsito de Venus.

—¿Y? ¿Tuvo éxito en sus observaciones? ¿Qué tan adelantado va con sus conclusiones? ¿Ha logrado ya algún acercamiento a la medición de la paralaje?

Fogg se muestra incómodo con la pregunta.

—Por el momento no me han interesado gran cosa *los paralelos*, sino, más bien, los grados de inclinación de Venus con respecto a Mercurio...

Si el fraude fuese un perfume, Covarrubias lo habría distinguido desde que venía por la selva de Ceylán. Cruza una mirada de alarma con Jiménez. El británico continúa:

—Quizá usted pueda ser tan amable de dejarme ver sus apuntes... ¡inclusive, quizá podría prestármelos durante un par de días para analizarlos con toda la atención del mundo! Eso hablaría muy bien de la disposición de ustedes, como mexicanos, de colaborar con la ciencia del mundo.

Covarrubias y Jiménez se ponen de pie.

—Míster Fogg, déjeme decirle algo. Primero estaría yo dispuesto a cortarme un brazo antes que dejarle a nadie nuestros apuntes «durante un par de días». Buenas noches.

Phileas Fogg los despide con una sonrisa y una frase que parece más bien amenaza:

—¡Bueno, bueno, ya hablaremos de eso con tiempo! ¡Sir Francis me ha invitado a abordar el *King of the Seas* rumbo a Egipto, junto a ustedes!

Covarrubias sabe de inmediato que sir Francis Lloyd, el asesino de rajás, no es lo que él pensaba. Les resulta imperioso salir huyendo de ahí.

10

DE CÓMO NUESTROS PROTAGONISTAS ABORDARON DE NUEVO
EL *KING OF THE SEAS*, AHORA PARA CRUZAR EL MAR ARÁBIGO,
BAJO LA AMENAZANTE FIGURA DEL TAL PHILEAS FOGG.

Sir Francis Lloyd fue enfático al despedir a los comisionados en el puerto de Ceylán. «Estoy seguro, ingeniero Covarrubias», le dijo con un insoportable aliento a alcohol rancio, «que la compañía de míster Phileas Fogg le resultará muy agradable y que usted, en su magnificencia, le permitirá revisar sus apuntes y le compartirá sus cálculos. Después de todo, y no se ofenda, están ustedes en deuda con la Corona británica». Sus ojillos enrojecidos destilaban cierta maldad.

—Sir Francis —lo lleva aparte Covarrubias—. No se ofenda usted, pero tengo la corazonada de que el señor éste, el tal Fogg, es un impostor.

Y Lloyd, por supuesto, se ofende.

—¡Caballero! ¿Me está usted diciendo que mi amigo, el honorable Phileas Fogg, no es un astrónomo y sí es, en cambio, un agente encubierto, pagado por mí o por la Corona para robarles a ustedes sus apuntes y hacerlos pasar como un logro británico?

Covarrubias hace una larga pausa.

—Tiene usted razón, sir Francis. Le ofrezco mis disculpas y cuente con que haré partícipe al señor Fogg de nuestros adelantos. Ha sido un placer el contarlo a usted entre mis amigos y nuestro más querido protector.

Diciendo esto y llevando en mente la frase aquella que dice algo sobre que los niños y los borrachos dicen siempre la verdad, Covarrubias aborda el navío y convoca a los comisionados a una reunión de emergencia en su camarote.

* * *

—¿Y se puede saber por qué vistes así, Manuel? Ese saco es un poco «exótico», ¿no te parece?

Manuel acaricia la muy fresca tela de su camisa larga.

—¿Te parece exótica? No es un saco. Es una sencilla *kurta*, muy usada por la gente local. De algodón. Suave y fresca. ¡Exótico el *sherwani* que me regalaron anoche mis amigos los *mahouts*! ¡No he querido ponérmelo para no estropearlo! De seda y con pedrerías, tú dirás… Perteneció, me dijeron, al rajá suicidado o asesinado.

Covarrubias no pretende discutir más.

Les habla de sus sospechas, de Phileas Fogg, de cómo ha descubierto que no es un astrónomo sino un agente encubierto, un espía, pues, y de cómo el mismo Francis Lloyd, en su estado alcohólico eterno, le confesó la verdad sin darse siquiera cuenta.

—Yo me encargo de ese bastardo… —amenaza Jiménez.

—Tú no te encargas de nada, Pancho —lo regaña Covarrubias—. Matarlo sería un error. Sería como declarar la guerra abierta a Lloyd y a los ingleses.

—¿Y entonces qué hacemos?

—Resistir hasta las costas del norte de África, por lo menos, Bulnes. Quedar abandonados en el desierto de Arabia nos significaría la muerte. Ya en Egipto podemos pedir ayuda. Por lo pronto, debemos montar guardias en las que nuestro trabajo sea vigilado día y noche.

Todos llegan a ese acuerdo… Pero Phileas Fogg está escuchando detrás de la puerta. Su entrenamiento le ha dado el conocimiento del español y su determinación le da la respuesta: si los mexicanos no colaboran, lo pagarán con su vida. Uno por uno. Así lo han decidido ellos mismos.

11

DE CÓMO EL PRIMER ATENTADO DE PHILEAS FOGG CONTRA
UNO DE LOS COMISIONADOS ES, EN REALIDAD, EL ÚLTIMO.

Los días y las noches de navegación han continuado en una
tensa calma. Fogg se ha acercado a cada uno de los comisionados y se ha encontrado con la cerrazón más absoluta para
intercambiar siquiera una palabra con él. Sin confesarles que
habla español, se ha enterado de los planes de los científicos.
Turnándose, cada uno de ellos velará armas cada noche. Primero Barroso, el más alerta de todos. Después, Fernández
Leal, acostumbrado a pasar noches en vela haciendo imaginarios ejercicios de cálculo mental. Bulnes sería el tercero. Todos
están de acuerdo en que Covarrubias debe descansar el cuerpo
y la mente. A pesar de sus protestas, le piden que se abstenga
de esa labor. El cuarto será Jiménez quien, finalmente, pasa las
noches en blanco, dados los dolores que le aquejan.

La intuición de Phileas Fogg lo lleva a buscar la muerte, primero, del león herido, Francisco Jiménez. Ha descubierto su enfermedad y su dependencia a la morfina para sobrevivir, buscando llegar a México por su propio pie y no en un ataúd. Deberá esperar, por tanto, cuatro noches para atacar. Decide, entonces, gastar los días haciéndose el simpático con quienes lo pueden entender. Procura desviar la conversación de los temas astronómicos y hasta simpático comienza a parecerles a Bulnes y a Barroso. No así a Covarrubias, quien recomienda a los jóvenes no bajar la guardia. Han cruzado el estrecho de Babel-Mandeb y han entrado de lleno al mar Rojo, pero todavía navegan por las costas de Sudán, que les recuerda que su objetivo es Egipto y, en realidad, Port Said.

El plan parece funcionar. Hasta que toca el turno a Jiménez de cuidar el tesoro matemático.

La noche ha caído. Phileas Fogg, con destreza gatuna, se acerca al camarote de Jiménez. Con una ganzúa abre la puerta sin problema alguno. Al cerrarla, vuelve a poner el seguro para evitar que nadie entre. Sus sospechas se confirman: el enfermo y envejecido Francisco Jiménez duerme como un tronco, cubierto por las suaves sábanas de su cama. Debajo de la almohada, el cartapacio anhelado. Phileas Fogg se acerca lentamente, con una daga en la mano que levanta sin misericordia sobre el cuerpo de Jiménez. La daga centellea a la luz de la luna y, cuando está a punto de atacar, unas manazas lo toman de la barbilla y le rompen el cuello, igual que a los pollos que están por desplumarse y cocinarse. Francisco Jiménez, salido de la obscuridad, sostiene el cuerpo de Fogg para que, al caer, no haga ruido alguno. Descorre las sábanas. Había acomodado debajo de ellas, almohadas, ropa, botines y gorra militar. El camuflaje era perfecto. Desocupa la cama y acuesta en ella el cadáver de Fogg. Le coloca la misma gorra y lo cubre hasta el rostro. Levanta el puñal con el que iba a ser asesinado y lo coloca junto al cuerpo. Toma entonces el cartapacio, pero no sale por la puerta. Abre la escotilla y, sufriendo los trabajos de Hércules, escapa por ahí. Cierra la escotilla, se escabulle por cubierta y regresa al pasillo de camarotes. Se dirige, caminando apenas de puntillas, a la habitación de Covarrubias. Toca apenas, acariciando la puerta. Cuando un adormilado Covarrubias la entreabre, Jiménez le informa que tiene algo muy importante que decirle.

12

Todas las alarmas se han encendido a bordo del barco. Esa mañana, como todas, Phileas Fogg no ha enviado el reporte telegráfico correspondiente a sir Francis Lloyd. Eso es inadmisible para un agente inglés y tal falta no puede significar más que tres realidades: que el agente Fogg haya desertado, que el agente Fogg haya sido sobornado por los mexicanos, o que el agente Fogg esté muerto. Por accidente, por suicidio o por homicidio. Sir Francis Lloyd ordena de inmediato que el *King of the Seas* arríe las velas y se detenga en el primer puerto que encuentre. Afortunadamente están a una milla, no más, de la milenaria Suakin, en Sudán, cuyo puerto, tan ruinoso como peligroso, es el único sitio en el que tan monumental barco puede atracar.

Sir Francis ordena que entre en acción, de manera inmediata, el detective Fix, quien viajaba de incógnito en el mismo barco.

Fix deduce de inmediato que los mexicanos están involucrados en la desaparición de Phileas Fogg. Pide llamarlos al puente, pero los marineros regresan a él con graves e increíbles noticias: han desaparecido.

El detective Fix se dirige hacia los camarotes y ordena que todos sean abiertos, así sea a patadas. Pero las patadas no son necesarias. Las puertas no tienen seguro alguno. Entran primero al de Covarrubias. Todas sus pertenencias están ahí. Es evidente que huyó de manera subrepticia. Lo mismo se descubre en los camarotes de Fernández Leal, de Barroso y de Bulnes. Sólo queda el de Jiménez. Es el único camarote que tiene puesto el seguro.

—¡Sabemos que están ahí escondidos! ¡Abran la puerta si no quieren enfrentar a la justicia británica!

Sólo el silencio es la respuesta. Fix da la indicación a los marinos para que tiren la puerta. Obedecen. Fix entra y mira el cuerpo tendido en la cama. Un marinero está por levantar la sábana.

—¡No toque nada! Salgan todos.

El detective Fix revisa la puerta rota. El pestillo estaba colocado desde dentro. La escotilla está cerrada. El hombre entonces puede ser Jiménez. ¿No es el que estaba enfermo? ¿Podría ser que muriera mientras dormía? ¡No...! Fix reconoce el arma que está colocada junto al cuerpo. Está ahí colocada de una manera absolutamente intencional. Está limpia de cualquier rastro de sangre. No fue utilizada para cometer crimen alguno. Y es, además, una daga naval británica. Entonces sí descorre la sábana y encuentra el cadáver descogotado de Phileas Fogg. Fix no puede ocultar su desconcierto. ¿Cómo se pudo cometer semejante crimen en una habitación herméticamente cerrada?

—*The mistery of the locked chamber...* —se relame los labios el detective Fix. Amaba esos casos.

Pero mientras Fix trata de encontrar pistas en aquel camarote, mientras que los marineros comprueban en las bodegas del barco que el material astronómico de los científicos está intacto y parece haber sido abandonado, cinco hombres se descuelgan hacia el puerto, por babor, ayudados por cuerdas o por las mismas cadenas del ancla y corren desesperados a esconderse en el interior de la mezquita el-Geyf de Suakin, construida hacía casi mil años y, al parecer, con el único objetivo de darle un providencial asilo a la Comisión Astronómica Mexicana.

13

DE CÓMO NUESTROS HÉROES, CONVERTIDOS EN BEDUINOS,
SE PIERDEN EN LA NOCHE DEL DESIERTO.

Quizá sea prudente acercarnos al final de esta entrega. Tan sólo dejemos consignado que: el imán de la mezquita el-Geyf, de nombre Yusuf Ibrahim, dio una gentil acogida a los mexicanos. Que teniendo el milenario puerto de Suakin el vergonzoso honor de haber sido el último lugar en el que los ingleses traficaban esclavos, Yusuf Ibrahim odiaba a los británicos, de tal forma que escondió con gusto a los mexicanos hasta que no vieron que el *King of the Seas* desplegara sus velas y se alejara de ahí. Claro que se acercaron hasta la mezquita algunos oficiales del barco… y claro que el imán Ibrahim, apoyado por no pocos fieles armados, unos inclusive desde el minarete de la mezquita, declaró que no había visto a ningún extranjero por ahí. También quede consignado que: enfrentando la posibilidad de que los ingleses tuviesen control de cualquier barco en el que pudieran viajar los mexicanos o de cualquier puerto al que llegaran, el imán les aconsejó, sabiamente, que llegasen a Egipto por tierra. Que no habiendo mejor transporte que los camellos, comprasen cinco de ellos. Que no teniendo los mexicanos ya más que unas pocas, poquísimas, monedas de plata, él podría conseguirles un buen precio, no sólo por los camellos, sino también por las *suriyah*, los *kafiyyeh* y las babuchas, es decir, las túnicas, los turbantes y el calzado.

Por lo tanto, los buenos comerciantes del Sudán intercambiaron zapatos, relojes, sacos, pantalones, plumas fuente, libros y cualquier objeto que tuviese valor para los comisionados, a cambio de carne, frutos secos y grandes cantidades de agua en odres de cabra. También se consigna que: haciendo un berrinche mayúsculo, Manuel Fernández Leal tuvo que deshacerse de su bellísimo *sherwani*, pues había que completar para otros dos camellos.

Así inició su camino por el desierto el muy particular grupo de beduinos mexicanos, cuyas más caras posesiones eran un puñado de dátiles y las mediciones de un evento astronómico ocurrido hacía ya meses en el Lejano Oriente.

—Francisco —comentó Fernández Leal, con voz temblorosa—. ¿Te das cuenta de las altísimas posibilidades que tenemos de morir de inanición o por insolación? ¿Y recuerdas acaso que la palabra «asesino» proviene del árabe *hassasins*? ¿Tienes o no tienes claro que no contamos ya ni con una brújula…?

—Manuel…

—¿… ni un astrolabio…?

—Manuel...

—¿¡Ni un maldito teodolito para orientarnos!?

—Manuel... tenemos lo más valioso que la Naturaleza nos puede ofrecer... —señala hacia el cielo—. ¡Tenemos millones y millones de estrellas! ¿¡O acaso no sabes leer un mapa celeste, querido amigo!?

Y diciendo esto, talonea los ijares de su camello y emprende una carrera desbocada hacia el norte, gritando feliz, como un loco. Sus compañeros hacen lo mismo y se internan en la obscuridad y en el misterio del desierto, cobijados por la constelación de la Osa Menor, la que habita entre la Osa Mayor y Casiopea y en donde se puede encontrar la brújula cósmica, la estrella que nos indica siempre el camino hacia el norte: Polaris.

Fin de la sexta entrega

Venus, el astro más estudiado por los mayas

Códice de Dresde

Códice de Dresde y últimos descubrimientos: Los mayas no predijeron el fin del mundo en el año 2012. Predijeron el Tránsito de Venus que ocurriría ese año.

Ahzab-Kab-Ek, la Estrella que despierta a la Tierra, el Hermano mayor del Sol, la Gran estrella de la Mañana, Venus fue, sin duda, el astro más estudiado por los mayas. Lo anterior se constata en el Códice de Dresde, manuscrito elaborado en el siglo XIII, en el que se determina con gran precisión el ciclo sinódico de Venus, esto es, el período orbital o el tiempo que tarda en volver un cuerpo celeste al mismo tiempo en que fue observado. La astronomía actual confirma el descubrimiento maya: 583.92 días tarda Venus en dar una vuelta al sol.

Venus fue amado y temido por los mayas, pues al tener dos puntos de aparición, Norte y Sur, marcaba el principio y el fin: visible al amanecer, visible al anochecer, marcaba los ciclos agrícolas: siembras y cosechas, así como huracanes, eclipses y destrucción. Guerras, incluso.

Si para los antiguos griegos Venus fue el símbolo del amor, para los mayas lo fue de la guerra. Y también el origen del Universo y la creación, pues lo identificaban con Kukulkán, la serpiente emplumada, una de las deidades creadoras de la Humanidad.

Observatorios, pirámides y adoratorios fueron construidos en perfecta alineación con la aparición de Venus, logrando predecir la posición futura del planeta con tan sólo un error de dos horas ¡cada 481 años! Los expertos consideran que este hecho es sin duda, uno de los descubrimientos más sobresalientes de la astronomía antigua.

Pero no sólo se ocuparon de Venus los sabios astrónomos mayas. También hicieron cálculos exactos de los ciclos sinódicos de Mercurio, Marte, Júpiter y Saturno. Calcularon con gran precisión los períodos de la Luna y el Sol, así como de diversas estrellas como las Pléyades que ellos llamaban Tzab-ek, la Estrella Cascabel.

LOS MAYAS NO PREDIJERON
EL FIN DEL MUNDO.
"Considerada la maestría de los sacerdotes-astrónomos mayas para seguir *el movimiento aparente del planeta Venus"*, explica el doctor en astrofísica Jesús Galindo Trejo, *"se podría plantear que tal vez los mayas habrían calculado el término de su gran ciclo de 5, 125 años o 13 baktunes para un evento astronómico de tanta trascendencia como el tránsito de Venus por el disco del Sol de 2012".*

Venus ha regido la vida espiritual y material de prácticamente todas las culturas del mundo. Los mayas no tendrían por qué ser la excepción. Venus les dio respuestas y certezas, los enfrentó a grandes retos intelectuales que resolvieron con increíble sapiencia.

La gran civilización maya no existiría sin Venus.

Como tampoco existiría, sin Venus, la cultura, la ciencia, la religión y el arte del mundo entero. Sin Venus, no. Sin Venus, nada.

SÉPTIMA ENTREGA

El Cairo - Marsella - París
Ciudad de México

1

DEL SINGULAR ENCUENTRO CON UN FUNCIONARIO MEXICANO
EN EL CAIRO.

En el centro del muy típico, muy antiguo y muy ruidoso mercado Jhan El Jalili de El Cairo, cinco beduinos, que no lo son pero que lo parecen por estar tostados por el sol, sucios por el sudor, la arena del desierto y pelos y babas de camello, devoran los sendos platos de comida que se les presentan: lubinas, calamares, *koftas* —aunque Covarrubias detesta el cordero—, *kosharys*, *shawarmas* y cantidades industriales de *baba ganoush*.

Los vendedores van y vienen, atosigándolos con sus mercancías, aunque más los atosiga el embajador mexicano con sus interminables peroratas.

—... *pus* que me informan, ¿y qué creen que me informan? ¡Que habían llegado ustedes! Y que yo les digo: «Ah, caray, o sea que ya están aquí». ¡*Pus* bienvenidos, caballeros!

Los fingidos beduinos agradecen, sin dejar de comer.

—Apreciamos en mucho sus atenciones, señor embajador...

—¡No, no, no! Para ustedes, solamente Fortino. Fortino a secas...

—¡Pero, señor embajador...!

—¡No, no, caballeros! ¿*Pus* cómo que embajador? A ver, vamos analizando el sujeto de estudio de su pretérito pronunciamiento. «Embajador», *pos* ni que fuera yo... o sea... no, *pus* cómo, *¿verdá?* ¿Se imaginan? Ya estaría yo, ¡no, hombre! Aunque mi prima Fraustita sí salió con su embajada, la pobre, pero ése es otro cantar.

—¿O sea que no es usted el embajador?

—Bueno, pero qué necio me salió *usté.* Tanto como embajador, ya les dije que no. Aunque, en el interpósito caso de que se necesite uno, ¡*pus* yo le entro, total!

—Será el cónsul, entonces...

—*Con su...* permiso, le voy a entrar al *fatteh,* que está rete bueno. No, señores, tampoco soy el cónsul.

—Agregado cultural, entonces...

—*Pus* más agregado que cultural, porque, miren ustedes, distinguidos astrólogos nacionales, cultura, así lo que se dice cultura, no hay mucha en Egipto...

—¿¡Perdón...!?

—¡Bueno, sí! Tienen sus pirámides y toda la cosa, pero hasta ahí, ¿eh? Y luego andan por *ái* muy presumidos, que con sus faraones, que con sus sarcófagos —que son nomás unas cajotas muy faramallosas— y hasta con sus momias, que la mera *verdá, pa'* momias, *na'*más las de Guanajuato, ¿me explico?

Los científicos se miran extrañados.

—Perdone...

—Fortino.

—Fortino...

—Es muy fácil de recordar, porque suena a *Fortuna*...

—Claro... entonces, ¿quién es usted, por qué nos trae a comer al mercado, por qué no nos ha llevado de inmediato a la embajada y por qué no nos ha auxiliado con los recursos pecuniarios que el señor presidente dispuso para nosotros en las principales representaciones mexicanas para socorrernos en nuestro recorrido?

Los cinco hombres lo miran muy serios.

—*Pus ora* sí que, como dijo el filósofo, barájemela más despacio, mi ingeniero. Vamos por partes, que así dicen que dijo un carnicero. ¿Quién soy yo? Fortino, así a secas. Todo el mundo me llama así, porque así me bautizó mi santa madrecita, que si no está en el cielo es porque fue un poco deshonesta de sus carnes, ¿*pa'* qué lo negamos? Y por las tardes, borracha, pero, bueno, no se me desvíen ni me estén interrumpiendo: «¡Fortino!», me gritan todos, «¡*traite* un café del Fishawy!» Y Fortino va por café del Fishawy, que la mera *verdá* no tiene nada de espectacular, y no se me vayan a ir con la finta, que yo prefiero un lechero bien cargado de Córdoba. Y así es con todo y con todos: «¡Fortino! ¡El telegrama! ¡Fortino! ¡El oficio! ¡Fortino! ¡*Ái* viene el de la renta! ¡Fortino! ¡Consígueme un boleto!» Y a luego. ¿Que por qué me los traje al mercado? Porque solamente aquí me fían...

—¿¡Cómo que le fían!?

—No se me adelante, que es de mala educación. A la embajada no los llevo, porque nos la acaban de clausurar.

—¿¡Qué!?

—Temporalmente, en lo que pagamos las mensualidades atrasadas. Y por eso, mis admirados científicos, no hay embajada, no hay embajador y no hay agregados, porque ésos, finalmente, ni agregan nada. Y mucho menos tenemos los recursos pecuniarios, que ni sé qué quiere decir la palabrita, pero me suena a que quieren lana, marmaja, las del águila…

—¡Pero no nos pueden dejar aquí abandonados! ¡Tenemos que llegar a París!

—¿Y *pa'* qué creen ustedes que está aquí su servidor? ¿*Pos* qué pasó? ¿Dónde quedó la confianza, a ver? ¿Dónde quedó el patriotismo? Ah, pero no, porque lo ven a uno así, pobretón y mal comido, *pus* no hay derecho. ¿Pero no les acabo de decir que soy quien resuelve todos los asuntos relacionados con mi embajada clausurada? ¡Si yo soy su pasaporte a la libertad! ¡Su pasaporte a la gloria! Y ahora, si ya terminaron de comer, me los tengo que embarcar con destino a Port Said, en donde un compadre turco, ¡turco de a de veras, original de Turquía!, se los va a llevar en su carguero y, de un tirón, hasta Marsella.

Los astrónomos, además de agotados, han quedado mareados.

—¡Mi Hussein! —le llama Fortino al dueño del local—. *Ái* te encargo que me guardes lo que sobró y, ya sabes, me lo apuntas en la lista, chato, y *'arak bialjawar!*

Hussein maldice en árabe y hasta intenta patear a Fortino, pero éste ya ha huido con los comisionados.

* * *

—Yo en eso no me subo.

—Yo prefiero morirme de cáncer que de un porrazo cuando esa cosa se desplome.

—Yo no veo otra solución, caballeros…

—¡Pero es que nadie lo sabe conducir!

—Yo lo puedo manejar, ingeniero. Es decir, nunca lo he hecho, pero sí conozco los mecanismos que hacen volar a estas cosas —declara Barroso.

La sombra de un enorme globo aerostático los cubre cada vez más, en la medida en que el aire caliente o el helio van inflando la lona, parchada y remendada por todos lados.

—No se me *agüiten*, señores —los anima Fortino—. El globo éste es muy seguro, aunque ustedes lo vean así medio descachimbado… y si aquí el ingeniero Barroso le entra, en cuatro horas estarán llegando a Port Said. Y ultimadamente y como último recurso, es la única manera de que despistemos a los ingleses, porque ya saben lo que dice el dicho: «Más vale que digan aquí voló, que aquí murió».

—¡Sí, aquí volamos! ¡Porque si esta cosa se llena con helio vamos a estallar! —reclama Jiménez.

—*Pus,* mire, todo depende, licenciado…

—¡Ingeniero militar!

—*Pos* más a mi favor, *pa'* que me entienda, ingeniero. Mire *usté*, le explico. Las partículas de helio, si rozan, *pue'*que exploten, porque la frotación o *rozación* hace que la partícula desintegrante unifique uniformemente, pero al mismo tiempo, desintegrada, o sea, como quien dice… ¿*Usté* conoce las chinampinas? *Pos* así, pero como la dinamita, aunque no con tanta fuerza, porque ya lo dice la misma *apotología* de la palabra: *di*, de diminuto, y *mita*, o *michas*, que es la mitad...

Para fortuna de Jiménez, el globo se ha llenado en su totalidad. La canastilla, que amenaza con desbaratarse con tan sólo pisarla, llena de desconfianza a los astrónomos. Pero es Barroso quien se sube a ella y revisa los instrumentos de navegación:

—La perilla del quemador funciona... cuenta con brújula, variómetro y altímetro... ¡Creo que puede funcionar, ingeniero Covarrubias!

Ante la duda, Barroso insiste:

—No es una tecnología que no podamos dominar en pocos minutos. Además, el llenado de aire responde exclusivamente al principio de los fluidos de Arquímedes...

Y Fernández Leal recita de memoria:

—«Un cuerpo total o parcialmente sumergido en un fluido en reposo experimenta un empuje vertical hacia arriba igual al peso del fluido desalojado». O lo que es lo mismo: $E = Pe\,V = pf\,g\,V$... ¡Haberlo dicho antes, Barroso! ¡De eso me encargo yo! Si Arquímedes está metido en esto, no hay manera de fallar. ¡Todos a bordo!

Y sí, Covarrubias, abrazando fuertemente el cartapacio, sube, lo mismo que hacen Fernández Leal, Jiménez y Bulnes, quien empieza a maldecir su suerte al exponer la vida por un simple trabajo de cronista, sabiendo que no se llevará ninguna gloria en esta empresa. Aunque ya debería de estar enterado de que ningún cronista se lleva jamás la gloria de nada.

El bueno de Fortino se quita el bombín e inicia un patriótico discurso de despedida:

—¡Patriotas de la Patria! ¡No soy yo para que lo diga, ni ustedes para que lo oigan y no es chisme tampoco, pero estamos en una carrera de la *cencia* en la que ustedes participan en nombre de nuestro México y en nombre de la realidad de esta lucha en la que todos debemos, uno por uno, en conglomerado y todos juntos, aportar nuestro granito de arena por *ensignificante* que sea, pero que, por fortuna, aquí en Egipto hay mucha arena! ¡Conglomerados del mundo! ¡Seguid luchando para seguir asegurando la felicidad de vuestros hijos, los que tengan hijos, y los que no, pues ojalá que los tengan...!

La altura del globo hace ya ininteligibles las palabras de Fortino, quien los despide con grandes sonrisas, muy orgulloso por haber arreglado un entuerto más, el *pasaporte* de la inexistente embajada mexicana.

Cuando el globo levanta el vuelo y pasa por sobre los tejados del mercado, la gritería en el Jhan El Jalili se hace mayúscula, pues no es común presenciar un espectáculo semejante por aquellos lares.

Sentado en la mesa de un elegante cafetín, un caballero europeo de porte distinguido y con aire de novelista mira sorprendido el evento. Frunce el ceño y luego sonríe, pensando, quizá, en que la realidad siempre supera a la ficción. O algo así.

2

DE CÓMO EL DESTINO SIGUE PONIENDO A PRUEBA LA
RESISTENCIA DE NUESTROS HÉROES Y DE CÓMO SE MANIFIESTAN
ENTRE ELLOS OPINIONES MUY DISPARES.

El oficial de migración del puerto de Marsella ha recibido a
los «sospechosos polizones de origen incierto y objetivos no
claros». Un piquete de soldados les apunta directamente al
pecho, a la orden de un teniente. Están, lo que se dice, ro-
deados.

—¿Mexicanos?

—Así es...

Los soldados cortan cartucho. Las relaciones entre México
y Francia siguen rotas.

—¿Oficiales del gobierno de Juárez?

—El presidente Juárez murió hace casi tres años.

—¡Su presidente Juárez arde en las llamas del infierno desde hace casi tres años, querrá decir!

Covarrubias tiene que ser detenido por sus compañeros.

—¡Juárez es el héroe más digno que nos representa!

—No, en realidad —empieza una discusión Bulnes… ¡y en francés, para colmo!—. Juárez es una de las grandes mentiras de nuestra historia y, siendo indio, no es más que el símbolo de una raza incapaz para la democracia…

Ahora son los soldados los que tienen que detener a Covarrubias para que éste no muerda a Bulnes. Jiménez trata de entender.

—¿Qué dijo? ¿Qué dijo? ¡Seguro que habló mal de Juárez el pinche gringo éste! ¡Te lo dije, Pancho! ¡Este apátrida no es más que un espía de los conservadores!

—¡Pues lo digo y lo sostengo! —estalla Bulnes—. ¡Ustedes, ilusos, siempre orgullosos de su batallita de Puebla, que perdieron los franceses tan sólo por la estulticia de Lorencez y no por la pericia de Zaragoza!

Soldados, oficiales de migración y marinos turcos hacen todo lo posible por frenar el zafarrancho.

—¿¡Qué dijo!?

—¡Nos insulta, Pancho! ¡Ahora resulta que ganamos la Batalla de Puebla porque Lorencez fue un pendejo y no por las estrategias militares de Zaragoza…!

Jiménez empieza a ahorcar a Bulnes. Un soldado francés se lo quita de encima a culatazos. Pero Bulnes no ceja:

—¡Juárez era indio, señores, y no comió más que maíz!

—¿¡Y qué coños tiene que ver el maíz!?

—¡Que los pueblos alimentados con maíz pierden el carácter y, por lo tanto, no pueden ser demócratas! ¡El maíz los vuelve estúpidos, renuentes a la civilización! ¡Mire a Jiménez, por ejemplo! ¡Es un gorila estúpido! ¡En cambio, la raza del trigo, por ejemplo…!

Y ahí todo control se pierde. Los oficiales del puerto razonan: «Estos hombres dicen ser mexicanos, súbditos de Juárez, se golpean y se insultan entre ellos, viajaron como polizones en un carguero turco, visten como beduinos, apestan a camello, a orines y a sudor y dicen que vienen desde Japón, en donde vieron pasar a Venus frente al Sol. Así que, o están locos, o son espías turcos o son unos peligrosos criminales que quieren desestabilizar al Imperio francés. ¡A la cárcel con todos ellos!»

Y, para colmo, Jiménez no deja de gritar:

—¡Nosotros ganamos la Batalla de Puebla! ¡¡Al ataqueeee!! ¡¡Me cago en *La marsellesa*…!

3

DE CÓMO SE PREPARAN LOS CADALSOS PARA LA EJECUCIÓN
DE LOS COMISIONADOS Y DE LA DESCARADA UTILIZACIÓN,
POR PARTE DE ESTE NARRADOR, DE UN NUEVO
DEUS EX MACHINA.

Los martillazos no se han detenido en toda la noche. Serruchos, clavos y cordeles no han cejado en armar cinco cadalsos en el patio de la prisión. No hay una condena dictada aún en contra de los comisionados, pero sus celadores, con macabra sonrisa, les aseguran que la sentencia, con toda seguridad, será la pena capital. Morirán ahorcados al amanecer. Los cinco quedan demudados. Se encuentran sin ninguna instancia diplomática a la cuál acudir y están más solos que nunca. ¡En Francia! Más desamparados que en el desierto de Nevada, más desprotegidos que a mitad de un tifón en el océano Pacífico, que en las selvas de Ceylán o en las arenas interminables de Sudán. Inermes ante un Estado que los considera enemigos.

Después de unos momentos, el jefe de la Comisión declara:

—Caballeros, ha sido el honor más grande de mi vida el compartir esta experiencia con ustedes... menos con usted, Bulnes. Pero mientras la muerte no siegue nuestras vidas con su guadaña, nuestra obligación es continuar con nuestro trabajo hasta el último aliento. Sólo nos faltan unos últimos cálculos. Que ésta sea nuestra herencia a la Humanidad y nuestra última muestra de amor a México... de usted no, Bulnes. Sigamos, pues, trabajando, amigos míos. Acérquense... Usted no, Bulnes...

* * *

La aurora los descubre inmersos en sus cálculos interminables de grados, diámetros, radios, paralajes, reflexiones y caudas. Es un milagro el constatar el trabajo de los cerebros de estos sabios.

Bulnes tampoco ha dejado de escribir, aunque él, la descripción de sus últimos momentos.

La puerta de la celda se abre. Los mexicanos se ponen de pie. Por el momento no hay motivo de alarma. Los carceleros cargan dos toneles de agua caliente, ropas limpias —de presos, claro— y algunos jabones hechos de cebo. Al menos podrán morir limpios.

Después de que todos se han bañado y se han colocado sus infamantes ropas carcelarias, la puerta se vuelve a abrir, los carceleros retiran los toneles de agua y entonces sí se escuchan las botas acompasadas del pelotón que los debe conducir al cadalso. Ellos esperan de pie. Están dispuestos a enfrentar su destino. Entra el capitán de la guardia y ocho soldados con los fusiles prestos... y entra también sir Francis Lloyd, acompañado de sastres y cortadores.

—Caballeros, no será ésta la primera vez que les proporcione yo vestidos dignos. Y no será ésta tampoco la primera vez que tengan que confiar en mí. Ya tendré tiempo de disculparme por mis excesos, fruto de mi celo científico y el amor a Inglaterra... y a la ginebra. Pero ahora debemos apurar nuestro viaje a París, en donde deben ustedes comparecer en el Congreso Internacional de Ciencias Geológicas.

Sir Francis le extiende un nuevo cartapacio a Covarrubias:

—Esto se lo envía nuestro astrónomo real, sir George Bideel Airy, director del Observatorio Real de Greenwich, por petición mía. En este estudio se recaban, me parece, los últimos datos que le hacen falta para que concluya usted sus mediciones, que podrá publicar en París.

Y Francisco Díaz Covarrubias, olvidando todo agravio pasado, dejando de lado su frágil condición humana que lo pudiese atar al rencor, se lanza sobre Lloyd y lo abraza efusivamente mientras musita, con lágrimas en los ojos: «Gracias... gracias...»

4

DE CÓMO SE RECIBE A LA COMISIÓN ASTRONÓMICA
MEXICANA EN EL CONGRESO INTERNACIONAL DE
CIENCIAS GEOLÓGICAS EN PARÍS.

El ingeniero Francisco Díaz Covarrubias, acompañado por
Francisco Jiménez, Manuel Fernández Leal, Agustín Barroso
y Francisco Bulnes, entra a la Gran Sala del Observatorio de
París. Lleva entre sus manos un libro publicado, en español y
francés, llamado *Observaciones del tránsito de Venus hechas en
Japón por la Comisión Astronómica Mexicana*.

Si bien el prestigio de Díaz Covarrubias había crecido enormemente entre aquellos que comprendían ya su trabajo de manera directa, era desconocido para los rusos y los alemanes,
quienes lo miraban con sospecha, con incredulidad, cuando
no con burla.

Sir Francis Lloyd se encargó de hacer la presentación de Covarrubias y de sus compañeros. Cuando el astrónomo mexicano

agradeció las palabras de bienvenida, levantó su libro y anunció que había publicado ya los cálculos de sus observaciones. El azoro y el enojo se apoderaron de la sala. ¡Nadie podría haber publicado ya sus conclusiones! ¡Eso era inaudito! ¡Aquel hombre mentía! Los franceses publicaron sus conclusiones dos años después, en 1877, los ingleses en 1881 y los rusos diez años más tarde, en 1891. Otros científicos lo hicieron todavía después o simplemente no lo consiguieron.

El revuelo se acentuó cuando el director del Observatorio de París, Jean Joseph Urbain Leverrier, quien contaba con el grandísimo honor de haber realizado los cálculos matemáticos que permitieron el descubrimiento de Neptuno, insultó a los mexicanos, declaró que un pueblo atrasado y regicida no tenía cabida en ese lugar. Acusó a Díaz Covarrubias de ser un fraude y hasta un charlatán y abandonó el lugar dando un portazo.

Todo parecía salirse de cauce, y cuando muchos otros astrónomos querían repetir la grosera conducta de Urbain una voz se escuchó imperiosa:

—¡A sentarse todos! ¡Respeto a la ciencia! ¿¡Cómo se atreven a rebajar a nuestra divina disciplina a las estúpidas razones de la política y de los prejuicios!?

Quien así habló fue un anciano sacerdote italiano, ya encorvado y frágil en su anatomía, pero capaz de imponer su muy bien ganada autoridad entre sus colegas: el padre Ángelo Secchi, director del Observatorio del Colegio Romano, uno de los más importantes astrónomos de Europa. Todos guardaron silencio ante quien había trazado los primeros mapas de Marte.

—Lo escuchamos con atención, ingeniero…

A una indicación de Lloyd, un grupo de ujieres repartieron copias del libro publicado por Díaz Covarrubias quien, sabiendo que se jugaba el todo por el todo, inició su exposición.

Y fue ésta una de las más grandiosas, claras y contundentes conferencias que se habían escuchado en los salones del Observatorio de París. Manuel Fernández Leal apuntaba con sabiduría y prudencia lo dicho por Covarrubias o respondía los cuestionamientos hechos por los señores astrónomos. Agustín Barroso mostraba los ferrotipos de sus fotografías ante los cada vez más asombrados científicos. Fue una exposición que duró horas interminables en donde la incredulidad dio paso a la certeza, a la emoción, al convencimiento, al asombro.

—Por tanto, y a reserva de conocer los cálculos que Sus Señorías puedan presentar para cotejar nuestros resultados con los vuestros, la Comisión Astronómica Mexicana ha podido determinar una distancia inicial, entre la Tierra y el Sol de...

El aire se podía cortar con un cuchillo. Díaz Covarrubias escribió con tiza sobre la enorme pizarra: 149 597 870 700 metros. Y leyó la cifra en voz alta:

—Ciento cuarenta y nueve mil quinientos noventa y siete millones, ochocientos setenta mil setecientos metros...

El silencio más absoluto se apoderó del recinto.

—Con lo que podemos asegurar, caballeros, que la Unidad Astronómica, la distancia que separa a nuestro planeta del Sol, se acerca a los ciento cincuenta millones de kilómetros. En el próximo tránsito de Venus, dentro de ocho años, poco más podremos conocer. El siglo xx pasará sin la dicha de conocer un nuevo tránsito. ¡Tocará pues, a los habitantes del mundo en el siglo xxi, perteneciendo a una sociedad más avanzada, más solidaria, justa y pacífica, dar a conocer la cifra verdadera! ¡Que los tiempos futuros, que la colaboración internacional y fraterna y que el adelanto de la tecnología en el futuro nos den la razón o nos corrijan, pues no hay vanidad en el trabajo científico, y nos aporten una precisión mayor!

Lo que ocurrió después de ese momento es difícil de describir: una ovación cerrada fue lo que recibieron los científicos mexicanos. Hojas y cuadernos volaron por los aires, gritos y silbidos entusiastas, abrazos y besos, muy a la francesa. En las mejillas ellos, en los labios los muy bigotones rusos. Aquellos hombres, convertidos en niños, miraban embebidos la pizarra donde estaba escrita la medida de la Unidad Astronómica y reían y lloraban. Cargaron en hombros a los mexicanos, y en el transcurso de los días, éstos fueron celebrados en toda Francia y el mismísimo presidente de la república, Su Excelencia, el mariscal Mac-Mahon, los condecoró en el Palacio del Elíseo. Sí, México había ganado la primera carrera por conquistar el espacio. Ni más, ni menos.

5

Del regreso de la Comisión a México.

Fueron recibidos como héroes en Veracruz y en todos los lugares por los que pasaron durante su recorrido a la Ciudad de México. A la llegada del tren a la estación de Buenavista, en donde los esperaban dos carruajes descubiertos, el pueblo desenganchó los caballos y los llevó a cuestas a Palacio Nacional. Sí, hubo celebraciones y más celebraciones, verbenas, ferias... Todo se llamaba *Tránsito de Venus*: chocolates, dulces, helados, cervezas. Todos fueron felices. Hasta que el entusiasmo pasó, hasta que la gente se acostumbró a escuchar sus nombres o a leer sobre ellos en los diarios, hasta que el presidente Lerdo de Tejada tuvo que huir del país por sus intenciones reeleccionistas y hasta que Porfirio Díaz le echó encima a su ejército.

Pero no te preocupes, lector, que estos hechos poco afectaron a nuestros protagonistas.

El final de sus historias será contado de manera breve, por fuerza, pues terminaron de manera feliz y la felicidad, ya se sabe, no nos da mucho material a los fabuladores. O al menos no tanto como sí lo hacen las guerras, los bombardeos, los ataques de apaches, los tifones, las desgracias, las epidemias, los peligros o las traiciones.

En los siguientes capítulos conocerás el final de la historia de cada uno de ellos.

Pero empecemos por el cabo más débil y que menos nos importa. La insufrible María Luisa y su padre don Crisóstomo, el agiotista con cara de cabeza olmeca. Él murió en un asalto, allá por el pueblo de Mixcoac. Ella murió de escarlatina. Todo esto antes del regreso de Agustín Barroso a México. Ya. Deuda saldada y conflicto cerrado. Sigamos.

DEL FINAL DEL INGENIERO MILITAR FRANCISCO JIMÉNEZ.

Francisco Jiménez abre la puerta de su casa. Está vacía y nadie de su familia lo ha ido a recibir a la estación del tren, ni ha asistido al sarao en Palacio Nacional.

—¡Arpía! ¡Ya llegué y no me he muerto! ¡Ten la decencia de venir a recibirme!

Se escuchan ruidos en la cocina. Se abre la puerta. Las hijas de Jiménez aparecen corriendo. Lloran y abrazan a su padre. Jiménez las aprieta contra su pecho, les huele el cabello, las besa.

—¿Por qué no han ido a recibirme, niñas?

—¡Porque se quedaron a ayudarme, gárgola!

Aparece Susana, la mujer. Se nota que ha llorado todo el día. Usa mandil y está batiendo mantequilla en un molde de madera.

—¿Y tú, mujer? ¿Tanto te avergüenzas de mí que no has sido para ir a la recepción con el presidente?

—No me enteré de tu llegada sino hasta hoy y ya era muy tarde para emperifollarme. ¿No me podías escribir? ¿No me podías enviar un telegrama?

—Niñas —ordena el padre—. Vayan a su cuarto.

Las muchachas obedecen.

—Si quieres, infeliz desconsiderado, siéntate a la mesa que te estoy preparando el pastel que te gusta.

Jiménez frunce el entrecejo.

—¿El de calabaza?

—Sí.

—¿El que me hacía mi madre?

—Ése. El que te hacía la bruja de mi suegra, que en paz no descanse.

Jiménez se acerca a ella. Le quita el molde de madera de las manos y lo deja sobre la mesa. Le toma la barbilla y le levanta la cara.

—Susana Mendoza, ¿lloraste?

Susana se vuelve, muy digna.

—Piqué cebolla…

Jiménez la toma por la cintura.

—Mmm… Hueles a cebolla…

—Y tú hueles a establo.

—Báñame —le ruge en el oído.

—¡Báñese usted solo, re carajo viejo atascado!

Entablan un duelo de miradas. La de Francisco se dulcifica.

—No entiendo por qué, mujer desagradable, pero te extrañé…

Y Susana se pone a llorar como una Magdalena.

—¡No te me mueras, Pancho! ¡Dime que no te vas a morir! ¡Si te mueres, me muero yo también...!

—¡Mira qué interesante propuesta! ¿Y por qué no lo hacemos al revés? ¿Por qué no te mueres tú primero y vemos si yo me muero después?

—¡Tú nunca vas a cambiar, adefesio!

—¡Pues tú sí has cambiado y mucho! ¡Momia...!

Y en su cuarto, las muchachas escuchan cómo los gritos de sus padres se convierten en platos y vasos rotos, en sillas caídas y en ardorosos gemidos que no pueden dejar de escuchar por más que se tapen los oídos y canten a todo pulmón *¡Adiós, mamá Carlota...!*

7

DE CÓMO HAN PASADO ALGUNOS MESES DESDE LA LLEGADA
DE LOS COMISIONADOS A MÉXICO Y DE CÓMO NOS ACERCAMOS
AL FINAL DE ESTA TREPIDANTE HISTORIA.

Francisco Díaz Covarrubias entra a su casa. Le cede el paso
a su esposa Encarnación y a su hija Soledad. Los acompaña
Agustín Barroso. Todos visten luto riguroso.
    —Por fin descansó mi madre…
    —¡Por fin descansó tu hermana Lolita!
    —Encarnación…
    —¡Pero si la pobre quedó hecha una anciana! Claro, como
tu madre la ahorcaba un día sí y el otro también…
    Díaz Covarrubias menea la cabeza. Hay cosas que no cam-
biarán nunca.
    —Mamá —interviene Soledad—, deje en paz a papá que lo
veo cansado.
    —Me ves viejo.

317

—Viejos los cerros, ingeniero... —tercia Barroso.

Covarrubias se sienta.

—Mis recuerdos empiezan, cada vez más, a parecerse a un cementerio. Amigos, colegas... mi querido Pancho y ahora mi madre.

—Al menos el ingeniero Jiménez murió feliz —dice el desconsiderado de Barroso.

Covarrubias lo reprende con la mirada. Las mujeres disimulan una pícara sonrisa.

—Era como un león ese hombre... —defiende Covarrubias.

—¡Y que lo digas!

Nuevas risitas nerviosas. El patriarca las ignora.

—Tanto lo vivido. Tantos recuerdos...

Encarnación le besa la frente.

—No te pongas melancólico, Francisco. Vamos a cenar y luego a descansar.

Agustín Barroso se adelanta.

—Tiene razón, señora. Nosotros nos retiramos.

—¿No se quedan a cenar?

—No, mamá. Dejemos que mi padre descanse.

Soledad besa a su madre y después abraza a su papá. Éste le dice:

—¿Eres feliz, hija?

—¡Y tanto!

Díaz Covarrubias sonríe.

—Me siento un poco viejo hoy, ¿sabes?

—Ya nos lo dijo, papá. Descanse unos días. Agustín se encarga del observatorio y yo lo ayudo en todo lo que es necesario.

Covarrubias mira a Agustín.

—¿Es una buena alumna, mi hija?

—La mejor, ingeniero.

Francisco se levanta y lo abraza.

—Jamás me equivoqué contigo, hijo, debes saberlo. Era sólo que tu grandeza no sabía ni por dónde escaparse. ¡Parecías un volcán antes de hacer erupción!

Barroso sonríe.

—Por fortuna estuvo usted siempre a mi lado para contenerme. Descanse, ingeniero.

Cuando los jóvenes han salido, Covarrubias se recarga en la chimenea y mira de nuevo, lleno de orgullo, el cuadro que le ha llegado desde Italia. Es un retrato suyo, al óleo, que le ha enviado su hijo Francisco. En él se le ve rodeado de instrumental astronómico y se representa, incluso, el tránsito de Venus.

—Es un hermoso cuadro, Cañita, ¿no te parece?

La mujer sonríe.

—Sí, Pancho, a diario me lo dices.

—¡Es que, mira, acércate! ¡Fíjate en la luz del sol! Mira cómo me ilumina el rostro. ¡Es un portento de técnica pictórica! Un claro ejemplo del *tenebrismo* barroco… ¡Si mi hijo es un Caravaggio! ¡Un Zurbarán, un De Rivera…!

Y el éxtasis de Díaz Covarrubias por la pintura de Francisco continuaría durante largos minutos más, pero alguien llama a la puerta y lo interrumpe.

—Seguro olvidaron cualquier cosa estos niños… —se dirige Cañita hacia la puerta.

Pero no son Agustín y Soledad quienes han tocado. Es Francisco Bulnes.

319

8

DEL CIERRE ENTRE DÍAZ COVARRUBIAS Y FRANCISCO BULNES.

Bulnes entra a la sala.

—Ingeniero, sólo vengo por unos minutos y por razones varias.

—Usted dirá, Bulnes.

—El señor presidente se excusa por no haber acudido a los funerales de su señora madre, pero me pide que le recuerde que envió una corona de rosas blancas.

—Dígale a Porfirio... al señor presidente, que le agradezco su atención.

—A mí también me fue imposible asistir y por ello vengo personalmente a presentarle mis respetos.

—Gracias, Bulnes, pero en donde sí me hubiese gustado verlo habría sido en los funerales del ingeniero Jiménez.

—Francisco... —lo contiene Cañita.

Bulnes recibe el golpe.

—No me encontraba en México, pero, regresando al día de hoy, vengo también para informarle del importante acuerdo que firmaron hoy el señor presidente y el ministro Riva Palacio.

Le extiende un sobre.

—Y con temor de hacer mío un mérito que no me corresponde, le puedo decir que considero esto como un homenaje de mi parte a su persona. El presidente Díaz ha autorizado ya el traslado del Observatorio al edificio del ex Arzobispado en Tacubaya, tal y como lo ha pedido usted desde hace tanto tiempo.

Díaz Covarrubias abre el sobre y lee el edicto. Mira a Bulnes. Se acerca hasta él.

—Don Porfirio tiene en usted a uno de sus mejores «científicos». Gracias... señor Bulnes.

—Bulnes, sólo Bulnes, ingeniero.

Y como está por quebrársele el ánimo y la voz, apresura su salida no sin antes sacar un nuevo sobre y dejarlo en la mesa.

—Este sobre también es un envío del presidente, pero no me corresponde comentar el contenido del mismo. Sólo le puedo decir que el presidente Díaz espera que tome usted la mejor decisión, no para el honor de la patria, sino para la tranquilidad de su persona y de su señora esposa. Me retiro.

Y sale Bulnes sin ocultar la prisa y la emoción.

—Pues vaya —se sorprende Covarrubias—. Esto sí que ha sido inesperado —suspira largamente—. Ya no tengo apetito, Cañita, mejor vayamos a descansar...

Pero de nueva cuenta, la puerta. Covarrubias resopla exhausto.

—¿Y ahora...?

9

DEL REENCUENTRO CON MANUEL FERNÁNDEZ LEAL,
SU NUEVA CONDECORACIÓN Y UNA ÚLTIMA SORPRESA
QUE PRECEDE AL FINAL.

El mismo Covarrubias abre la puerta y se topa con un radiante, siempre juvenil y sonriente Manuel Fernández Leal, a quien no ve desde hace más de un año. Manuel viste siempre con las últimas tendencias de la moda masculina. Los amigos se abrazan.

—¡Pero, Manuel! ¡Qué sor…! —y se interrumpe al descubrir a un joven oriental, de rasgos finísimos, que acompaña a Manuel.

El joven es alto y viste un traje de tres piezas del mejor casimir inglés. Es elegante, bien parecido, se le adivina muy educado y tiene una mirada inteligente…

—Tengo el honor de presentarte al príncipe Haruki. Lo conocí en la corte del emperador, Su Alteza Imperial Mutsu-Hito, recién ahora en mi último viaje a Japón y, de hecho —se tapa la boca como si fuese un secreto de Estado—, Haruki es sobrino de Su Majestad, la emperatriz Shōken... —y como no queriendo la cosa, carraspea y se acaricia una nueva medalla que le cuelga al cuello.

—¿Y esa medalla?

—¡Ah, la notaste!

—¿Cómo no hacerlo, Manuel? Si no es lo único que he podido notar...

Manuel sonríe con cierta picardía.

—Es la Orden del Tesoro Sagrado del Japón. La acabo de recibir de manos del emperador, por mi logro de abrir nuevas rutas comerciales entre nuestros países.

—Son grandes las perlas...

—Quizá te parezca un poco extravagante, pero ya sabes cómo son ellos, ¡les encantan las perlas!

—Pero son tres, Manuel...

—¿Y?

—¿No te molesta que sean tres? ¿Los números nones?

Manuel se ríe de buena gana.

—¿Y a quién le importa eso, por Dios? Números nones, números pares, ¡todos son perfectos! Pero no hablemos más de mí, ni de la medalla de Comendador de la Legión de Honor de Francia, que hoy no la llevo puesta. Hablemos de Haruki. Es el más destacado alumno del Observatorio Imperial. La emperatriz en persona me solicitó que lo trajese a México para entrenarlo en los adelantos de nuestra ciencia.

—Pues bienvenido sea, joven Haruki.

—Eh... «príncipe», Francisco, «príncipe» Haruki.

CARLOS PASCUAL

Haruki hace una extensa reverencia.

—Para mí es un honor conocer a una leyenda viviente. Al gran Francisco Díaz Covarrubias, portador de Venus y gran descubridor de los misterios del Universo.

Covarrubias sonríe y mira a Manuel con gran cariño.

—Tu felicidad me hace feliz, Manuel.

Los amigos se abrazan efusivamente.

—Bien, pues... —Manuel no quiere llorar—. ¡Aquí seguimos todos! Menos Pancho, claro está, pobrecito. ¡Pero hay sangre nueva en la astronomía, querido amigo! Aquí está el príncipe Haruki... ¡y hasta tu hija Soledad, tengo entendido!

Covarrubias sonríe. Está cansado.

—Así es, así es... Espero recibirlos muy pronto a comer, Manuel. ¿Se quedan en casa de tu madre, supongo?

Manuel hace un exagerado gesto de horror.

—¡Por supuesto que no! He dejado que esas buenas mujeres se entiendan sin mí. Pobrecitas, pero ya es momento de que lo hagan. Ahora me cuida Haruki y compartimos una deliciosa hacienda por los rumbos de San Ángel.

Francisco le extiende de nuevo la mano a Manuel y a Haruki. Sonríe cansado y cierra la puerta cuando se han ido. Respira profundo.

—Ay, Cañita... tanto por hacer en el nuevo observatorio y yo...

Pero cuando mira a su esposa, ésta ha abierto el sobre que le envió el presidente. Llora.

—¿Qué pasa, querida?

Encarnación le entrega la carta.

—¡Te han nombrado cónsul general en París!

324

Francisco lee dos o tres veces la misma carta. Después recapacita y sonríe.

—Ese Porfirio... Esto no es más que un título honorífico. Me da una salida elegante en mi vejez...

Encarnita lo abraza. Él le besa la frente. La mira a los ojos durante un momento interminable.

—Pensé que te perdería.

—No se puede encontrar lo que no está perdido, esposo mío.

Díaz Covarrubias improvisa, ordenando sus pensamientos.

—Cañita, los gemelos están en el Colegio Militar. Soledad está casada. Sólo debemos preocuparnos por nuestros hijos pequeños. Si aceptara yo la invitación del presidente, podríamos estar más cerca de Italia, de Francisco y de nuestro nieto... ¿Te gustaría pasar las tardes junto a tu marido paseando por los Campos Elíseos?

Encarnita sonríe feliz.

—¡Cuánto te has tardado, amado necio, en hacerme esa pregunta!

Se besan.

—¿Te he contado, Cañita, que, según los griegos, los *campos elíseos* estaban ubicados en el borde occidental de la Tierra? ¿Sabías que, según su etimología, el nombre de esos campos significa «llanuras del lugar alcanzado por los rayos del Sol»? ¿Y que era el lugar reservado para «los justos y los heroicos»? ¿Sabías que Hesíodo los llamó las *Islas Afortunadas*?

Y así terminan las historias felices. Sin grandes sobresaltos y buscando obtener de ti, querida lectora, querido lector, tan sólo una sonrisa como la que, espero, tengas dibujada en los labios ahora que cierras este libro.

Fin de
El tránsito de Venus

POSTLUDIO

Los cálculos para determinar la distancia entre la Tierra y el Sol se han seguido modificando aún en nuestros días. Y seguirán haciéndolo, con toda seguridad, si bien las diferencias son y serán casi imperceptibles con respecto a las obtenidas en 1874.

Establecer la medida de la Unidad Astronómica (UA) nos ha permitido confirmar las leyes de Kepler que describen las órbitas de los planetas alrededor del Sol; la ley de gravitación universal formulada por Newton, así como para comprender con mayor precisión los efectos descritos por la teoría de la relatividad de Einstein. Y, naturalmente, para conocer las verdaderas dimensiones del sistema solar.

La Unidad Astronómica se ha utilizado para desarrollar métodos matemáticos y numéricos con fines computacionales y, a partir de ella, se han creado unidades de medida mucho mayores como el pársec o el año luz.

A través de la astronomía, los seres humanos hemos creado una forma racional para conocer la naturaleza y la mecánica del firmamento, así como para entender qué lugar ocupamos en él. Quizá algún día descubriremos cuál es nuestra voz en la música de las estrellas y cuál y cómo puede ser nuestra relación con la vastedad del Universo.

Notas finales

He decidido no agregar, al término de esta novela, una extensa bibliohemerografía. Una de esas listas interminables de títulos consultados que parecen pedir, tal y como lo hacían los cómicos de antaño, un aplauso al arduo trabajo de investigación realizado por el autor.

Por lo tanto, señalaré tan sólo unos cuantos libros que me han sido útiles e inspiradores.

El primero de ellos es una novela homónima, *El tránsito de Venus*, que escribió mi hermano, Pablo Pascual, ingeniero de profesión e historiador por deformación. Publicada en Canadá, la novela aborda la vida de Juan de la Cantolla y Rico, el célebre aeronauta mexicano. Gracias a las investigaciones de Pablo tuve conocimiento de la Comisión Astronómica Mexicana.

El ingeniero Francisco Díaz Covarrubias, presidente de la Comisión, publicó un ensayo más científico que anecdótico:

Viaje de la Comisión Astronómica Mexicana al Japón para observar el tránsito del planeta Venus por el disco del Sol el 9 de Diciembre de 1874.

Francisco Bulnes escribió un reporte, con sensibilidad y humor, que se publicó bajo el larguísimo título de *Sobre el Hemisferio Norte. Once mil leguas. Impresiones de viaje a Cuba, los Estados Unidos, el Japón, China, Cochinchina, Egipto y Europa.*

Para dar claridad a mis escasos conocimientos astronómicos, me apoyé en el espléndido ensayo de Marco Arturo Moreno Corral: *Odisea 1874 o el primer viaje internacional de científicos mexicanos,* en el que se explican, con gran sabiduría y sencillez, todos los aspectos técnicos y científicos que debía yo de comprender para hacer lo propio a favor de los lectores.

En el ensayo *En busca de Venus. La crónica de una expedición científica del siglo XVIII,* su autora, Andrea Wulf, da cuenta, de una manera amigablemente desparpajada, de las expediciones europeas que persiguieron a Venus en su tránsito de 1769. Le agradezco a Andrés Ramírez que me haya sugerido leer este hermoso texto.

No he podido —ni he querido— impedir que la lucidez de *De Rerum Natura* —*De la naturaleza de las cosas*—, escrito por el filósofo romano Lucrecio en el siglo I a. C, se filtre en el espíritu de mis personajes. Y lo mismo ha ocurrido con los poemas de Konstantin Kavafis y los delirantes monólogos de Mario Moreno, Cantinflas.

Por último, declarar una obviedad. Durante la escritura de esta novela tuve siempre a mi lado la bella edición que realizó Editorial Albatros, en 1955, de las *Obras completas* de Julio Verne, en doce tomos. Esta colección se encontraba en la biblioteca de mi padre desde antes de mi nacimiento. Crecí junto a esos libros y la relectura de *La vuelta al mundo en ochenta días* me llenó de gozo, de optimismo y de un ansia aventurera que hacía tiempo no experimentaba.

Esta obra se terminó de imprimir
en el mes de agosto de 2024,
en los talleres de Impresora Tauro, S.A. de C.V.
Ciudad de México.